Zwölf Tage und immer

ELISE BRYANT

ZWÖLF TAGE und immer

Aus dem Englischen von Sylke Hachmeister

CARLSEN

Außerdem von Elise Bryant im Carlsen Verlag lieferbar:
Elf Schritte bis zum Happy End

Wir produzieren nachhaltig

- Klimaneutrales Produkt
- Papiere aus nachhaltigen und kontrollierten Quellen
- Hergestellt in Deutschland

FSC
www.fsc.org
MIX
Papier | Fördert gute Waldnutzung
FSC® C083411

Carlsen-Newsletter: Tolle Lesetipps kostenlos per E-Mail!
Unsere Bücher gibt es überall im Buchhandel und auf carlsen.de.

Originalverlag: BALZER + BRAY, an imprint of HarperCollins Publishers
Originaltitel: One True Loves
Aus dem Englischen von Sylke Hachmeister
Diskriminierungskritische Beratung: Josephine Apraku
Lektorat: Katja Maatsch
Umschlaggestaltung: formlabor unter Verwendung einer Illustration
von © Michelle D'Urbano
Herstellung: Karen Kollmetz
Satz: Dörlemann Satz, Lemförde
ISBN: 978-3-551-58492-2

Für Mom und Dad –
danke für die Mühen, die ihr auf euch genommen habt,
um mir den Weg zu ebnen. Und für eure bedingungslose Liebe,
als ich einen Umweg genommen habe.

Liebe Leserinnen und Leser,

es war wirklich schwer, mit diesem Buch zu beginnen.

Kaum hatte meine Lektorin mir Lenore als Hauptfigur vorgeschlagen, wusste ich, dass ich ihre Geschichte erzählen musste. Doch ich hatte schon so viel von mir selbst in *Elf Schritte bis zum Happy End* gelegt. Ich hatte Angst, dass ich nichts mehr zu geben hätte. Und gerade als ich allmählich Lenores Stimme fand und eine Ahnung von ihrer Geschichte hatte, kam Covid-19.

Meine Kinder durften auf unbestimmte Zeit nicht zur Schule gehen. Angesichts dieses Virus, das die ganze Welt lahmlegte, war ich von Angst und Unsicherheit erfüllt. Wie sollte ich eine lockerflockige, lustige Liebesgeschichte schreiben, während ich so traurig und ängstlich war?

Die Antwort lautete: langsam. Nachdem ich einen Monat lang versucht hatte, mich in der neuen Realität zurechtzufinden, stand ich eines Morgens um fünf Uhr auf, als es im Haus noch still war. Und obwohl ich müde war, obwohl ich lieber geschlafen oder geweint oder alles andere gemacht hätte, schrieb ich tausend Wörter am Stück. Und so machte ich weiter, Tag für Tag.

Und schon bald wurde das, was erst eine Pflichtübung war, zu einer willkommenen Atempause. Das Schreiben in den frühen

Morgenstunden wurde zum Lichtblick des Tages in einer Zeit mit wenigen Lichtblicken, zu meiner Freude, wo es so viel Kummer gab. Ich fühlte mich wieder wie als Teenager, als ich nur für mich Hefte mit Geschichten vollschrieb.

Diese Flucht in eine andere Welt wurde nach den entsetzlichen, traumatischen Ereignissen vom Mai/Juni 2020, der Ermordung von George Floyd, umso notweniger – auch wenn diese Verzweiflung und Wut natürlich nicht im Juni anfingen oder aufhörten, das war nur der tragische Höhepunkt. Ich habe dadurch begriffen, wie wichtig die Geschichte war, an der ich arbeitete, und dass Freude ein Akt des Widerstands ist. *Zwölf Tage und immer* handelt von zwei Schwarzen Jugendlichen, Lenore und Alex, die etwas Schönes erleben: Sie reisen an wunderschöne Orte, verlieben sich, machen Pupswitze und sind sorglos – jedenfalls geht es bei ihren Sorgen nicht um Leben und Tod. Lenore bekommt als Schwarzes Mädchen den Raum, unvollkommen zu sein, ihren Weg zu finden und sich Zeit zu lassen – ein Privileg, das Schwarzen Mädchen nicht oft zugestanden wird. Und ihr Bruder Wally, ein Schwarzer Mann Anfang zwanzig, lernt, sich um seine seelische Gesundheit zu kümmern, und erfährt auf diesem Weg Liebe und Unterstützung. Ich habe eine Wirklichkeit beschrieben, in der ich gern leben würde.

Zwölf Tage und immer ist ein Liebesbrief an Schwarze Jugendliche, es hat mich durch das Jahr 2020 getragen und trägt mich jetzt durch 2021. Es hat mich zum Lachen und zum Lächeln gebracht und mir eine Zuflucht geboten, als ich sie dringend brauchte. Ich hoffe, es kann euch dasselbe geben.

Alles Liebe

Elise

Erstes Kapitel

Mein Leben ist kein Liebesroman.

Das versuche ich meiner besten Freundin Tessa zu erklären, als sie über meine Ferienpläne in Verzückung gerät und mich mit Herzchenaugen ansieht. Aber sie lässt das nicht gelten.

»Lenore, du verstehst das nicht.« Sie wirft sich auf ihr Bett, als wäre es eine Chaiselongue. »Um so was hab ich meine Eltern jahrelang angebettelt. Jahrelang! Jedenfalls war es mindestens unter den Top Fünf.«

Ich gucke sie mit hochgezogenen Brauen im Spiegel an, während ich noch eine Schicht Wimperntusche auftrage. Ich will so dicke Spinnenwimpern haben wie Diana Ross in den Siebzigern. »Top Fünf? Das klingt so offiziell. Gibt's das irgendwo schriftlich?«

»Ja, gibt es, aber ich weiß es noch auswendig.« Sie nickt ernst und richtet sich auf. Sie merkt gar nicht, dass ich mich über sie lustig mache. »Platz eins« – sie reckt den rosa lackierten Daumen – »war ein Ferienlager, das praktischerweise auch bei Mitgliedern einer Boygroup beliebt ist, die ein ganz normales Leben führen wollen. Platz zwei eine kleine Stadt, in der aus unerfindlichen Gründen monatelang Weihnachten gefeiert wird.«

Ich hebe die Hände. »Okay, hab's kapiert, Sis. Du brauchst nicht weiter …«

»Platz drei«, fällt sie mir ins Wort und kneift die großen braunen Augen zusammen. »Ferien in Europa. Und dann auch noch auf einem Kreuzfahrtschiff! Übers Mittelmeer! Im Sommer nach dem Schulabschluss! Das ist ja wohl der Hauptgewinn! Nur dass aus dem Spielautomaten statt Münzen lauter Herzchen und Jungs und Sonnenschein und *gelato* und traumhafte historische Gebäude und, ich weiß nicht, vielleicht sogar Kondome rauskullern.«

Sie grinst mich frech an, und ich denke an die Tessa, die ich letztes Jahr kennengelernt habe – schüchtern und verzagt, und wenn jemand das Wort »Kondom« nur aussprach, bekam sie schon einen hysterischen Anfall. Sie hat sich auf jeden Fall gemacht, klar, aber manchmal geht sie mir ganz schön auf die Nerven.

Ich schaue sie an und verdrehe die Augen. »Du hast vergessen, meine Eltern, meine Schwester und meinen Bruder zu erwähnen, mit dem ich mir, ach ja, eine winzige Kabine teile. Für mich gibt's diesen Sommer garantiert keine Kondome.«

»Mit der Einstellung bestimmt nicht.« Sie schnaubt. Sie streckt die Arme weit aus und bekommt einen glasigen Blick, genau wie meine Oma Lenore (ja, wir haben denselben Namen), wenn sie erzählt, was sie alles bei T.J. Maxx gekauft hat. »Ich sehe es genau vor mir. Du trägst einen gestreiften Strohhut und diesen königsblauen Bikini mit der hohen Taille, den du dir letzte Woche bei Target gekauft hast …«

»Wieso weißt du das noch? Du warst nicht mal dabei …«

»Du liegst wie hingegossen auf dem Pooldeck, deine Haut schimmert in der Sonne. Und ein gut aussehender Fremder mit einem, sagen wir mal, Tenpack kommt vorbei und ist von deiner Schönheit verzaubert, und da sieht er, dass du mit der Sonnencreme nicht an deinen Rücken drankommst … Na ja, vielleicht keine Sonnencreme, die benutzen wir ja gar nicht …«

»Moment mal.« Ich reiße sie aus ihrem Herzchentraum. »Wie meinst du das, die benutzen wir nicht?«

»Ich meine, wir brauchen doch keine Sonnencreme. Du weißt schon …« Sie macht eine unbestimmte Handbewegung. »Von wegen Melanin.«

Ich starre sie an, aber das War-nur-ein-Witz-Grinsen bleibt aus. Es ist ihr voller Ernst. »Natürlich müssen wir uns eincremen! Tessa, läufst du wirklich ohne Sonnenschutz rum?«

Sie zuckt die Achseln und geht zu ihrem Bücherregal. »Egal, das ist doch jetzt nicht wichtig.«

»Äh, Hautkrebs ist schon wichtig.«

»Das hier ist ein Notfall in Sachen Liebe, Lenore! Liebe ist wichtig! Du musst das ernst nehmen.« Sie schnaubt, und jetzt frage ich mich doch, ob sie mich vielleicht veralbern will. Notfall in Sachen Liebe? Himmel, ich fahre mit meiner Familie in Urlaub.

»Wir müssen wirklich nicht gerade jetzt darüber reden«, sage ich, aber sie ignoriert mich einfach und stellt sich mit in die Seiten gestemmten Händen vor ihr riesiges Bücherregal, in dem die Buchrücken perfekt nach den Farben des Regenbogens angeordnet sind. »Recherchieren«, murmelt sie vor sich hin und tippt sich aufs Kinn. »Du musst recherchieren.«

Ich schüttele den Kopf und wende mich wieder meinem Spiegelbild zu. Ich trage korallfarbenen Lippenstift auf, der zu meiner Haut schön knallig aussieht. Meine Mutter hat mir die Locken heute zu einer komplizierten Hochsteckfrisur geflochten, und ich stecke ein paar Strähnen fest, die sich gelöst haben.

So ist Tessa eben. Wobei das jetzt selbst für ihre Verhältnisse ein bisschen drüber ist. Vielleicht ist sie nur aufgeregt wegen heute

Abend. Das bin ich natürlich auch, und wie. Jay hat sich immer noch nicht gemeldet. Vielleicht sollte ich noch mal nachschauen. Tessa ist so beschäftigt, dass sie es nicht mitkriegen wird und mich nicht daran hindern kann …

Doch ein lauter Knall hält mich davon ab, mein Handy rauszuholen, auf das ich ganz sicher nicht noch mal schauen sollte. Ein Haufen Bücher ist aus dem Regal gepurzelt, wie es aussieht, hat Tessa sich auf irgendetwas draufgestellt, um ein Buch vom obersten Regalbrett zu holen. Das wäre normalerweise nicht so schwierig, in einem voluminösen zartrosa Tüllkleid aber schon. Denn, genau, das hatte ich noch gar nicht erwähnt: Wir fahren gleich zum Abschlussball. Und das heißt, dass wir wirklich, wirklich nicht gerade jetzt darüber reden müssen.

»Alles okay?« Ich springe auf, raffe den Rock meines petrolfarbenen Mermaid-Spitzenkleides zusammen und laufe zu ihr. Sie liegt flach auf dem Rücken und verschwindet fast in ihrem Tüllkleid. Der einzige Körperteil, den ich finden kann, ist eine ausgestreckte Hand in der Luft, darin ein Taschenbuch.

»Alles gut!«, sagt sie und schlägt den Tüll zurück, sodass ich ihr Gesicht sehen kann. »Sehr gut sogar! Genau das hab ich gesucht!«

Langsam lächelt sie und zeigt mir dann das Buch, das sie sorgsam in den Händen hält, als wäre es eine Heilige Schrift. *Herzklopfen auf Französisch*. Es ist schreiend pink mit einem Herz und dem Eiffelturm darauf, gehört also zu der Sorte, die ich nicht mal für Geld lesen würde. Na ja, okay, für Geld vielleicht schon. Aber es müsste dann schon für ein Pyer-Moss-Kleid direkt vom Laufsteg reichen, und das steht hier nicht in Aussicht.

»Das musst du vor der Reise unbedingt lesen, und dann« – sie kichert mit einem wissenden Grinsen – »na ja, wirst schon sehen.«

Ich schüttele den Kopf. »Hör auf mit dem Quatsch. Du weißt

genau, dass ich für so was keine Zeit habe. Die Prüfungen stehen an, die Party mit allen Eltern und die Abschlussfeier. Plus diese nicht ganz unwichtige Veranstaltung, die in, äh« – ich schaue auf dem Handy nach, wie spät es ist, und auch, ob Jay geschrieben hat (hat er nicht) – »zwei Stunden losgeht! Warte, ich bringe deine Haare in Ordnung. Die sind hinten ganz platt.« Ich lege das Buch, das ich um nichts in der Welt lesen werde, unauffällig auf ihren Nachttisch und nehme einen Afrokamm, um ihre Locken aufzufrischen. Doch sie hat die Arme verschränkt, und ich spüre förmlich, wie es in ihrem Kopf rattert. »Außerdem«, sage ich in der Hoffnung, dass sie dann von dem Thema ablässt, »fahre ich ja gar nicht nach Paris.«

Sie stürzt zu ihrem Schreibtisch, wobei ich ihr fast eine Handvoll Locken ausreiße, und nimmt einen Zettel. »Ach ja, stimmt. Hier steht Marseille. Aber das liegt auch in Frankreich, so anders kann es also nicht sein, oder?«

»Ist das etwa …?« Ich gucke, was sie in der Hand hält. Tatsächlich. Die Reiseroute unserer Kreuzfahrt. Ich kann mich nicht erinnern, sie ihr gegeben zu haben, aber was soll's.

»Die steht im Internet«, sagt sie, als hätte sie meine Gedanken gelesen. »Allgemein zugänglich. Jeder kann sie sich ansehen. Das ist nicht so merkwürdig. Warte mal, ich schicke dir was … Aber ich muss erst kurz suchen.«

Mit konzentrierter Miene tippt und scrollt sie auf ihrem Handy, und ich nutze die Pause von diesem Blödsinn, um mein Outfit zu vervollständigen: goldene Strahlenkranz-Ohrringe, metallische Pumps mit verzierten Blockabsätzen, eine mit Perlen bestickte Handtasche, die ich letzte Woche bei einer Haushaltsauflösung geschossen habe, und meine Lederjacke, die ich mir über den Arm hänge für den Fall, dass es später am Abend frisch wird. Ich betrachte mich in Tessas Spiegel, um mir zu bestätigen, was ich schon weiß: Dieser Look ist guu-hut. Gut mit zwei Silben. Ich hoffe, er passt zu Jays Outfit. Wir haben uns nicht abgesprochen, denn so ist das nicht zwischen uns. Und zwar ganz und gar nicht. Aber es wär trotzdem cool, wenn es passen würde.

Mein Handy plingt, und sofort habe ich dieses lästige Flattern in der Brust. Ist er das endlich? Aber Tessa verscheucht diesen albernen Gedanken.

»Okay, ich will vorwegschicken, dass der Film alt und ziemlich schnulzig ist, aber wenn du keine Zeit hast, ein Buch zu lesen …« Ihr Blick verrät nur zu deutlich, was sie von dieser Ausrede hält. »Dann ist er das Zweitbeste. Ehrlich gesagt war er sogar das Erste, was mir einfiel.«

Ich öffne ihre Nachricht und sehe einen YouTube-Link. Der Trailer zeigt ein Filmplakat, auf dem ein blondes Mädchen mit einem Koffer völlig grundlos auf Zehenspitzen steht.

»Was ist das für ein Film? Ist der vor deiner Geburt rausgekommen?«

»Ja, aber er ist immer noch gut. Das Mädchen fährt auf Klassenfahrt nach Rom – und Rom liegt auf eurer Route –, und eine berühmte Popsängerin ist verschwunden, der sie zum Verwechseln ähnlich sieht …«

»Ermordet?«

»Nein, so ein Film ist das nicht. Und dann lernt sie einen Jungen namens Paolo kennen …«

»Hat er sie umgebracht?«

»Nein … Aber jetzt fällt mir ein, dass sie am Ende gar nicht mit dem Italiener zusammenkommt, weil er ein fieser Kerl ist. Warte mal, ich schicke dir was anderes.«

Ein paar Sekunden später plingt mein Handy wieder, und

ich bekomme noch einen Link zu so einem alten Schinken. Ein schlecht gefotoshopptes Bild von zwei weiteren Blondinen, die vor der italienischen Flagge posieren.

»Das ist doch was für weiße Mädchen«, sage ich, ehe sie mir die alberne Handlung erzählen kann. Ich hole tief Luft und werfe mein Handy aufs Bett. »Wenn ich mit meiner Familie auf dieser öden Reise bin, wird sich kein Mensch für mich interessieren. Kein europäischer Junge macht *oh, là, là* und holt mit mir auf dem Moped Baguette und *gelato*. Nicht jeder bekommt ein Happy End mit rosa Schleife. Das ist was für deine Filme und Bücher, aber nichts fürs wahre Leben, Tessa. Jedenfalls was mich betrifft.«

Für mich gibt es bloß heimliche Treffen auf dem Abschlussball und unbeantwortete Nachrichten, füge ich im Stillen hinzu und schlucke etwas herunter, das sich eng und bitter in meinem Hals anfühlt.

Tessa schlängelt sich um den Bücherstapel herum, ihr Kleid raschelt. Sie nimmt meine Hände in ihre. »Das ist nicht wahr. Jeder hat ein Happy End verdient. Und du ganz besonders, Lenore. Du bist der liebste, coolste Mensch, den ich kenne, und davon wird der Richtige irgendwann magnetisch angezogen.«

So ein Schnulzfilm-Sprech ist typisch Tessa. Und sie meint das wirklich ernst. So ernst wie Taylor Swift, bevor das mit den Schlangen losging. Zwei Uhr nachts, Küsse im Regen und so weiter. Aber Tessa glaubt wirklich an das, was sie sagt, deshalb kann man ihr nicht böse sein. Und immerhin macht sie etwas Gutes daraus: diese wundervollen Liebesgeschichten mit Schwarzen Heldinnen, mit denen sie sich schon eine ziemlich große Fangemeinde im Netz aufgebaut hat – ach ja, und sie haben ihr die Aufnahme in das Programm für Kreatives Schreiben der University of California, Irvine, für diesen Herbst beschert.

»Hey, was ist denn hier los?« Theo taucht in der Tür auf und schaut mit besorgter Miene auf das Chaos um uns herum. Lässig-elegant steht er da, die schwarzen Haare zurückgegelt, Nadelstreifenanzug, babyblaues Hemd und geblümte Fliege. »Bist du jetzt komplett durchgedreht, Tessa?«

»Nein, wir überlegen gerade, wie Lenore diesen Sommer zu einer traumhaften Liebesaffäre mit einem Italiener kommt, der einen sexy Namen hat, Enzo zum Beispiel«, sagt sie nüchtern.

Theo betrachtet mich von oben bis unten und kann sich ein Grinsen kaum verkneifen. »Das würde mich echt für dich freuen.«

»Siehst du?«, sagt Tessa mit ihrem typischen Hab-ich's-dir-doch-gesagt-Blick. »Kannst du jetzt mal aufhören rumzuzicken und einfach sagen, dass du dir die Filme anschaust? Wir müssen gleich los!«

Als hätte ich die ganze Zeit getrödelt. Wenn ich sie nicht so gernhätte, könnte ich sie glatt ohrfeigen.

Ich schüttele den Kopf. »Okay, von mir aus.«

Wenn das Leben doch so wäre, wie Tessa es sieht. Das wäre wirklich herrlich. Ich möchte einen epischen Kuss, während der Abspann läuft, das ultimative Happy End. Und wenn es dann noch in Italien, Griechenland, Frankreich oder Spanien wäre – das sind die Stationen auf unserer Reise –, wäre das echt magisch. So abgestumpft bin ich nun auch wieder nicht, dass ich mir nicht vorstellen könnte, wie ich mit einem hübschen Jungen in einem Café sitze und Espresso schlürfe. Oder wie wir lange Spaziergänge durch ein Labyrinth blendend weißer Häuser unternehmen, während die Sonne über dem azurblauen Meer versinkt. Ich meine, hey, völlig vertrocknet ist mein Herz noch nicht.

Andererseits, wenn ich das alles vielleicht gar nicht brauche? Wenn ich meine Liebesgeschichte vielleicht schon gefunden habe und es nur nicht so ein schwülstiger Schmalz ist wie in Tessas Geschichten? Deshalb muss es ja nicht gleich verkehrt sein.

Das kann ich ihr natürlich nicht sagen. Ich sehe die Reaktionen der beiden schon vor mir, wie immer, wenn ich von Jay anfange. Tessa kritischer Blick, als Sorge getarnt, und Theo, wie er den Mund verzieht, als hätte er etwas Muffiges gerochen. Darauf habe ich jetzt keine Lust. Außerdem ist Theo schon von meinem Herzeleid zu seinem eigenen übergegangen.

»… und ich wusste nicht, ob ich sie besorgen sollte, weil es nicht klar geregelt ist. Wer besorgt die Ansteckstäußchen? Wenn jeder eins kauft, passen sie womöglich nicht zusammen. Das könnte natürlich auch interessant sein … Aber was ist, wenn er lieber ein Blumenarmband hätte?«

Es ist seltsam, ihn so zu erleben. Sonst redet er immer wie eine Kreuzung aus einem Roboter und dem Butler aus so einer Fernsehserie, übertrieben korrekt. Jetzt ist er rot im Gesicht und ganz hibbelig. Es ist echt süß, aber wenn ich das laut sage, würde er die Augen verdrehen.

»Warum hast du ihn nicht gefragt, was er möchte?« Tessa richtet ihren Laserblick auf ihn. Das ist genau ihr Thema, und ich bin Theo ganz dankbar dafür, dass er mich aus der Schusslinie nimmt.

»Weil ich nicht wollte, dass er sich deswegen Stress macht.« Theo richtet zum zehnten Mal seine Fliege. »Wo … es doch schon mit seinen Eltern so anstrengend ist. Er soll einfach nur einen schönen Abend haben. Eine glückliche Erinnerung für später.«

Mir zieht sich das Herz zusammen, als ich Theos traurige Miene sehe. Theo hat seinen Eltern schon in der siebten Klasse gesagt, dass er schwul ist, und sie finden das total cool. So cool, dass sie in Regenbogen-Tutus in der Pride Parade mitlaufen. Sein Freund Lavon hat es seinen Eltern erst dieses Jahr erzählt, und es ist überhaupt nicht gut gelaufen. Im Grunde tun sie so, als hätte das Gespräch nie stattgefunden. Und als er ihnen erzählt hat, dass er mit seinem Freund, mit dem er schon richtig lange zusammen ist, zum Abschlussball geht, haben sie gesagt, er könne tun und lassen, was er wolle, aber sie wollten davon nichts mehr hören.

»Die hat er auf jeden Fall, Theo«, sage ich und nehme ihn fest in die Arme. »Weil er mit dir zusammen da ist.«

»Theodore«, grummelt er, aber er lässt es über sich ergehen.

»Die Schule ist fast vorbei«, sage ich sanft und tätschele ihm den Kopf. »So langsam könntest du den Spitznamen mal akzeptieren, Süßer.«

»Niemals.«

Die Tür knarrt, und als ich aufblicke, steht Tessas Bruder Miles da, ein schiefes Lächeln im Gesicht.

»Gruppenumarmung!«, ruft er und stürzt sich auf uns, wobei sein ansteckendes Lachen ihn schüttelt.

»Ja, Gruppenumarmung.« Ich höre Tessa schniefen. »Ich hab euch alle so lieb.«

»Die Tränen schluckst du lieber wieder runter!« Ich ziehe sie fest an mich. »Wir müssen doch noch Fotos machen.«

»Ja, und zwar jetzt!« Miles löst sich aus der Umarmung. »Mom hat mich hochgeschickt, damit ich euch hole, weil alle da sind. Tessa, du musst deine Haare in Ordnung bringen, die sind ganz platt, und du willst ja nicht mit plattem Kopf auf allen Fotos drauf sein, sonst lässt Sam dich sitzen. Er ist draußen, und er hat sowieso gesagt, er sucht sich eine neue Freundin!«

»Das ist eine berechtigte Sorge, Miles«, sage ich schnaubend. »Genau dasselbe hab ich ihr auch gerade gesagt.«

»Ihr seid so fies!« Tessa entwindet sich der Umarmung und haut Miles auf die Schulter. Laut kichernd läuft er aus dem Zimmer, sie flitzt hinterher, bleibt jedoch vor dem Spiegel stehen, um ihren Afro wieder aufzubauschen.

Bevor sie aus dem Zimmer laufen kann, stößt sie mit Sam zusammen, ihrer persönlichen Sahneschnitte. Sam hat die blonden Haare frisch frisiert und trägt zum schwarzen Anzug eine Krawatte im selben Ton wie Tessas zartrosa Kleid – eine echte Abwechslung zu seinen sonst üblichen Hawaiihemden.

Zärtlich legt er ihr eine Hand an die Wange, umfasst mit der anderen ihre Taille und zieht sie nah an sich. Er schaut sie so ehrfürchtig an, als wäre sie etwas sehr Kostbares.

»Du siehst … wunderschön aus«, flüstert er. »Ich meine. Wow. Einfach nur … wow.«

Ihre Augen funkeln, und ein Lächeln breitet sich auf ihrem Gesicht aus, als sie sich zu einem innigen Kuss vorbeugt.

Klar, dass sie so einen romantischen Blick auf die Welt hat. Vielleicht könnte ich auch an den ganzen Quatsch mit der einen großen Liebe glauben, wenn jemand mich so ansehen würde.

Was Jay jedenfalls nicht tut. Aber vielleicht kommt das noch? Vielleicht heute Abend.

»Hey, nehmt euch ein Zimmer.« Das kommt ein bisschen harscher heraus als beabsichtigt.

»Hier nimmt sich keiner ein Zimmer!«, ruft Tessas Vater dröhnend, der plötzlich wie aus dem Nichts aufgetaucht ist. Sams Wangen werden flammend rot, und er macht zwei riesengroße Schritte rückwärts. »Kommt alle mit«, fährt Tessas Vater fort. »Wenn Carol nicht bald ein paar Fotos für ihre Facebook-Seite bekommt, flippt sie aus. Ich warne euch, sie hat sich schon Posen überlegt.«

Als wir rauskommen, stehen schon alle Familien wie die Paparazzi in einer Reihe da. Miles, Mr und Mrs Johnson (ich nenne sie nie Carol und James, da können sie noch so locker tun) und Mr und Mrs Lim (die auch so angeredet werden möchten, wie normale Eltern). Und dann Mom, Dad und meine kleine Schwester Etta, die unsere Eltern angebettelt hat, mitkommen zu dürfen, und jetzt mit der Nase in einem Lehrbuch dasitzt, weil sie nämlich ein durchgeknalltes Wunderkind ist.

»Super, jetzt rückt mal enger zusammen«, ruft Mrs Johnson und geht aus irgendeinem Grund in die Hocke, damit unsere Nasenlöcher auf den Fotos so richtig schön zur Geltung kommen. »Kennt ihr *Drei Engel für Charlie*? Das wär doch vielleicht witzig!«

Das alles rauscht an mir vorbei, und ich begreife kaum, dass ich hier und jetzt tatsächlich Teil dieser großen Highschool-Tradition bin. Dieses Gefühl hatte ich in letzter Zeit häufig, bei all den ersten und letzten Malen, die, je näher der Schulabschluss rückt, in immer kürzeren Abständen auftauchen. Man hat sich so lange auf all diese Momente gefreut, hat davon geträumt, und plötzlich, wow, jetzt ist es so weit und wir sind hier, und dann, zack, ist es auch schon vorbei und wird nie wieder so sein. Zu Ende.

Ich möchte so gern mit ganzem Herzen dabei sein, die Augenblicke ganz fest halten und für später bewahren. Später, wenn wir in alle Richtungen zu unterschiedlichen Colleges ausgeschwärmt sind und das, was ich kenne und liebe, nie wieder so sein wird wie in diesem Moment.

Als ich klein war, habe ich etwa ein Jahr lang eine riesige rosa Polaroid-Kamera mit mir herumgeschleppt, und immer, wenn ich etwas Interessantes sah – eine Ameisenfamilie, eine vergessene Frühstücksdose auf dem Schulhof, einen Himmel wie ein Aquarell –, verschwand ich dahinter und knipste ein Foto. Ich tapezierte mein ganzes Zimmer mit den Bildern und verbrauchte so viele Filme, dass meine Mutter mir schließlich ein wöchentliches Limit setzte. Als wäre ich ein alter Mann, der das Rauchen nicht lassen kann.

»Warum machst du so viele Fotos?«, fragte mein großer Bruder Wally einmal. »Die sind nicht mal gut.«

»Zur Erinnerung«, sagte ich, und er verdrehte die Augen. Aber ich glaube, das beschreibt wirklich am besten, was ich da gemacht habe. Wie sonst soll man all die kleinen Augenblicke vor dem Vergessen bewahren?

Ich weiß nicht, was mit der rosa Polaroid passiert ist, und jetzt habe ich keine Kamera mehr. Nur mein Handy, und damit kann ich alldem hier unmöglich gerecht werden.

Also sammele ich die Erinnerungen in meinem Gedächtnis. Ich präge mir ganz fest ein, wie Theo mich in die Arme nimmt und so doll drückt, wie er es in den vier Jahren, seit ich ihn kenne, noch nie getan hat. Wie meine Mutter fürsorglich Lavons Fliege zurechtrückt, so wie sie es auch bei meinem Bruder getan hat, als er zum ersten Mal mit seinem Freund tanzen gegangen ist. Ich präge mir ein, wie Sam Miles mit auf das Foto von sich und Tessa zieht, genau in die Mitte, als wäre es die normalste Sache der Welt. Und Dads funkelnd weißes Lächeln, so breit, dass man das rosa Zahnfleisch sieht.

Wenn ich doch sicher sein könnte, dass das alles für immer in meinem Gedächtnis bleibt. Wenn ich doch dafür sorgen könnte, dass die gute Zeit nicht hier endet, dass nach diesem Sommer ebenso viel Gutes an der New York University auf mich wartet.

Und wenn ich doch … wenn ich doch Jay bei mir hätte. Endlich gestehe ich es mir ein. Natürlich nur still für mich, denn wozu die überdrehte Hochstimmung in der extra für heute Abend gemieteten Limo mit meinem Drama trüben. Ja, ich ärgere mich darüber, dass er mir nicht zurückschreibt, aber das ändert nichts an dem Flattern in meiner Brust, wenn er nachts am Telefon »Hey, Lady« flüstert, oder an dem Ziehen in meinem Bauch, wenn wir uns im Musikunterricht ins Treppenhaus des dritten Stocks davonstehlen.

Wenn er doch hier wäre und meine Hand hielte und ich meinen Kopf auf seine Schulter legen könnte, wie meine Freunde es in diesem Moment mit ihren Liebsten machen.

Aber das geht natürlich nicht.

Zweites Kapitel

Seit Oktober haben Jay Parikh und ich miteinander zu tun. Und damit meine ich nicht nur, dass wir uns im Treppenhaus der Chrysalis Academy grüßen, der Schule mit künstlerischem Schwerpunkt, auf die wir alle gehen. Ich meine, dass wir uns treffen. Und nicht nur das, wir treffen uns ohne die anderen. Aber ganz locker.

Wir sind ausdrücklich nicht zusammen. Denn wie er mir erklärt hat, nachdem wir auf der Halloween-Party von Brett Kwan das erste Mal geknutscht haben (Jay ging als Walter aus *Wo ist Walter?*, ich war Eartha Kitt als Catwoman), hat er grundsätzlich keine Beziehung. Nicht, weil er nicht möchte. Sondern wegen seiner Eltern. Sie verlangen, dass er sich auf die Schule konzentriert und sich von Mädchen nicht ablenken lässt, bis er heiraten will oder so. Deshalb die Heimlichkeiten. Deshalb knutschen wir im Mini-Van meiner Mutter auf dem Parkplatz der Bibliothek und stehlen uns auf Partys und Verabredungen mit Freunden davon, anstatt uns richtig zu verabreden. Ich glaube, wir hatten noch nie ein echtes Date. So eins wie im Film, wenn der Schüler, der aussieht wie achtundzwanzig, seine Freundin zu einem richtigen Italiener ausführt statt zu Pizza Hut und ihr die Tür aufhält und den Stuhl zurechtrückt und aus unerfindlichen Gründen einen brandneuen Audi fährt. Aber wer hat im wahren Leben schon solche Dates? Und ja, die Heimlichtuerei nervt schon etwas. Manchmal dauert es Stunden, bis er auf meine Nachrichten antwortet (wenn überhaupt), und einmal musste ich mich eine geschlagene Stunde lang im Wandschrank verstecken, als seine Mutter vor ihrem Termin bei der Fußpflege überraschend für eine Tasse Tee nach Hause kam. Aber ich spiele mit, weil ich Jay will.

Ich wusste vom ersten Moment an, dass ich ihn wollte.

Es war in einem Malkurs für Fortgeschrittene am ersten Donnerstag dieses Schuljahrs. All die Jahre auf der Chrysalis habe ich zwischen den Profilfächern hin und her gewechselt – aber nicht, weil ich nicht bei einer Sache bleiben kann, wie die Beratungslehrerin Ms Ramiro mal angedeutet hat. Nein, ich bin einfach auf so vielen Gebieten richtig krass gut. Aber jetzt, im Abschlussjahr, hat Ms Ramiro gesagt, könne ich nur in meinem aktuellen Profilfach Kurse besuchen, also in Bildender Kunst. Und so bin ich mit meiner Staffelei neben dem tollsten Jungen gelandet, den ich je gesehen habe.

Braune Haut mit lässiger schwarzer Mähne. Aber keine künstlich gestylte Mähne, sondern eine, die einfach richtig cool ist. Low-End-Theory-Shirt, abgerissene schwarze Jeans und retromäßige Chicago Jordans. Er hat echt Stil. Halbes Grinsen und wacher, abschätzender Blick aus dunkelbraunen Augen. Und seine Ausstrahlung. Normalerweise mache ich mir nichts daraus, was andere über mich denken, aber bei Jay wollte ich sofort und unbedingt, dass er mich gut findet. Am liebsten hätte ich einen kleinen Tanz vollführt, um ihm aufzufallen. Mich vor seine Staffelei geworfen und verlangt, dass er mich malt wie eine seiner weißen Naturschönheiten.

Und dann hat er mich angesprochen.

»Hey, Lady.«

Ja, ich weiß, das klingt jetzt furchtbar abgedroschen. Und bei jedem anderen hätte ich wahrscheinlich gelacht und sofort die Flucht ergriffen. Aber aus irgendeinem Grund wirbelten die Worte in meinem Kopf herum, fuhren schmetterlingsflatterige Achten um mein Herz, sausten wie der Blitz in meinen Bauch und zuckten mir bis in die Zehen. Total bescheuert.

Es war der Wahnsinn.

Ich will Jay. Und im Moment kann ich ihn eben nur so haben, zusammen und doch nicht zusammen und alles ganz heimlich. Also spiele ich mit. Habe ich eine Wahl?

Der Abschlussball findet im Aquarium am Pazifik in Long Beach statt, und ich dachte, ich würde mir vorkommen wie beim Klassenausflug in der Fünften, aber da lag ich voll daneben. Die Aquarien, die vom Boden bis zur Decke ragen, tauchen den Hauptraum in romantisches blaues Licht, die Fische werfen sanfte Schatten auf die Tanzenden. Blinkende Lichter hängen von der Decke herab und verleihen allem einen überirdischen Glanz. Einzig der uralte Bruno-Mars-Song, der aus den Boxen dröhnt, stört die Magie, denn der klingt so, als hätten irgendwelche Eltern die Playlist übernommen, aber das wird sich bald ändern.

»O mein Gott!«, stößt Tessa hervor, als wir unter dem lebensgroßen Modell eines riesigen Blauwals hindurchgehen, der im Foyer hängt. Ich kann beinahe hören, wie sich die Worte in ihrem Kopf zusammenfügen, wie es ihr in den Fingern juckt, das alles niederzuschreiben. »Wie kann das so himmlisch sein?«

»Freust du dich?«, fragt Sam. Er umfasst ihre Hüften und legt das Kinn auf ihre Schulter.

»Ja«, sagt sie, ganz lieb und still. »Ich liebe dich.«

»Ich liebe dich auch.« Und dann küssen sie sich, und jetzt muss ich mal langsam weggucken, denn das ist ein intimer Moment, und mein Starren ist voll creepy.

»Wohin wollt ihr als Erstes?«, frage ich und wende mich zu Theo und Lavon. »Meint ihr, das Aquarium mit den Ohrenquallen, die man anfassen kann, ist geöffnet?«

Lavon lacht, aber Theo ist mit seinen Gedanken woanders. Ich folge seinem Blick zu dem Fotoautomaten. Grayson und Poppy, mit denen Tessa in ihrem ersten Jahr abgehangen hat, bevor sie zu Verstand kam, sind ineinander verschlungen, schmeißen sich stilvoll in Pose und machen einen Kussmund. Aber na ja. Sie sind nicht Gigi Hadid.

»Hast du Lust auf ein paar Starfotos?« Ich stoße Theo mit dem Ellbogen an.

»Wär vielleicht ganz witzig, was?« Er zuckt die Schultern und sieht nicht ganz so gelassen aus, wie ich ihn kenne. »Aber na ja, nur als Spaß natürlich.«

Tessa lacht, aus ihrer Sam-Verzückung gerissen. »O ja! Unbedingt! Wir können so posieren!« Sie stellt sich hinter Sam und schlingt die Arme um seinen Bauch. Dann legt sie den Kopf in einem unnatürlichen Winkel schief und setzt ein Zahnpastalächeln auf.

»Super!«, rufe ich, springe hinter sie und mache mit. »Wenn schon kitschig, dann auch richtig!«

Theo stößt ein leises Lachen aus. »Ja, ein bisschen albern ist es schon …«

Lavon rückt näher an ihn heran und legt ihm eine Hand auf den unteren Rücken. »Wenn es dich glücklich macht, ist es nicht albern, Babe.« Jetzt lächelt Theo richtig, und sie geben sich einen süßen kleinen Kuss.

»Okay, auf zum Fotoautomaten!«, rufe ich und springe hinter Tessa und Sam hervor, die sich jetzt auch schon wieder mit Sternchenaugen anschauen. »Aber lasst uns erst einen Tisch suchen, bevor die guten alle weg sind. Ein paar ganz Schnelle haben sich schon die Tische bei den Nemo-und-Dorie-Fischen geschnappt, aber wenn wir uns beeilen, kriegen wir vielleicht noch einen bei den Rochen. Die haben so niedliche kleine Gesichter.«

Was rede ich da überhaupt? Ich habe keine Ahnung, aber ich bahne mir einen Weg durch die Menge, und die beiden glücklichen Pärchen folgen mir.

Die nächste Stunde rauscht an mir vorbei. Die Musik wechselt von der Eltern-Playlist zum großen Bruder, der nur ein kleines bisschen neben der Spur ist, da sind definitiv ein paar Hits dabei. Ich kann sogar Tessa mit auf die Tanzfläche schleifen, und sie tanzt nie. Wirklich nie. Ich zücke wieder meine innere Kamera und versuche diese flüchtigen Augenblicke festzuhalten: wie Tessa und ich zu Beyoncé mitgrölen. Wie Sam mit unerschütterlichem Selbstvertrauen die übelsten Boy-Band-Moves vollführt, sodass alle hingucken. Theos megabreites Grinsen, als er und Lavon synchron tanzen. Als ein paar jaulende, langsame Balladen laufen und meine Freunde sich wie magnetisch angezogen finden und ich außen vor bleibe, das fünfte Rad am Wagen, verschwinde ich einfach aufs Klo. Diese Erinnerung brauche ich nicht festzuhalten.

Die ganze Zeit schaue ich mich um in der Hoffnung, Jay zu entdecken. Nur ganz verstohlen, denn ich habe keine Lust, mir heute Abend von Tessa und Theo Vorhaltungen machen zu lassen.

Er hat immer noch nicht auf meine Nachrichten geantwortet. Hoffentlich haben seine Eltern ihm nicht ganz verboten, zum Ball zu gehen. Das wäre wirklich Mist, aber vielleicht könnte ich noch zu ihm fahren, nachdem die Limo uns zu Hause abgesetzt hat?

Oder ich könnte mich sogar jetzt schon wegschleichen und ein Taxi nehmen … Die glücklichen Pärchen würden mich bestimmt nicht wahnsinnig vermissen. Jays Zimmer liegt im Erdgeschoss, und das Fliegengitter lässt sich ziemlich leicht öffnen. Das haben wir schon mal gemacht. Wenn er nur endlich auf meine Nachrichten antworten würde …

»Du hältst nach ihm Ausschau, stimmt's?«, fragt Tessa, als wir etwas später am Tisch sitzen und eine Verschnaufpause einlegen.

Dann war ich wohl doch nicht so unauffällig, wie ich dachte. Ich antworte nicht, aber meine schuldbewusste Miene verrät mich bestimmt.

»Ich dachte, du wärst mit ihm fertig«, sagt sie so scharf, dass Sam, Theo und Lavon ihr Gespräch über Nasendoktorfische unterbrechen und uns anschauen.

»Ich hab nicht gesagt, dass ich mit ihm fertig bin, nur, dass ich auf Abstand gehe.« Ich merke selbst, wie hohl das klingt. Ich bin nicht auf Abstand zu Jay gegangen, ich habe nur aufgehört, mit meinen Freunden über ihn zu reden. »Hey, er ist nicht so mies, wie ihr denkt. Wenn wir zu zweit sind, ist er echt lieb.«

»Lenore, er hat sich geweigert, dich seinen Eltern vorzustellen«, sagt Theo entschieden.

»Ich hab euch doch gesagt, wie streng die sind. Da kann er ja nichts dafür, er hätte es auch gern anders. Nur noch ein paar Monate, dann zieht er aus, und …«

»Nicht mal als Schulfreundin wollte er dich vorstellen«, fällt Theo mir ins Wort. »Die Entschuldigungen, die du für ihn erfindest, sind an den Haaren herbeigezogen, das weißt du selber, Lenore.«

»Und!«, fügt Tessa hinzu. »Und wieso ist er dann mit Rachel Chan zur Wintergala gekommen, hm? Das sah verdammt nach einem Date aus, und seine Eltern haben die beiden auf jeden Fall gesehen!«

Es ärgert mich, dass sie wieder davon anfängt, obwohl wir schon bis zum Erbrechen darüber geredet haben und sie weiß, wie ich darüber denke.

»Das war kein Date«, wiederhole ich. Mein Körper ist gespannt wie die Leinwand auf einem Rahmen. »Es war rein freundschaftlich.«

Tessa und Theo ziehen gleichzeitig die Augenbrauen hoch. Sam schaut weg.

»Es ist kompliziert. Mit Rachel Chan ist es eben einfacher. Seine Eltern kennen ihre Eltern. Sie mögen sie.«

»Und was könnte man an dir nicht mögen?«, fragt Tessa ruhig. Sie nimmt meine Hände und drückt sie. Sie kennt die Antwort auf diese Frage, und ich sehe, wie ihr Gesichtsausdruck hart wird.

Jay hat es nie ausgesprochen, aber ich weiß, warum er mich seinen Eltern nicht vorstellt, nicht mal als Schulfreundin. Wenn ich die Mädchen anschaue, die er zu sich einlädt – Rachel Chan, Nupur Patel, Aesha Seth –, dann sehe ich den wahren Grund, den hässlichen Grund. Ich weiß, dass sie alle schon zum Lernen bei ihm waren und sogar, um einfach nur abzuhängen. Sie durften sogar zum Abendessen bleiben.

Im Gegensatz zu mir sind diese Mädchen nicht Schwarz.

Aber er kann ja nichts für seine Eltern. Und mit diesen Mädchen hat er nicht das, was wir miteinander haben. Sie sind nur Schulfreundinnen. Ich bin viel mehr für ihn. Das weiß ich.

»Bis er ausgezogen ist, sind wir nur locker zusammen«, sage ich. Damit tröste ich mich, wenn ich in seinen Instagram-Storys sehe, dass er andere Mädchen zu sich nach Hause einlädt, und wenn er mir auf der Wintergala mit Rachel über den Weg läuft, sein Arm auf ihrem Rücken. »Jetzt, wo er sowieso bald auszieht, muss man doch kein großes Drama mehr daraus machen. Ende des Monats wird er achtzehn, und bis dahin nutzen seine Eltern es noch voll aus, dass sie ihm Hausarrest verpassen können.«

»Wenn er dich wirklich gernhätte, würde er um dich kämpfen«, sagt Tessa, als wäre das so einfach.

Ich ziehe meine Hände weg. »So funktioniert das Leben nicht«, sage ich.

»Tja, sollte es aber.«

»Kannst du jetzt mal damit aufhören?« Das kommt schärfer heraus als beabsichtigt, aber ich kann es nicht ändern. Sie tut immer so, als hätte das Leben einen vorgezeichneten Handlungsbogen. Als würde auf jeden von uns ein Happy End warten, aber so ist es nun mal nicht.

Ich wische mit dem Finger unter dem Auge entlang, bevor eine verräterische Träne herausfließen kann. Aber ich war wohl nicht schnell genug, denn Tessa springt auf, schlingt die Arme um mich und zieht mich so fest an sich, dass ich ihre Rosenduft-Stylingcreme in die Nase kriege.

»Entschuldige. Ich halte jetzt die Klappe. Ich … ich hab dich einfach lieb.«

»Ich hab dich auch lieb«, sage ich und lehne meinen Kopf an ihren.

»Wir sollten hier abhauen«, sagt sie aus tiefstem Herzen. »Einfach abhauen und uns bei In-N-Out Burger holen und zum Strand fahren. Ich hab das Gefühl, wir haben den Abschlussball jetzt gesehen, oder was meint ihr?«

»Nach den Fotos«, erinnert Lavon uns, und Theo strahlt.

»Nach den Fotos«, stimmt Tessa zu. »Aber dann gehen wir. Das wird witzig, ein letztes Hurra auf uns fünf.«

Ich durchschaue, was sie da macht. Sie will, dass ich mich zugehörig fühle, indem sie mich hier rausholt, wo so schmerzlich offenbar wird, dass ich das fünfte Rad am Wagen bin, der ewige Sidekick. Aber leider bin ich auch der einzige Grund dafür, dass wir überhaupt ein letztes Hurra brauchen. Sie alle bleiben nach dem Sommer hier. Theo und Lavon gehen ans California Institute of the Arts, Tessa an die UCI, und Sam geht auf eine angesehene Schule für Gastronomie in L. A. und macht parallel dazu ein Praktikum bei Food Networks. Nur ich werde fehlen, wenn es zu später Stunde Riesenburger gibt und eine Runde Milchshakes mit allem von der Geheimkarte. Alle bleiben hier, nur ich bin dann Millionen Meilen weit weg an der NYU.

Wieder wische ich mir mit den Fingern unter den Augen entlang, entschlossener diesmal. Ich muss mich zusammenreißen. Ich kann mich nicht so hängen lassen, sonst verderbe ich den anderen diesen letzten Abend.

»Und dafür haben wir uns so aufgebrezelt? Das wär ja Verschwendung!« Ich zeige die coole Lenore-Fassade, die alle von mir erwarten. »Quatsch, Sis, wir bleiben hier, bis sie uns rausschmeißen. Außerdem passt die Limo doch gar nicht in den Drive-in!«

»In-N-Out ist nie Verschwendung«, sagt Tessa und drückt mich. »Aber ich mache alles mit, was du willst … oh.«

Ich sehe Jay in ihren Gesichtern, bevor ich ihn selbst sehe. Ganz still und mit großen Augen sitzen sie da, erst peinlich berührt, dann stocksauer.

Schließlich stößt Lavon ein lautes, lang gezogenes »Fuuuuuck« aus.

Ich folge ihren Blicken und sehe Jay vor einem Aquarium mit schwebenden, leuchtenden Quallen.

Als Erstes bemerke ich, wie gut er aussieht. Marinefarbener

Smoking mit schwarz glänzendem Revers, darunter ein schwarzer Rollkragenpulli mit Streifen an den Seiten, dazu blendend weiße Sneaker. Die Haare hat er weltmännisch zurückgegelt, und er strahlt dieses unglaubliche Selbstvertrauen aus, das ich so an ihm liebe. Wie gesagt, er hat einfach Stil.

Aber als Zweites bemerke ich Rachel Chan. Nah an seiner Seite. Richtig nah, näher als alle Schulfreundinnen, mit denen ich ihn bisher gesehen habe. Und dann lehnt sie sich an ihn. Seine Hand, die, wie mir jetzt auffällt, an ihrer Taille lag, gleitet hinab zu ihrem Hintern, und dann schlingt sie ihm die Arme um den Hals, und ihre Lippen scheinen von seinen magnetisch angezogen zu werden. Das sieht nicht nach einem ersten Kuss aus. Das sieht aus, als hätten sie es schon öfter gemacht. Sie haben Übung.

»Lenore, warte«, sagt Tessa, denn natürlich stehe ich auf. Natürlich gehe ich zu den beiden hin, die so vertraut miteinander sind, dass sie sich in aller Öffentlichkeit küssen.

Als ich bei ihnen bin, sage ich kein Wort. Ich weiß nicht, was ich sagen soll. Das übernimmt Tessa, die direkt hinter mir steht.

»Was. Soll. Der. Scheiß. Was soll der Scheiß?!« So laut habe ich sie noch nie gehört. Jay und Rachel springen auseinander.

Ich erwarte, dass er sich entschuldigt und alles erklärt. Es muss ja eine Erklärung geben, oder? Nicht, dass ich sie einfach akzeptieren würde, aber ich würde sie mir anhören. Ich überlege schon, was er alles tun muss, um das wiedergutzumachen. Das wird auf jeden Fall ein langer Weg, aber vielleicht können wir es schaffen?

Doch es kommt keine Entschuldigung. Keine Erklärung. Er wirkt noch nicht mal beschämt. Ich kann seine Miene überhaupt nicht deuten. Aber Rachels Miene kann ich deuten. Das ist nicht schwer. Rachel ist stinksauer.

»Äh, hi?«, sagt sie. »Ist irgendwas?«

»Jay?« Wie klein und schwach das herauskommt. Schrecklich.

»Hey, Tessa.« Er nickt ihr zu. »Hey, Lenore.«

Lenore. Er nennt mich nie Lenore. *Hey, Lady.* Seit dem ersten Tag in dem Malkurs für Fortgeschrittene ist das unser Ding. So hat er mich genannt, wenn wir auf dem Parkplatz der Bibliothek geknutscht haben oder im dritten Stock des Treppenhauses. Und in jener Nacht, als ich ihn in mein Zimmer geschmuggelt habe und um kurz vor fünf Uhr am Morgen wieder hinaus, obwohl mein Vater uns ermordet hätte, wenn er es mitbekommen hätte. Niemals nur Lenore.

Was ist hier los? Ist er … mit Rachel hier? Betrügt er mich mit Rachel?

»Ich, äh …« Ich kann keinen klaren Gedanken fassen und merke, dass mein Mund offen steht, während mein Gehirn versucht, das, was ich sehe, zu verarbeiten und alles zu einer logischen Erklärung zusammenzufügen.

Langsam schaut Rachel zwischen uns hin und her, dann wendet sie sich zu Jay. »Was geht hier ab, Babe?«

Und in dem Moment wird mir alles klar. Jay betrügt mich nicht mit Rachel. Er betrügt Rachel mit mir.

»Jay!«, sage ich wieder, jetzt schon lauter. »Wovon redet sie?«

Er windet sich, die Situation ist ihm peinlich. Und zu meinem Entsetzen merke ich, dass ich ihm peinlich bin. Als wäre ich hier diejenige, die sich danebenbenimmt. Er streckt eine Hand aus, als wollte er mich auf Abstand halten. »Lenore, das ist … Du weißt doch, dass ich mit Rachel zusammen bin. Wir wollen doch nicht, dass das hier komisch wird.«

»Komisch? Komisch?« Ich werde auf ein einziges Wort reduziert. »KOMISCH?«

Jetzt geht Rachels Blick schneller zwischen uns hin und her, und ich sehe ihr an, dass sie eins und eins zusammenzählt. Jays coole Fassade bekommt Risse.

»Können wir ein andermal reden, Lenore?« Mein Name klingt so fremd aus seinem Mund. »Wenn du von der Kreuzfahrt zurück bist.«

Jetzt fällt mir wieder ein, was er gesagt hat, als ich ihm von der Reise erzählte. Wir waren mit seinem Wagen am Strand und schauten den Wellen zu, während wir uns auf der Rückbank unter einer Decke aneinanderschmiegten. »Ist eine Kreuzfahrt wirklich eine gute Idee für eine Nichtschwimmerin?«, witzelte er und schlang seine Beine um meine. Und, na ja, ich kann tatsächlich nicht schwimmen, aber das hatte ich noch nie erwähnt. Wieso hab ich ihn mit diesem dummen Spruch so einfach durchkommen lassen? Warum hab ich gelacht und mir sogar vorgestellt, wir wären zusammen auf der Kreuzfahrt, als hätte sich eine von Tessas albernen Fantasien erfüllt?

Ich war so blöd. Kam mir auserwählt vor. Begehrt. Dabei war ich nur die Dumme, die er nebenher hatte, während er mit einer anderen etwas Ernsthaftes anfing – mit Rachel Chan, die er vor seinen Eltern nicht verstecken muss.

Aber scheiß drauf. Ich brauche ihn nicht. Ich hab noch nie einen Jungen gebraucht, und ich werde jetzt ganz bestimmt nicht damit anfangen. Ich bin wütend auf ihn, ja, aber noch wütender bin ich auf mich selbst, weil ich bereit war, mich mit so wenig zufriedenzugeben.

»Wir werden nie wieder miteinander reden, Jay.«

Innerlich singe ich eine rotztriefende, dramatische Power-Ballade wie Jennifer Hudson in *Dreamgirls*, oder als sie diese scheußliche computeranimierte Katze in *Cats* war. Aber nach außen hin bin ich wie aus Stein. Ich werde nicht vor ihm losheulen.

»Lenore …«

Bevor er den Gedanken zu Ende führen kann, habe ich mich schon zum Gehen gewandt. Tessa läuft mir hinterher. »Los, wir hauen ab«, sagt sie an unserem Tisch zu Sam, Theo und Lavon.

»Lenore, das tut mir so leid«, sagt Theo.

»Schon gut«, sage ich. »Es ist nichts.« Und anscheinend war es wirklich nichts. Denn Jay kommt mir nicht hinterher. »Aber hey, ihr müsst noch eure Fotos machen, bevor wir gehen.«

»Meinst du … meinst du echt?«, fragt er. Ich weiß, dass er nicht darauf bestehen würde, aber ich hab doch gesehen, wie scharf er auf die kitschigen Fotos war. Darauf soll er nicht verzichten, nur weil seine beste Freundin eine Katastrophe ist. Weil ich dazu verdammt bin, immer nur Arschlöcher und Idioten anzuziehen, und meine Menschenkenntnis ein Witz ist.

»Lenore, das muss doch nicht sein«, mischt Tessa sich ein. »Wir holen dir einen riesigen Burger, zwei Portionen Pommes und einen Milchshake mit allem, und dann hören wir SZA auf voller Lautstärke und brüllen aufs Meer hinaus.«

»Nein, Theo soll seine Fotos haben«, sage ich und gebe mir Mühe, normal zu sprechen. Wieder wische ich unter meinen Augen entlang. »Und du und Sam auch, Tessa. Ich kann deine Handtasche halten.«

»Das geht doch nicht …«, setzt Sam an.

»Hey, ich bestehe darauf«, sage ich. »Das müsst ihr …« Meine Stimme bricht. Ich versuche es noch mal. »Das müsst ihr auf jeden Fall machen. Sonst geht es mir erst recht mies. Ich will nicht, dass er euch auch noch den Abend verdirbt … Ich will nicht, dass es mir überhaupt etwas ausmacht.«

»Ooo-kay«, sagt Theo langsam. »Aber können wir dann einfach ein Foto von uns allen zusammen machen? Daran möchte ich mich gern erinnern … an uns alle zusammen.« Er drückt Lavon die Hand, doch dann kommt er zu mir, nimmt mich in die Arme und wischt mir etwas von der Wange. »Ich liebe dich, Lenore. Er hat dich nicht verdient.«

Ich hole tief Luft und finde die Lenore, die immer da ist und die sie kennen. Cool, gelassen, selbstsicher. »Keiner hat mich verdient. Und jetzt machen wir ein paar Fotos, die wir uns angucken können, wenn wir alt und verhärmt sind, damit wir nie vergessen, wie schön wir in diesem Moment waren.«

Und so kam es zu diesen Fotos von mir mit rosa Federboa, verschmierter Wimperntusche und dem künstlichsten Lächeln ever. Meine beiden besten Freunde, ihre Allerliebsten und ich.

Allein.

Drittes Kapitel

Wäre das hier ein Marvel-Film, dann wäre ich der Bösewicht und das wäre meine Entstehungsgeschichte. Den Rest meines Lebens würde ich dafür sorgen, Arschlöcher auszurotten, ihre Verbrechen gegen das weibliche Geschlecht aufzudecken und sie dann umzubringen oder so, bis eines Tages ein Typ im Elastan-Anzug ein Gebäude auf mich schmeißt.

Aber es ist kein Marvel-Film.

Also lebe ich mein normales, unmörderisches Leben weiter.

Und meine Freunde machen es mir leicht. Theo und Lavon führen mich am nächsten Morgen ins Starling Diner aus, und Tessa ruft mich fünfmal an, nur um zu hören, wie es mir geht. Beim letzten Telefonat spreche ich sogar über meine Gefühle. Aber am Montagmorgen bin ich schon wieder die Lenore, die sie erwarten. Die sie brauchen. Taff, unverwüstlich, unschlagbar witzig, perfekter Lidstrich. »Es macht mir nichts aus«, behaupte ich, als Tessa mich in den Arm nehmen und zum Unterricht begleiten will, als wäre ich traumatisiert. Weil es mir nichts ausmacht! Wirklich nicht.

Eigentlich hätte es mich gar nicht überraschen dürfen. Was Jay sich da am Samstagabend geleistet hat … oder was er sich vermutlich schon seit … Oktober geleistet hat.

So außergewöhnlich war es wirklich nicht. Es ist nur ein weiterer Beweis für meine Sicht auf die Liebe, die besagt, dass die Liebe für mich nicht stattfindet.

Jay ist nicht der Erste, der sich gegen mich und für eine andere entscheidet. Und er wird auch nicht der Letzte sein. Nächstes Mal werde ich mich besser schützen. Mich nicht einwickeln lassen vom coolen Stil irgendeines Typen oder davon, was er mit meinem Körper anstellt, und dann blind sein gegen sämtliche Warnsignale. Ich werde mir nichts mehr vormachen, sondern auf der Hut sein, mein Herz fest verschlossen. Ich hab keine Zeit, mich zu verlieben und Gefühle in jemanden zu investieren, der nur mit mir ins Bett geht, bis er ein passenderes Mädchen gefunden hat. Wenn es überhaupt ein nächstes Mal gibt!

Was egal ist, denn ES MACHT MIR NICHTS AUS.

Absolut nicht.

Eine Woche nach dem Ball ist die Abschlussfeier, und die Woche vergeht schnell. Noch so ein großer Moment, den ich mir schon lange vorgestellt habe, und es ist einfach der Wahnsinn, dass es jetzt wirklich so weit ist. Und als ich gerade anfange, mich zu entspannen, ist es auch schon vorbei.

Ich konzentriere mich wieder auf die Augenblicke, präge sie mir ein und packe sie zu meinen Erinnerungen. Wie Tessa aufgeregt den Absolventenhut auf ihrem Afro zurechtrückt. Wie Oma Lenore ihre Fanfare ertönen lässt, und zwar nicht nur für mich, sondern für alle Schwarzen, die auf die Bühne kommen. Wie meine ganze Familie (sogar Wally) hüpft und brüllt wie in der Kirche, als mein Name aufgerufen wird. Wally wollte erst zu Hause bleiben unter dem Vorwand, er müsse sich auf sein Jurastudium vorbereiten, was eine Frechheit war, denn ich habe letzten Monat nicht im Traum daran gedacht, nicht zu seiner College-Abschlussfeier zu erscheinen. Aber mein Vater hat Wally seinen warnenden Blick zugeworfen, und damit war der Fall klar, Wally ist da.

Ich präge mir nicht ein, wie Jay den Arm um Rachel legt und beide Elternpaare Fotos machen. Dieser Augenblick kann im Meer versinken.

Nach der Zeremonie fahren wir zu Oma Lenore nach Artesia, wo es eine Abschlussparty für Wally und mich gibt. Oma Lenore hat das kleinste Haus von allen, aber es ist das Herz der Familie. Dort, in ihrem gemütlichen Haus in der Lilac Lane, im spanischen Stil erbaut, haben wir alle Feste, jeden Geburtstag und jedes gute Zeugnis gefeiert. Das Haus ist orange mit einem Ziegeldach, und links und rechts vom Eingang stehen zwei riesige Palmen. Als wir klein waren, hat Wally mir weisgemacht, er könne auf die Palmen klettern, und mir die Bananen gezeigt, die er angeblich aus dem Wipfel gepflückt hatte. Jetzt weiß ich, dass das Quatsch war, aber damals habe ich es so lange probiert, bis meine Beine aufgescheuert waren, und dann bin ich reingegangen und habe ihn bei Oma Lenore verpetzt. Sie kam heraus, schwenkte ihr Geschirrtuch und drohte, ihm den Hintern zu versohlen, »denn das macht deine Mama ja nicht!«. Oma Lenore war immer meine leidenschaftlichste Fürsprecherin. Schade, dass ich sie nicht Jay auf den Hals hetzen kann.

Als wir die Treppe hochgehen, steht sie schon an der Tür. Wahrscheinlich ist sie auch erst kurz vor uns angekommen, aber garantiert sind Auntie Stacy und mein Cousin Jerry in der Küche und kümmern sich um alles.

»Oh, meine Babys! Guckt euch nur meine klugen Babys mit ihren tollen Abschlusszeugnissen an!«, sagt sie mit ausgebreiteten Armen. Sie trägt ein gewaltiges rosa Muumuu mit Leopardenmuster, in dem sie aussieht wie eine Hohepriesterin nach einer Zeitreise in die Achtziger.

»Ich hab meins noch gar nicht bekommen«, sage ich und drücke sie fest. »Die kleine Mappe war einfach leer. Kannst du dir das vorstellen?«

»Tja, bei dir vielleicht. Ich hab meins schon«, sagt Wally grinsend. »Vielleicht kommen sie zur Besinnung und schicken es dir gar nicht.«

»Ich könnte meinen Highschool-Abschluss auch schon haben, wenn Mom und Dad mich lassen würden«, sagt Etta hochnäsig, und ich verdrehe die Augen, denn es stimmt zwar, aber sie müsste es ja nicht so raushängen lassen. Mit ihren zehn Jahren nimmt sie schon online an College-Kursen teil.

»Ihr haltet jetzt mal eure große Klappe und lasst mich meinen Tag genießen!« Ich haue Wally auf die Schulter, und er will zurückhauen, aber ich flüchte mich schnell hinter Oma Lenore.

»Marla, komm und hol deine Kinder«, sagt sie mit einem Seitenblick zu meiner Mutter.

»Was für Kinder? Das sind nicht meine.« Lachend schüttelt meine Mutter den Kopf. Sie beugt sich zu Oma Lenore hinab und küsst sie auf die Wange, mein Vater genauso.

»Mmm-hmm.«

Bis auf die kupferfarbene Haut haben Oma Lenore und meine Mutter äußerlich nichts miteinander gemein. Man würde nicht denken, dass sie miteinander verwandt sind, denn Oma Lenore ist klein und füllig, während meine Mutter schlank und hochgewachsen ist, über eins achtzig, wie mein Vater. Und meine Mutter trägt ihre natürlichen Haare meistens zu einem niedrigen Dutt gebunden, während Oma Lenore je nach Lust und Laune ihre Perücken wechselt. Heute ist sie blond mit Igelstacheln im Nacken und einer perfekt gestuften Ponysträhne über dem rechten Auge.

Meine Eltern und Etta gehen rein, und Oma Lenore zieht mich

zu sich heran. Sie riecht nach Kokoslotion und ihrem Lavendelwaschmittel.

»Hey, schönes Kind«, sagt sie. So nennt sie mich, seit ich ein Baby war. »Ich bin echt stolz auf dich. Hast du mich da oben auf der Bühne gehört?«

»Ja, ich glaube, ganz Long Beach hat dich gehört, Oma.« Ihre Augen leuchten, und sie drückt mich noch fester. Sie reicht mir nur knapp bis zur Schulter, und ich lege den Kopf auf ihren.

»Was hast du denn da an?« Sie betrachtet mich von oben bis unten. Ich trage einen pinkfarbenen Jumpsuit mit Flügelärmeln und glänzenden Goldknöpfen, die ich selbst angenäht habe.

»Mal wieder eins ihrer speziellen Outfits«, sagt Wally abschätzig. Wie aus dem Nichts taucht Omas Küchenhandtuch auf und klatscht Wally auf die Beine. »Du hältst jetzt mal lieber den Schnabel, Wallace«, sagt Oma Lenore streng. Lachend flitzt er ins Haus. »Mir gefällt er, schönes Kind. Besorg mir einen in meiner Größe!«

Ich gehe mit ihr ins Haus. Drinnen ist es warm, sie hat keine Klimaanlage und erlaubt meinen Eltern nicht, eine einbauen zu lassen. Außerdem ist es randvoll mit Menschen, lauter Menschen, die ich gernhabe. Ich erkenne die Stimmen von Auntie Stacy und meiner Patentante Arlene, die in der Küche über einem Topf mit köstlichem Essen Whitney Houston singen, Auntie Maes stotternde Lache von der hinteren Veranda (seit dem Vorfall mit dem Kartoffelsalat darf sie nicht mehr beim Kochen helfen), zischende Laserschwerter von der PlayStation, die einer der kleinen Cousins im Wohnzimmer aufgebaut hat, und meine Onkel, die in der Garage diskutieren und Dominosteine auf einen Spieltisch knallen.

»Hey, Cousinchen!« Mein Cousin Jerry kommt mit einer schmutzigen Schürze um die Taille durch den Flur. Die meisten aus meiner Familie sind klein, wie Oma Lenore, aber Jerry ist groß, sogar noch größer als mein Vater. Er trägt einen Fade-Cut, den er alle zwei Wochen auf null rasieren lässt, und strahlt permanent von einem Ohr zum anderen. »Gratuliere! Wir wussten alle, dass du irgendwie durchkommmst!«

»Lass mein Baby mal in Ruhe«, grummelt Oma Lenore, während sie an uns vorbei in die Küche saust.

»Warum geht ihr alle so auf mich los?«, rufe ich. Jerry lacht nur und stößt mich mit dem Ellbogen an. »Ich war im Begabtenprogramm und hab mit Auszeichnung bestanden!«

»Ja, aber was heißt das schon in deiner Familie?«, sagt er und schlingt mir die Arme um den Hals. »Ihr seid doch alle kleine Einsteins! Das talentierte Zehntel halt!«

Er stimmt den Titelsong von *Little Einsteins* an, und ich weiß gar nicht, woher dieser Typ mit seinen zwanzig Jahren den kennt. Aber dann lässt er die Hüften kreisen und schnippt im Takt der Musik mit den Fingern, und ich muss einfach mitlachen. So zeigen wir uns in meiner Familie unsere Zuneigung: indem wir einander ein bisschen zurück auf den Boden holen. Und er hat ja sogar recht. Etta wird ihre Bachelor-Kurse voraussichtlich abschließen, noch ehe sie mit der Middle School fertig ist, und Wally hat die Highschool als Jahrgangsbester abgeschlossen und konnte mit einem Vollstipendium an die University of California. Was ich bis jetzt erreicht habe, ist dagegen nichts. Und auch wenn meine Eltern sich Mühe geben, es nicht zu zeigen, habe ich doch immer gespürt, dass sie das auch so sehen, vor allem mein Vater. Wenn ich mal mit einer Eins minus im Zeugnis nach Hause kam, sah er mich mit hartem Blick an und fragte: »Was war denn da los?«

»Jerry, bestimmt springst du nicht irgendwo rum und singst, wo ich dir doch gesagt habe, du sollst auf den Grill aufpassen!«, ruft Auntie Stacy, und seine Augen werden groß vor Schreck.

»Ich muss!«, ruft er über die Schulter und flitzt zurück in die Küche.

Ich will ihm hinterher, als mir jemand von hinten an die Schulter fasst.

»Hast du ihn schon gesehen?«, fragt er. Ich fahre herum und sehe meinen Cousin Reggie, kurz für Reginald. Er trägt sein Standard-Outfit, schwarze Jeans und verblichenes schwarzes T-Shirt mit nerdigem Aufdruck. Heute ist es Static Shock, wer auch immer das sein soll. Reggie stammt eigentlich von der Seite meines Vaters, er ist der Sohn von Auntie Mae, aber die ganze Verwandtschaft (und auch die Leute, die meine Eltern als Verwandtschaft bezeichnen), die aus dem Süden hierher nach Kalifornien gezogen ist, betrachtet Oma Lenores Haus als ihre Homebase.

»Reggie, warum schleichst du dich so an?«

»Erst mal herzlichen Glückwunsch. Ich weiß, dass es dich große Anstrengung gekostet hat.«

Ich schubse ihn gegen die Schulter. »Hört mal alle damit auf, ich sag doch …«

»Zweitens. Na ja, ich wollte dich an der Tür abfangen, damit du keinen Schreck kriegst. Und töte jetzt bitte nicht den Boten, wenn ich dir sage … Marcus ist hier.«

Bei dem Namen zieht sich mein Magen zusammen. Als hätte ich diese Woche nicht schon genug durchgemacht!

Marcus ist mein Exfreund. Wir waren fast die ganze zehnte Klasse zusammen, aber eigentlich kenne ich ihn schon mein Leben lang. Als Kinder sind wir in dieselbe Baptistenkirche in der Stadt gegangen, dann trafen wir uns wieder, als wir im Sommer nach dem ersten Highschooljahr beide als Betreuer in derselben Bibelferienfreizeit arbeiten mussten. Was mit Knutschen im Bastelschrank begann, wurde bald ernster. Wir waren verliebt. Wir sprachen übers Heiraten, darüber, wie viele Kinder wir haben und wo wir wohnen wollten. All so was, mit sechzehn! Und er schien es wirklich ernst zu meinen. Aber genau wie Jay blieb er nur so lange mit mir zusammen, bis er eine Bessere gefunden hatte.

»Mit Tapatha«, fügt Reggie hinzu. »Er ist mit Tapatha hier.«

Tapatha. Das Mädchen mit heller Haut, haselnussbraunen Augen und »guten Haaren«, wie Oma Lenore immer sagte, bevor wir ihr erklärten, dass sie das sein lassen soll. Das Mädchen, mit dem Marcus nach mir zusammenkam – zwei Wochen nachdem er mich mit ein paar Zeilen abserviert hatte, die besagten, er wolle zurzeit keine feste Beziehung. Während er in Wahrheit nur keine Beziehung mit mir wollte.

»Was machen die hier?«, flüstere ich kieksig, ich möchte keine Aufmerksamkeit auf mich lenken.

Er zuckt die Achseln. »Du kennst ja deine Oma, wahrscheinlich hat sie ihr komplettes Adressbuch eingeladen. Und, oh, dreh dich jetzt lieber nicht um … sie stehen direkt hinter dir.«

Natürlich drehe ich mich um. Und natürlich schaut Marcus mich an. Er sieht gut aus. Frisch geschnittene Haare, enge Jeans, weißes Hemd mit hochgekrempelten Ärmeln, damit man seine Arme sieht, und schwarze Converse von Comme des Garçons, die nur er so tragen kann. Er hat kein Recht, hier aufzutauchen und so gut auszusehen.

Er verzieht die vollen Lippen zu einem Lächeln und winkt mir zu. Ich erstarre von Kopf bis Fuß. Ich komme mir genauso vor wie letztes Wochenende auf dem Abschlussball. Jennifer-Hudson-mäßige Rotz-Vibes.

Ich packe Reggie am Arm und ziehe ihn in die entgegengesetzte Richtung. Meine Strategie: weg von Marcus, nur weg von Marcus.

Und das gelingt mir in den nächsten Stunden auch, obwohl es

in diesem Haus schon eine Herausforderung ist. Zum Glück hat Oma Lenore wirklich alle Welt eingeladen, sodass es jede Menge Puffer gibt. Ich mache meine Runden, bekomme Küsschen links und rechts und beantworte immer wieder dieselben Fragen nach der NYU. Und als wir das Tischgebet sprechen und das Essen serviert wird, ist es noch leichter, so zu tun, als sähe ich ihn nicht, während ich mir die erste, zweite und dritte Portion nehme und mit meinen Cousins quatsche.

»Echt, Mann, du kannst nicht mehr einfach so seinen Namen rufen. Das ist respektlos!« Jerry gestikuliert bei jedem Wort so wild, dass ich mir Sorgen um den Teller mit Limettenkuchen mache, der bedenklich auf seinem Knien wackelt. »Kobe, Rest in Peace!« Er küsst seine Hand und hebt sie gen Himmel. »Er würde nicht wollen, dass du seinen Namen brüllst, während du deinen Müll wegwirfst.«

»Du tust ja so, als wäre er Jesus oder so«, sagt Reggie, der Übeltäter. Er hat versucht, mit seinem soßensiffigen Serviettenball einen Hakenwurf zu machen, und damit Anstoß erregt.

»Tja, das hast du gesagt.« Jerry zuckt die Schultern, aber dann schaut er sich schnell um, weil er sehen will, ob Auntie Stacy dieses Sakrileg mitbekommen hat.

»Wenn überhaupt, dann ist es ein Zeichen des höchsten Respekts. Es ist eine Reverenz«, sagt Reggie. Ich weiß genau, dass ihm das Ganze am Arsch vorbeigeht. Er diskutiert einfach gern.

Eric, Reggies älterer Bruder, schnaubt vor Lachen. »Jetzt erfindest du doch einfach Wörter.«

»Das Wort gibt es wirklich«, sagt Wally. »Und ich sehe es genauso wie Reggie. Es wäre eher respektlos, nicht mehr Kobe zu rufen.«

»Dich hat keiner gefragt, Wally!« Jerry verscheucht ihn mit einer

Handbewegung. »Du machst ja nicht mal Sport. Von wegen ›Oh, ich sehe es genauso wie Reggie‹.« So, wie er Wally imitiert, klingt er wie eine verschmähte Figur aus *Downton Abbey*. »Halt einfach die Klappe!«

Jerry hat recht. Unser Vater hat Wally (und auch uns Mädchen) als Kind nicht erlaubt, Basketball zu spielen oder irgendeinen anderen Sport zu machen. Er fand die MINT-Ferienlager, den Schachclub und Klavierunterricht sinnvoller. Trotzdem müsste Jerry ihm das nicht so unter die Nase reiben.

Ich sehe ihn von oben bis unten an. »Spiel dich mal nicht so auf, nur weil dein kleiner Cousin einen größeren Wortschatz hat als du.«

»Ha!«, ruft Reggie und macht eine Siegerfaust. Aber Eric fällt ihm ins Wort. »Frag deinen Freund, Wally! Jede Wette, dass er das genauso sieht wie wir.«

Eric meint Wallys langjährigen Freund Kieran. Sie sind seit der elften Klasse zusammen und führen, seit Kieran an die Duke University gegangen ist, eine Fernbeziehung. Eric denkt, Kieran weiß es besser, weil er in der Highschool ein Basketball-Superstar war. Er hat versucht, seine Karriere an der Uni fortzusetzen, aber das hat nicht geklappt.

»Wo ist Kieran überhaupt?«, frage ich, um das Thema zu wechseln. »Ist er schon wieder in der Stadt? Ich hab ihn ja noch gar nicht gesehen.«

Eine unverfängliche Frage, dachte ich, aber Wally guckt mich an, als hätte ich meinen Namen mit Permanentmarker quer über seine Jordans geschmiert.

»Wir haben uns getrennt. Schon vor einer ganzen Weile«, keift er.

»Was?« Ich bin geschockt. Wie kann es sein, dass er das nicht erwähnt hat? Wenigstens unsere Eltern hätten etwas sagen können. Sie sind ganz verrückt nach Kieran.

»Was ist passiert, Mann?«, fragt Jerry. Die hitzige Diskussion von vorhin scheint vergessen.

»Ja, ich versteh das überhaupt nicht«, sage ich. »Eure Beziehung wirkte so stabil. Ich dachte, er wollte hierherziehen, wenn du Jura studierst!«

Wally macht ein verkniffenes Gesicht. »Ich hab für so was keine Zeit mehr«, sagt er düster und schüttelt den Kopf. »Wenn du ein bisschen älter bist, wirst du das auch noch merken. Ich kann meine Zeit nicht mehr so verplempern wie du.«

Mit diesen Worten stürmt er in die Küche, wo lauter mit Folie abgedeckte Platten auf der Theke stehen. Ich komme mir vor, als hätte ich einen Schlag in die Magengrube bekommen. Zeit verplempern wie ich? Was soll das denn heißen? Ich will verstehen, was mit seinem Freund passiert ist, mit dem er die letzten sechs Jahre zusammen war und der praktisch zur Familie gehört hat, und er tut so, als hätte ich ihm unrecht getan.

»Mann. Das war schräg.« Ich lehne mich zurück und warte darauf, dass meine Cousins mir zustimmen. Mit großen Augen starren sie mich an, und es dauert einen Moment, bis ich kapiere, dass es nichts mit Wally zu tun hat, sondern mit etwas hinter mir.

»Hey, Lenore«, kommt eine vertraute Stimme von hinten. Warm und weich, wie ein achtzehnjähriger Aaron Neville. Auch ohne mich umzudrehen, weiß ich, dass es Marcus ist. Mit Tapatha.

»Ah, hey, Marcus. Hey, Tapatha.« Ich springe auf. Oh, Mist, darf ich ihren Namen überhaupt kennen? Wir haben uns ja eigentlich noch nie getroffen. Wissen sie jetzt, dass ich sie im Internet stalke? »Ich muss mal pinkeln. Bin gleich wieder da.«

Ich sprinte regelrecht zur Toilette und knalle die Tür hinter mir zu. *Ich muss mal pinkeln*?! Ich hätte auch aufs Klo gehen können, ohne ihnen zu erklären, was genau ich da vorhabe. Mann. Warum kann mein Mundwerk nicht manchmal ein bisschen langsamer sein?

Scheiße.

Ich bin hierhergekommen, um mich feiern zu lassen (und okay, auch um Wally zu feiern), nicht damit all diese Gefühle wieder hochkommen, die ich die ganze Woche weggeschoben habe. Ich bin nicht hier, um mich zu fragen, ob es so etwas wie Liebe überhaupt gibt.

Meine Eltern lieben sich. Das merkt man daran, dass sie sich auch nach fünfundzwanzig Jahren noch mit Herzchenaugen anschauen, als hätten sie sich gerade erst kennengelernt, außerdem spricht die Tatsache dafür, dass sie es immer noch miteinander treiben. Das hat Etta, die sieben Jahre jünger ist als ich, irgendwann mal sehr viel deutlicher erklärt, als mir lieb war.

Das, was meine Eltern miteinander haben und was Oma Lenore und Opa John hatten, bevor er gestorben ist – ich glaube nicht, dass es so etwas noch gibt. Na ja, vielleicht noch für Tessa-und-Sam oder Theo-und-Lavon. Aber wer weiß schon, was auf dem College aus ihrer Liebe wird? Es ist vielleicht fies von mir, so etwas zu denken, aber bei Wally und Kieran hätte ich auch geglaubt, das würde halten. Ich war mir sicher, dass Marcus und ich für immer zusammenbleiben würden, und jetzt taucht er mit einer Tapatha – was für ein dämlicher Name ist das überhaupt – am Arm auf meiner Abschlussparty auf. Sogar von Jay habe ich ein bisschen geträumt … Meine Menschenkenntnis ist wirklich nicht die beste.

Ich glaube, dass es die einzig wahre Liebe, so richtig große, dramatische Liebesgeschichten überhaupt nicht mehr gibt. Vielleicht muss man einfach nur jemanden finden, der gut genug ist.

Aber warum gelingt mir nicht mal das?

Ein Hämmern an der Tür reißt mich aus meinen Gedanken.

»Lenore!«, brüllt Jerry. »Hör mal, ich weiß, wie herrlich es ist, mitten am Tag ein richtig dickes Ei zu legen, aber du musst jetzt mal hinnemachen!«

Ich springe auf, mein Hals wird heiß. Es müssen ja nicht alle hören, wie es um meine angebliche Verdauung steht.

Ich mache die Tür auf, und er hebt die Hände. »Na endlich! Was brauchst du, Mädchen? Imodium? Lactaid? Pepto?«

»Treib's mal nicht zu weit«, sage ich und haue ihm auf den Bauch, aber ich muss doch lachen, als er sich an mir vorbeiquetscht und demonstrativ den Ventilator einschaltet, bevor er die Tür hinter sich zumacht.

Das Lachen bleibt mir jedoch im Hals stecken, als ich sehe, wer hinter ihm gestanden hat. Mist.

Marcus lächelt nur halb und winkt, aber Tapatha stürzt sich auf mich wie ein überdrehter Chihuahua.

»Lenore! Hi! Wir haben uns noch nicht getroffen, aber es fühlt sich so an, als würde ich dich schon kennen! Was für ein cooler Jumpsuit! Du hast einen einmaligen Stil!«

»Danke! Und du hast eine tolle Handtasche!« Ich setze mein schönstes Fake-Lächeln auf. Ich finde ihre Tasche gar nicht toll, aber was man eben so sagt.

»Nur dass du Bescheid weißt.« Marcus macht zaghaft einen Schritt auf mich zu und hebt die rechte Hand, als wäre ich ein unberechenbares Tier in der Wildnis. Ätzend. »Wir sind nur hier, weil meine Oma eine Mitfahrgelegenheit brauchte. Ich weiß nicht, ob du es schon gehört hast – sie haben ihr letzten Monat den Führerschein abgenommen, als sie ihren Wagen ungefähr einen Zentimeter vor dem Schaufenster ihres Schönheitssalons geparkt hat.«

Er lacht. Dasselbe warme, grollende Lachen, das ich so gut kenne und das in meinem Bauch kribbelt. Ebenfalls ätzend. »Na ja, ich wollte nur, dass du Bescheid weißt, damit das hier nicht komisch wird.«

Komisch. Genau wie Jay. *Wir wollen doch nicht, dass das hier komisch wird.* Warum sind alle so darauf bedacht, dass es nicht komisch wird? Als ginge es nur darum, dass sie sich wohlfühlen, und alles, was ich empfinden könnte, stört bloß. Und der Himmel weiß, dass ich ALLES empfunden habe, als ich mit ihm zusammen war. Ich war dumm. Ich hab zu viele Gefühle gezeigt – vor allem, als er mich verlassen hat und ich ihn davon überzeugen wollte, dass er einen Fehler macht, dass das mit uns wahre Liebe sei. Dass wir füreinander bestimmt seien. Damit habe ich ihn vergrault. Ich war eben komisch.

Mir wird flau im Magen, und meine Kehle schnürt sich zu, ein Warnsignal dafür, dass noch viel unangenehmere Gefühlsäußerungen drohen und ich mich jetzt gefälligst zusammenreißen muss. »Ja, klar«, sage ich. »Ist doch alles schon ewig her, Marcus.« Ich lache, und es klingt hohl. Aber das merken sie bestimmt gar nicht.

»Ach ja, ihr beide!« Tapatha lacht ebenfalls. Ihr Lachen liegt auf einer Frequenz, die nur Hunde hören können, und ich würde mir am liebsten das Trommelfell rausreißen. »Wie süß, dass ihr so viel Rücksicht aufeinander nehmt, nur wegen dieser Geschichte, die ihr als Kinder miteinander hattet!«

Wir waren keine Kinder. Wir waren sechzehn, wir hatten Sex und haben überlegt, wie wir unsere Kinder nennen sollen, aber was soll's.

»Ich hab gehört, du gehst an die NYU«, sagt Tapatha. »Marcus und ich gehen ans Spelman und ans Morehouse College. Im ersten Jahr müssen wir im Wohnheim wohnen, aber wir überlegen schon, uns bald eine Wohnung zusammen zu nehmen. Erzähl das bloß nicht seiner Oma, sie würde tot umfallen!« Sie haut Marcus auf die Schulter und stößt noch so ein hirnzersetzendes Lachen aus. »Und, hast du Angst vor dem Leben in New York? Ich hab auf Instagram ein Video von dieser Ratten…«

»Kann ich dich kurz entführen, schönes Kind?« Oma Lenore fliegt herbei wie eine farbenfrohe Zahnarzthelferin aus *Der Bachelor*.

»Oh, ja, bitte.« Ich packe ihren Arm und lasse mich aus diesem Albtraum von einem Gespräch wegführen. »Tschüs! War echt nett, mit dir zu plaudern!«, rufe ich über die Schulter, und Oma Lenore fügt hinzu: »Und noch einen gesegneten Tag!« Was gesittete Oma-Sprache ist für »Verpisst euch«. Am liebsten würde ich jubeln.

Wir gehen in das gute Wohnzimmer und setzen uns auf das schicke Sofa, der knitterige Plastikbezug pikst an meinen nackten Armen. Oma Lenore beugt sich so nah zu mir heran, dass mich ihre Stachelfrisur an der Wange kitzelt, dann nimmt sie meine Hand. Ihre Haut ist so weich und zart wie Pergamentpapier.

»Also, du weißt ja, dass Omas keine Lieblingsenkel haben.« Ihre dunklen Augen funkeln schelmisch. »Ich hab dich, Wallace und Etta genau gleich lieb. Aber du warst immer mein ganz besonderes Mädchen.«

»Ich weiß, Oma.« Ich lächele. Sie ist die Einzige, für die ich nicht nur gut genug, sondern genau richtig bin.

»Und deswegen«, fährt sie fort, »sollst du heute ein besonderes Geschenk bekommen. Ich hab ja gesehen, wie hart du gearbeitet hast, mit all diesen Begabtenkursen und so weiter. Und nicht jeder würd sich trauen, zum Studieren ans andere Ende des Landes zu ziehen, schon gar nicht an so eine berühmte Universität wie die in New York. Du sollst wissen, wie stolz ich auf dich bin, und deswegen hab ich hier was für dich.«

Als sie davon spricht, wie weit weg New York ist und dass ich fortgehen werde, fühle ich mich fast wieder so elend wie vorhin mit Marcus und Tapatha, aber ich schiebe das Gefühl von mir weg und konzentriere mich auf die guten Gefühle.

»Oma, du brauchst mir doch kein Geschenk zu geben, um mir zu zeigen, dass du stolz auf mich bist. Die Party hier ist mehr als genug.«

»Ach was, sei still«, sagt sie und drückt mein Bein. Sie dreht sich um, langt in den hellblauen Schrank neben dem Sofa und holt eine Geschenktüte mit einer Wolke Seidenpapier oben drauf heraus. »Nicht zu viel erwarten. Da sind keine Autoschlüssel drin, aber ein Auto kannst du in New York sowieso nicht brauchen.«

»Klar«, murmele ich, während ich in die Tüte fasse und ein Stück meiner Kindheit heraushole. Es ist rosa und grau mit einem riesigen Blitz obendrauf. Es hat immer noch den Kratzer von dem Ausflug ins Disneyland, wo sie mir runtergefallen ist, als ich während der Fahrt mit Dumbo ein Foto machen wollte, und links an der Ecke fehlt ein bisschen Farbe.

»Ist das …?«

»Deine alte Polaroid-Kamera«, vollendet sie meine Frage. »Genau, das ist sie.«

»Aber wie ist die … Ich weiß gar nicht, was damals damit passiert ist.«

Sie lacht. »Tja, ich kann dir sagen, was damit passiert ist! Du warst im Garten und hast Fotos von Opa gemacht. Du hattest alles haarklein vorbereitet – er musste einen dreiteiligen Anzug anziehen und im Jasmin sitzen, und das mit seiner Allergie. Du konntest die Belichtung nicht richtig einstellen, der Blitz ging immer los, obwohl er nicht sollte. Da hast du die Kamera auf den Rasen geschmissen und verkündet, dass du von der Fotografie nichts mehr wissen willst. Am nächsten Tag fing dann deine Wasserfarben-Phase an, und das war's.«

Ich kann mich nicht mehr daran erinnern. Es ist völlig ausgelöscht. Ich dachte, ich hätte die Kamera vielleicht verloren oder meine Eltern hätten mir einfach keine Filme mehr gekauft. Aber eine richtige gute Erklärung wäre das ja auch nicht. Ich weiß noch genau, wie toll ich es fand, die Kamera um den Hals zu tragen und überall mit hinzunehmen, und es juckt mir noch heute in den Fingern, Augenblicke als kleine Quadrate festzuhalten. Warum habe ich das so einfach aufgegeben? Für Wasserfarben? Ich kann mich überhaupt nicht an eine Wasserfarben-Phase erinnern.

Wahrscheinlich war ich damals schon so unstet wie heute. Irgendwann habe ich mich an der Chrysalis für einen Fotografiekurs angemeldet – im ersten Jahr? –, aber ich mochte den Lehrer, Mr Stabler nicht, deshalb habe ich gewechselt, zu Drucktechnik vielleicht oder zu Illustration. Ich bleibe nie lange bei einer Sache, denn es könnte ja sein, dass ich in etwas anderem noch besser bin.

»Dann hast du sie die ganze Zeit für mich aufbewahrt?«, frage ich. Oma Lenore lächelt immer noch, aber in ihrem Blick zuckt etwas.

»Das war dein Opa«, sagt sie. »Er hat sie in seinem Arbeitszimmer verwahrt, und niemand durfte sie anfassen, nicht mal, als wir renoviert haben, du weißt schon, als wir das Zimmer umbauen mussten.« Sie meint, als er krank wurde und sein Arbeitszimmer zum Krankenzimmer wurde. »Er sagte, du liebst die Kamera und findest zu ihr zurück … eines Tages.«

Wieder schnürt es mir die Kehle zu. Opa John ist jetzt schon sechs Jahre tot, und ich vermisse ihn immer noch so sehr. Es ist fast, als käme das Geschenk auch von ihm.

»Und bevor du jetzt meckerst, weil ich dir was schenke, was dir sowieso schon gehört«, sagt Oma Lenore schnell, und jetzt hat ihre Stimme wieder mehr Schwung. »Dein Cousin Reggie hat mir geholfen, zig Filme für das Ding auf eBay zu kaufen, und die waren nicht billig. Also, diese Kamera schmeißt du besser nicht noch mal auf den Rasen, klar?«

»Auf keinen Fall! Oma, das ist einfach super.« Ich umarme sie und atme ihren Kokos-Lavendel-Duft ein. »Ich freu mich so, dass ich sie wiederhabe. Ehrlich gesagt hab ich in letzter Zeit oft ans Fotografieren gedacht.«

»Wusste ich's doch!« Sie klatscht in die Hände. »Irgendwas hat mir gesagt, dass diese Kamera jetzt genau das Richtige für dich ist. Und vielleicht kannst du in New York ja sogar Kurse besuchen. Deine Mama hat mir erzählt, dass du Kunst an der Universität da studierst.«

»Ja, vielleicht.«

»Warum hast du denn jetzt schon wieder so einen Stinkeblick?«, fragt sie und sieht mich mit zusammengekniffenen Augen an. »Immer wenn jemand was von New York sagt, ziehst du die Lippe hoch und rümpfst die Nase, als würd's stinken.«

Ich merke selbst, wie ich das Gesicht verziehe, und beeile mich, wieder normal zu gucken.

Nach New York zu gehen schien genau das Richtige für die selbstbewusste, laute Lenore zu sein. Schließlich haben alle großen Künstler irgendwann mal in New York gelebt. Doch jetzt, wo ich in wenigen Monaten wirklich in New York sein werde, in dieser Stadt, die so weit weg von allem und jedem ist, was ich kenne … jetzt werde ich nervös. So nervös, dass Oma Lenore es mir am Gesicht ablesen kann.

Aber es bringt nichts, darüber zu reden. Es gibt sowieso kein Zurück mehr.

»Vielleicht liegt das an deinem Essen?«, sage ich grinsend. Ablenkungsmanöver.

»Hüte deine Zunge, mein Kind!« Jetzt hat sie den Stinkeblick.

»Außerdem studiere ich zwar Kunst, aber nicht so richtig«, erkläre ich. »Nicht so wie jetzt. Mein Hauptfach ist Kunstgeschichte. Also weniger Selbermachen, mehr Analysieren.«

Sie sieht mich von oben bis unten an. »Guckst du jetzt schon wieder wegen meinem Essen so?«

Lachend schlage ich mir die Hände vors Gesicht. Ich muss meine Lippe unter Kontrolle bekommen. »Vielleicht. Vielleicht aber auch, weil Kunstgeschichte ziemlich öde sein kann, aber ich musste mich bei der Bewerbung natürlich entscheiden, und zu der Zeit … dachte ich, das wäre eine gute Wahl.« Als ich mich für New York entschieden hatte und dort dann für die NYU, habe ich mit meiner Bewerbung trotzdem bis zum allerletzten Tag gewartet, bis zum fünften Januar, weil ich einfach nicht wusste, welches Studienfach es sein sollte. Meine Mappe war viel zu chaotisch, da erschien mir Kunstgeschichte als guter Kompromiss. Darin hatte ich mit Eins abgeschlossen, und Ms Ramiro sagte, das wäre doch vielleicht etwas für mich – und dafür musste ich keine Arbeitsproben einreichen. Noch ein Grund, weshalb ich das ArtCenter und die CalArts, die beiden Kunsthochschulen in Kalifornien, zwischen denen Theo schwankte, gar nicht erst in Betracht gezogen habe. »Ich weiß nicht recht.« Ich zucke die Achseln. »Ich glaube, das ist für mich mehr eine Übergangslösung, und ich überlege mir dann noch, was ich wirklich will.«

Ich merke selbst, wie verwöhnt es klingt zu sagen, dass ich noch überlege, während meine Eltern quasi ein ganzes Monatsgehalt hinblättern, damit ich an dieser angesehenen Uni studieren kann. Aber ich kann es nicht ändern. Ich glaube, dass ich deshalb so oft wechsele, weil mich dieser Funken antreibt, den etwas Brandneues entfacht. Der Reiz des Unbekannten, die Chance, etwas Neues zu lernen. Ich bin noch nicht mal achtzehn, wie soll ich mich da schon für mein ganzes Leben festlegen? Und am Ende muss ich mich ja richtig auf eine Sache einlassen, oder? Gerade, wenn so viel Geld im Spiel ist. Ich habe ein schlechtes Gewissen, weil ich nicht wie Tessa bin, die schon immer schreiben wollte, oder wie Sam mit seiner Backkunst. Oder auch nur wie Wally. Es ist nicht besonders originell, dass er in die Fußstapfen unseres Vaters tritt und Anwalt werden will, aber wenigstens ist er mit ganzem Herzen dabei.

Bei meinen Freunden kann ich große Sprüche klopfen, doch es verunsichert mich, dass ich mich auf nichts richtig einlassen kann. Dass ich chaotisch bin statt sicher und beständig. Vielleicht trägt das dazu bei, dass niemand sich richtig auf mich einlassen kann.

»Ich denke, du hast ja noch Zeit, schönes Kind, und es ist nichts verkehrt daran, einfach mal was auszuprobieren und zu gucken, was dabei rauskommt«, sagt Oma Lenore. »Dir wird alles gelingen, ganz egal, was du machst.«

Wenn sie das so sagt, kann ich es fast glauben. Manchmal hätte ich sie am liebsten in der Jackentasche dabei, wenn meine selbstsichere Fassade bröckelt. Was in letzter Zeit häufig der Fall ist.

»Oma, kannst du Montag nicht einfach mitkommen?«, frage ich. »Ich würde mir lieber ein Zimmer mit dir teilen als mit Wally.«

»Ich? Auf eine Kreuzfahrt?« Laut lachend schlägt sie sich auf die Schenkel. »Als hättet ihr alle *Titanic* nicht gesehen. Das war eine Warnung! Aber ich halte jetzt lieber den Mund.«

Viertes Kapitel

»Mom hat gesagt, ich soll mich eine Stunde lang wie ein Kind benehmen, deshalb musst du jetzt dieses dämliche Spiel mit mir spielen.« Etta hält das *Spiel des Lebens* in der ausgestreckten Hand, als könnte es beißen.

Eigentlich müsste ich jetzt für die Reise packen, denn morgen geht es los. Ich müsste die Broschüre der NYU für die Erstsemester lesen, die vor ein paar Wochen mit der Post gekommen ist und seitdem unter einem Stapel Papieren auf meinem Schreibtisch liegt. Stattdessen starre ich an die Decke, antworte halbherzig auf Tessas dämliche Nachrichten mit dem Tenor *Das ist der Anfang vom Rest unseres Lebens* und stelle alle meine bisherigen Entscheidungen infrage. Das heißt aber immer noch nicht, dass ich Lust hätte, mit Etta das *Spiel des Lebens* zu spielen.

»Das ist zu unserem beiderseitigen Vorteil, denn es sieht nicht so aus, als ob du gerade irgendwas Wichtiges tust«, redet sie weiter, und ich sehe sie an. Äußerlich sieht sie so alt aus, wie sie ist. Niedliches gelbes Spitzenkleid, das unsere Mutter wahrscheinlich für sie ausgesucht hat, das dunkle Haar zu einem Afro Puff hochgebunden. Aber ihre Augen verraten sie. Ihre Augen würden eher zu einer Frau in Oma Lenores Alter passen, einer Frau, die schon überall gewesen ist und alles gesehen hat und darauf wartet, dass du nachkommst. Wegen dieser kleinen alten Dame in ihr müssen unsere Eltern ihr manchmal sagen, sie solle sich »wie ein Kind benehmen«. Wenn es nach Etta ginge, würde sie den ganzen Tag das Wanderverhalten des Monarchfalters studieren oder das Reich von Mansa Musa oder dergleichen. Sie ist nicht wählerisch, solange sie nichts mit anderen Menschen zu tun haben muss – insbesondere mit Gleichaltrigen.

»Lenore, bitte«, quengelt sie, und jetzt kann man einen Schimmer der Zehnjährigen erahnen, die sie ist und die ihre große Schwester bittet, mit ihr zu spielen.

Aber wahrscheinlich hat sie das bloß aus dem Online-Psychologie-Kurs, den sie am Long Beach City College belegt.

»Na gut«, schnaube ich und wälze mich vom Bett. »Aber nur, wenn ich dich fotografieren darf.«

Sie zuckt mit den Schultern, setzt sich auf den Boden und stellt auf ihrer Spielzeug-Apple-Watch eine Stunde ein.

Ich gehe zu meinem Schreibtisch und hole die Kamera, die auf der Geschenktüte liegt, in der ich sie bekommen habe. Ich habe einen Film eingelegt, mich bis jetzt aber noch nicht getraut, ein Foto zu machen. Die Filme kommen mir so kostbar vor, weil der Vorrat begrenzt ist. Aber ich sollte wohl mal ausprobieren, ob sie auch funktioniert, bevor ich sie in mein Handgepäck für die Europareise packe.

»Okay, guck mich an.« Ich halte die Kamera hoch, richte den Sucher auf Etta und mache mich auf alles gefasst, denn vermutlich stehen die Chancen neunundachtzig Prozent dafür, dass das Ding explodiert und mir mit einem Glorienschein die Augenbrauen verkohlt. Aber es macht klick, und dann folgt ein Rrrrrr, als würden sich Zahnräder drehen, und ein weiß gerahmtes Foto kommt heraus. Ich schaue es an, warte darauf, dass sich die Farben entwickeln, und merke leicht beschämt, dass sich meine Brust zusammenzieht – ich halte vor Spannung die Luft an. Albern, ich weiß. Es ist nur meine alte Kamera, die ich als Kind hatte. Kein Vergleich mit den modernen Modellen, die an der Chrysalis benutzt wurden.

Aber das Foto hält, was es versprochen hat.

Etta hat die Augen aufgerissen, vom Blitz überrascht, und es ist, als würde das Foto all ihre Schichten durchdringen und ihr Innerstes zeigen. Die Etta, die mir gefolgt ist wie ein Schatten und mich Nor-Nor nannte und ihre Popel aß, bevor sie mit sechs anfing, zum Spaß Ta-Nehisi Coates zu lesen. Ein eingefangener Augenblick.

Ich lächele so breit, dass mir die Wangen wehtun. Das hat mir gefehlt.

Etta kommt zu mir und schaut sich das Foto über meine Schulter an. »Eine interessante Komposition, aber die Belichtung ist ungünstig. Ich verstehe nicht, wieso man so eine veraltete Technologie benutzt, wo doch das Ergebnis mit einer digitalen Spiegelreflexkamera klar überlegen ist.«

»Klar überlegen«, näsele ich und schiebe mit dem Zeigefinger eine imaginäre Brille hoch, obwohl Etta gar keine trägt. Es ist ein alberner Witz, und sie betrachtet mich von oben bis unten und zeigt sehr deutlich, dass sie auf solch ein kindisches Verhalten gar nicht erst reagiert.

Ich verdrehe die Augen und werfe Foto und Kamera aufs Bett. »Und wenn schon. Mir gefällt es.«

Sie nickt langsam und lässt mir meinen Willen, dann setzt sie sich wieder auf den Boden. »Können wir jetzt anfangen? Wir haben« – sie schaut auf die Uhr – »noch sechsundfünfzig Minuten, und du weißt, dass sie das kontrollieren.«

»Ja, weil du letztes Mal, als du dich wie ein Kind benehmen solltest, eine zehnseitige Abhandlung über die Diffamierung Schwarzer Mädchen in den *Descendants*-Filmen geschrieben hast.«

»Das war eine solide Analyse«, sagt sie, während sie das Spiel aufbaut und Karten, Autos und Spielfiguren aus dem Kasten holt.

»Stimmt.«

Ich mache mich manchmal über sie lustig, damit sie nicht größenwahnsinnig wird. Aber meine kleine Schwester ist wirklich brillant. Beängstigend brillant. Aber obwohl Etta ein Gehirn hat, das vermutlich eines Tages im Naturkundemuseum ausgestellt wird wie irgendein verrücktes Artefakt und dort von einem zukünftigen Nic Cage besichtigt wird, reicht es meinen Eltern immer noch nicht. Sie sind die ganze Zeit darauf bedacht, wie Etta noch besser werden könnte. Ja, sie wird wahrscheinlich schon mit neunzehn einen Doktortitel haben, aber kann sie auch mit ihren Freunden über die neusten Disney-Filme reden? Kennt sie sich mit den wichtigsten Hasbro-Spielen aus? Kann sie angemessen erklären, was »ein TikTok« ist? Immer gibt es einen nächsten Schritt, ein erklärtes Ziel.

Und das gilt für uns alle. Auch Wally und ich dürfen uns nicht bei einem Ausrutscher erwischen lassen. Aber sich selbst verlangen sie genauso viel ab, deshalb ist es schon fair. Seit ich denken kann, arbeitet mein Vater wahnsinnig viel, und ich glaube nicht, dass er in näherer Zukunft damit aufhört, obwohl er es mittlerweile zum Partner in seiner Kanzlei gebracht hat. Und meine Mutter hat ihre eigene gemeinnützige Bildungsorganisation gegründet, die sogar schon in der *LA Times* porträtiert wurde. Beide sind irrsinnig erfolgreich und erwarten das Gleiche auch von uns.

»Also«, sagt Etta und reicht mir ein gelbes Auto mit einer rosa Figur am Steuer. »Als Erstes musst du dir ein Haustier aussuchen.«

»Ein Haustier? Seit wann gibt es bei dem Spiel Haustiere?«

»Ich bin mit der Geschichte dieses Spiels nicht vertraut, aber das kannst du hinterher gern recherchieren.« Sie zieht eine Augenbraue hoch, viel zu gekonnt für eine Zehnjährige. »Such dir ein Haustier aus.«

»Und wenn ich keins will?« Ich rümpfe die Nase. »Ich weiß überhaupt nicht, was alle an Haustieren finden. Wieso will man so ein Vieh im Haus rumlaufen haben, das überall hinkackt? Wieso lässt man sich freiwillig abschlecken? Warum akzeptieren wir als Gesellschaft das als normal?«

»So sind die Spielregeln«, sagt sie und steckt mir ein grünes Hündchen ins Auto. »Entscheidest du dich für eine Ausbildung oder ein Hochschulstudium?« Sie zeigt auf die beiden unterschiedlichen Startfelder.

»Auf alle Fälle Ausbildung«, sage ich. »Das geht schneller und man bekommt das erste Gehalt früher.«

»Hmmm.« Etta schnalzt mit der Zunge und schüttelt den Kopf wie die neunzigjährige Oma in ihr. Zu ihr würde ein altmodischer Name viel besser passen als zu mir.

»Was ist?«

»Wenn du den Weg gehst, verlierst du höchstwahrscheinlich. Wenn du dich für ein Studium entscheidest, erhöht das deine Chance zu gewinnen, weil du dann einen Beruf mit einem höheren Gehalt ergreifen kannst, und das verschafft dir Vorteile, die sich auf das ganze Spiel auswirken.« Etta muss aus diesem Spiel ab acht natürlich mal wieder eine Ökonomievorlesung machen.

»Klar, aber auch mit Studium kann man in einem Beruf enden, der einem nicht gefällt, und was spielt es dann für eine Rolle, ob man mehr verdient? Und man muss sich verschulden, bevor es überhaupt richtig losgeht, denn man muss einen Kredit für ein Studium abbezahlen, das sich langfristig vielleicht gar nicht lohnt. Und das alles für eine ungewisse Zukunft? Nee, ich starte hier.« Ich knalle mein kleines gelbes Auto mit dem Pflichthund auf das Spielbrett und stoße dabei einen Kartenstapel um.

»Hmmm«, macht Etta wieder und schiebt die Lippen vor. »Das würde ich jetzt gern analysieren, aber ich brauche diese Stunde Kinderzeit, damit ich für den Rest des Tages meine Ruhe hab.«

»Da gibt es nichts zu analysieren«, sage ich hitzig. »Das ist einfach nur Strategie.«

»Klar.« Sie stellt ihr kleines rosa Auto auf die Startlinie.

Wir drehen die Drehscheibe, ziehen Karten und marschieren über das Spielbrett, wobei Etta alle fünf Minuten auf die Uhr schaut. Am Ende bin ich Sportlerin (als ob) und meine Schwester ist Geheimagentin (gut möglich). Und ja, ihr Geldstapel ist deutlich höher als meiner, aber nicht, weil sie sich für ein Studium entschieden hat. Sondern nur, weil sie andauernd solche dämlichen Karten bekommen hat wie »Du gewinnst den Wettbewerb ›Schönstes Gesicht‹! Du erhältst 40000 von der Bank«, während auf meinen so was steht wie »Großonkel Erwins 100. Geburtstag! Organisiere eine Party, die er nie vergisst! Zahle 30000 an die Bank«.

Als ich wieder zu einem kleinen Stoppschild komme, will Etta mir eine zusätzliche Spielfigur geben, diesmal eine blaue. »Zeit zu heiraten.«

Ich beäuge das Ding misstrauisch, denn ich habe diese Woche zu viel durchgemacht (Scheiße, eigentlich mein ganzes Leben), um noch irgendwelchen Jungs zu vertrauen, selbst wenn sie aus Plastik sind.

»Ich heirate nicht.«

»Musst du aber«, sagt sie streng. »Das sind die Spielregeln, Lenore.«

»Na, dann müssen wir die Werte dieses Spiels mal infrage stellen.« Ich nehme die blaue Spielfigur und pfeffere sie quer durchs

Zimmer. »Wieso brauche ich einen Mann, um erfolgreich zu sein? Manche Leute finden eben keinen Partner und verlieben sich nicht, und das ist ganz in Ordnung – das heißt nicht, dass mit ihnen irgendwas nicht stimmt. Eher heißt es, dass mit den Jungs was nicht stimmt. Vielleicht solltest du mal eine Abhandlung darüber schreiben, wie frauenfeindlich dieses Spiel ist. Na? Ich sag es auch nicht Mom und Dad.«

Etta starrt mich an. Das »Hmmm« bleibt diesmal unausgesprochen, steht aber trotzdem im Raum.

»Okay, das war jetzt vielleicht etwas zu realistisch«, räume ich ein.

Wie aufs Stichwort tauchen unsere Eltern an der Zimmertür auf, und schnell dreht Etta die Drehscheibe und klatscht begeistert in die Hände. »Das macht echt Spaß!« Sie lacht, aber es fällt keiner drauf herein.

Meine Mutter hat immer noch die Sachen an, die sie zum Frühgottesdienst mit Oma Lenore getragen hat, und mein Vater trägt einen marineblauen Anzug, weil er den Vormittag im Büro verbracht hat. Er arbeitet immer an mindestens einem Tag vom Wochenende – seit ich denken kann, ist das so. Es ist nicht schön, dass er so viel arbeiten muss, aber immerhin muss er nicht mehr samstags und sonntags arbeiten, wie als junger Mann. Er musste sich immer besonders reinhängen, um sich als einziger Schwarzer im Unternehmen einen Vorsprung zu verschaffen. Diese Kreuzfahrt wird sein erster richtiger Urlaub, seit Etta auf der Welt ist.

»Lenore, können wir dich kurz sprechen?«, fragt meine Mutter. Ihr Ton lässt mich aufhorchen, erst jetzt sehe ich die beiden richtig an. Meine Mutter hat die Stirn gerunzelt und die Lippen zu einem Strich zusammengepresst. Und mein Vater sieht natürlich müde aus, aber da ist noch etwas anderes. Er hat das Kinn vorgereckt und schaut mich durchdringend an.

Was soll das denn jetzt? Ich hab gerade die Schule abgeschlossen! Mit Auszeichnung! Wieso machen sie mir Stress?

»Wir müssen miteinander reden«, sagt mein Vater und betont das letzte Wort auf eine Weise, die ich nur zu gut kenne.

Sie wollen nicht nur mit mir reden. Es geht um ein ernstes Gespräch. So was wie das Aufklärungsgespräch, das Polizeigespräch und das Warum-dürfen-wir-nicht-mehr-*I-believe*-I-*can-fly*-hören-Gespräch. Ein Gespräch in Großbuchstaben.

»Klar«, sage ich, schaue zu Etta und warte darauf, dass sie aus dem Zimmer geht. Doch sie dreht schon wieder die Drehscheibe und bewegt ihr rosa Auto über das Spielbrett.

»Dann spiele ich ohne Lenore weiter. Ihr habt gesagt, ich muss nur eine Stunde lang spielen, und das zählt auch.«

Ich lache, doch anstatt einzustimmen, sehen mich meine Eltern mit beängstigend ernster Miene an. »Gehen wir ins Wohnzimmer«, sagt meine Mutter und läuft voraus.

Als wir uns auf den braunen Sofas niedergelassen haben, kommt mein Vater gleich zur Sache. »Wir haben gehört, wie du dich gestern auf der Feier mit Oma Lenore unterhalten hast.« Er sieht mich mit schmalen Augen an, als müsste ich sofort verstehen, worauf er hinauswill.

Ich durchforste mein Gedächtnis. Was habe ich zu Oma Lenore gesagt? Ich habe doch nicht direkt gesagt, dass ich vor New York einen Horror habe, oder? Wird das hier so eine Wir-haben-es-dir-ja-gleich-gesagt-Nummer? Beide waren dagegen, dass ich in New York studiere. Meine Mutter hat nach dem Master selbst eine Weile dort gelebt und meinte, der Schnee würde mir bestimmt nicht gefallen und die Hektik dort, die so ganz anders ist als der entspannte Rhythmus in Kalifornien. Und wahrscheinlich hat sie damit sogar recht. Aber schließlich habe ich sie überredet, vor allem indem ich immer wieder betont habe, wie angesehen die NYU ist. Aber ist ihnen mein Stinkeblick gestern auch aufgefallen?

»Meint ihr, weil ich mich über Omas Essen lustig gemacht hab?« Ich versuche die Stimmung ein bisschen aufzulockern. »Das war doch nur Spaß.« Doch anstatt zu lachen, schauen sie sich an, beide mit müdem Gesichtsausdruck. Meine Mutter legt die Finger aneinander. »Es geht darum, was du gesagt hast, Liebes, über deinen Studiengang – den du dir, nebenbei bemerkt, selbst ausgesucht hast. Du hast ihn öde genannt.«

»Ich meine, du hast ihn als Übergangslösung bezeichnet«, mischt mein Vater sich ein. »So lange, bis du weißt, was du wirklich willst. Das hat uns sehr irritiert, denn das ist uns völlig neu.«

»Ach so!« Ich lache erleichtert. Dann ist das nicht so eine große Sache, wie ich dachte. Sie haben nur gehört, dass ich mir nicht ganz sicher bin, ob der Studiengang eine gute Wahl ist. »Ja, das stimmt schon, aber das ist doch ganz normal. Ich hab mir das genau angesehen. Man muss bei der Bewerbung einen Studiengang angeben – das heißt, es ist nicht vorgeschrieben, aber es macht sich einfach besser. Deshalb habe ich Kunstgeschichte angegeben, um sicherzugehen, dass ich angenommen werde.« Ich warte darauf, dass sie nicken und mich so stolz ansehen wie an dem Tag, als die Zusage von der NYU kam. Sie wissen doch, dass ihre Tochter sich auskennt. Aber sie verziehen keine Miene. Ich rede weiter und versuche Leichtigkeit und Zuversicht auszustrahlen. »Trotzdem ist es nicht in Stein gemeißelt. Man kann sich noch bis zum Ende des zweiten Jahres umentscheiden, bevor es ein Problem mit dem Abschluss geben könnte. Also hab ich noch ein bisschen Zeit, um in den einen oder anderen Kurs reinzuschnuppern, bis ich weiß, was ich machen will. Das ist überhaupt kein Problem.«

Ich setze mein breitestes Lächeln auf und kämpfe gegen den

Impuls an, nach meiner kleinen Show die Finger tanzen zu lassen. Meine Mutter seufzt und legt das Gesicht in die Hände. Mein Vater starrt zu Boden und schüttelt den Kopf. Ein Fingertanz würde bei ihnen jetzt gerade nicht gut ankommen.

»Lenore, Liebes«, sagt meine Mutter schließlich, doch dann wendet sie sich zu meinem Vater. Sie verständigen sich wortlos miteinander, nur schmale Lippen und zusammengezogene Augenbrauen, nach fünfundzwanzig Jahren Ehe beherrscht man das wohl. Schließlich scheinen sie sich einig zu sein und schauen mich an. Ihre Mienen kann ich sofort deuten. Enttäuscht. Und seltsamerweise auch … ängstlich.

»Lenore, so geht das nicht weiter«, sagt mein Vater streng. »Diese Sprunghaftigkeit. Das ewige Hin und Her. Du gehst an die Uni, da musst du dich auf eine Sache festlegen.«

»Moment, jetzt bin ich verwirrt«, sage ich und suche in ihren Mienen nach einem Zeichen dafür, dass das ein Scherz ist. Wieso reden sie mit mir, als wäre das hier ein Krisengespräch? Als wäre ich Kandidatin in einer Gameshow und müsste unbedingt auf einen bestimmten Spruch kommen, damit Sprite mein Sponsor wird oder so. Ich hatte einen Schnitt von 0,9! Ich bin kein Memereifes Desaster!

»Ich glaube, du weißt, was wir meinen«, sagt meine Mutter und sieht mich fest an. »Bisher bist du nie lange bei einer Sache geblieben, und wir finden es natürlich auch ganz toll, dass du so vielseitig talentiert bist. Aber wir dachten, dass du dich mit der Aufnahme eines Studiums für eine Richtung entscheiden würdest. Es ist kaum möglich, auf einem Gebiet richtig gut zu werden, wenn man nur so kurz dabeibleibt.«

Es stimmt, dass ich immer schon so war. Genau wie Oma Lenore gestern sagte – von Fotografie zu Wasserfarben zu Collagen oder was auch immer mich gerade faszinierte. Es hat mir immer schon Spaß gemacht, etwas Neues zu entdecken und auszuprobieren. Bisher dachte ich, das wäre etwas Gutes. Die Lehrer an der Chrysalis und an allen Schulen davor haben mich immer dafür gelobt, wie einfallsreich und kreativ ich bin. An den Colleges sind solche Leute sogar gefragt, der Typ Tausendsassa, der sich auf möglichst vielen Gebieten hervortut.

Wann hat sich das geändert? Man geht von der Schule ab, und dann *zack!* verschiebt sich alles und es wird ein laserstrahlmäßiger Fokus auf nur eine einzige Sache verlangt?

»Du musst jetzt mal mehr Ernsthaftigkeit an den Tag legen. Ohne Fleiß kein Preis«, sagt mein Vater. »Nimm dir ein Beispiel an deinem Bruder. Er hat sich für die UCAL entschieden und das Studium durchgezogen. Nichts von wegen ›Ich gucke mir das erst mal an‹. Er weiß, was er will.«

Als er Wally erwähnt, sträubt sich alles in mir. Also vergleichen sie uns drei miteinander, obwohl wir völlig verschieden sind. Und blicken wir den Tatsachen mal ins Auge: An die beiden anderen werde ich sowieso nie herankommen.

»Das ist ungerecht.« Das sollte nicht so weinerlich klingen. »Wally studiert dasselbe wie du. Das ist der einfachste Weg.«

Mein Vater beugt sich vor, stützt die Ellbogen auf die Knie und schaut mich an. »An Wallys Weg war überhaupt nichts einfach. Die Arbeit in der Fachschaft, jeden Sommer Praktika, sein herausragendes Ergebnis im Zulassungstest. Alles, was dein Bruder erreicht hat, hat er sich ehrlich verdient, durch harte Arbeit, Verzicht und Zielstrebigkeit.«

»Ja, wir wissen alle, dass Wally ein leuchtendes Vorbild ist. Du brauchst es mir nicht andauernd aufs Butterbrot zu schmieren.« Mit solchen patzigen Bemerkungen tue ich mir natürlich keinen

Gefallen, aber ich kann es nicht ändern. »Du weißt genau, was ich meine. Was Wally macht, hat nichts mit Kreativität zu tun. Bei mir ist das anderes. Im Bereich Kunst muss man nicht von Anfang an genau wissen, was man mal machen wird.«

Jetzt erhebt sich mein Vater und geht im Zimmer auf und ab, und meine Mutter seufzt schon wieder laut.

»Lenore, wir haben dich in deinen Plänen, Künstlerin zu werden, immer unterstützt«, sagt er, und es gefällt mir überhaupt nicht, wie er »Künstlerin« sagt, als wäre es so was wie Astronautin oder Tierpflegerin. Also einer dieser schönen, aber völlig unrealistischen Berufswünsche, die ein Kindergartenkind voller Stolz äußern würde.

Aber ich kann mich darüber nicht wirklich aufregen, denn es stimmt. Sie haben mich hundertprozentig unterstützt. Sie haben mir zahllose Tagescamps und Nachmittagskurse spendiert. Als ich jünger war, ist meine Mutter jeden Samstag mit mir in den Laden für Künstlerbedarf gegangen und hat mir klaglos die teuren Acrylfarben gekauft. Und mein Vater hat damals als Erster von der Chrysalis erfahren und sofort gesagt, was für eine tolle Chance das für mich sei.

»Wir finden einfach, dass du dich jetzt mal festlegen musst, Lenore. Such dir etwas aus, was du wirklich mit Leidenschaft tust.« Sie zeigt auf meine Klamotten, ein lavendelfarbenes Stufenkleid mit knallroten Tupfen, dazu ein Vintage- (das heißt von Oma Lenore »geliehener«) Seidenschal. »Und wenn du so etwas machen willst, ist das für uns auch in Ordnung.«

Mein Vater bleibt abrupt stehen und wirft ihr einen Blick zu, doch sie hält mit ihrem Blick dagegen.

»Es wäre in Ordnung«, wiederholt sie. »Aber dann reißt du dir auch bitte schön den Arsch auf und wirst die beste Modedesignerin, die hier derzeit rumläuft.«

Ich habe an der Chrysalis ein paar Design-Kurse belegt, die mir unbegrenzten Zugang zur Stoffkammer verschafft haben, sodass ich alle möglichen ausgeflippten Kleidungsstücke schneidern konnte, die mir in den Sinn kamen. Babydoll-Tops aus alten Kopfkissenbezügen. Geblümte Wickelröcke. Ein Ballkleid aus hellblauem Tüll, das ich mangels Gelegenheit noch nicht eingeweiht habe. Ich finde es einfach toll, aus verschiedenen Einzelteilen etwas Schönes zu nähen. Aber möchte ich das für den Rest meines Lebens machen? Ich weiß es nicht. Wie soll ich das jetzt schon wissen?

Vermutlich steht mir die Unschlüssigkeit ins Gesicht geschrieben, denn meine Mutter runzelt die Brauen und mein Vater setzt sich auf den gepolsterten Hocker und schaut mir in die Augen.

»Ich möchte, dass du begreifst, Lenore, dass wir nicht das Privileg haben, uns erst mal umzuschauen. Uns treiben zu lassen und dann zu sehen, wo es uns hinführt.« Er spricht leise und mit fester Stimme. Seine Worte treffen mich mitten ins Herz. »Das ist kein faires Rennen für uns. Entweder sind wir besser oder wir werden abgehängt, und deshalb müssen wir gut vorbereitet sein und einen Plan im Kopf haben.«

Er braucht mir nicht zu sagen, wen er mit »wir« meint. »Wir«, das ist nicht nur unsere Familie, sondern das kollektive Wir. Auf einmal wird mir der Ernst der Lage bewusst, und ich schäme mich dafür, dass ich überrascht war und Witze gerissen habe. Was sie sagen, hat Hand und Fuß, natürlich. Und logischerweise sind sie besorgt.

»Schwarze Menschen bekommen keine zweite Chance im Leben«, sagt meine Mutter, rückt nah zu mir heran und nimmt meine Hände. »Das weißt du, Lenore. Das ist nicht gerecht, und es sollte nicht mehr so sein. Aber es ist Fakt. Also müssen wir bei der ersten Chance das Beste rausholen. Das College ist deine erste Chance, und wir wollen einfach nicht, dass du sie verschenkst.«

»Dafür bist du zu intelligent«, fügt mein Vater hinzu und legt seine weiche Hand an meine Wange.

Ich spüre Tränen aufsteigen und schaue an meinen Eltern vorbei aus dem Fenster. Typisches Junigrau, dunkle Wolken am trüben Himmel, als wollte es jeden Moment regnen. Passend zu meiner Stimmung.

Meine Eltern haben es so weit über die Grenzen hinaus geschafft, die ihren Eltern gesetzt waren. Keiner meiner Großeltern konnte studieren, und mein Opa Wallace, nach dem Wally benannt wurde, musste nach der achten Klasse abgehen und auf der elterlichen Farm mithelfen. Nur weil meine Großeltern sich so aufgeopfert haben, können wir uns unseren Standard leisten, mein Opa John hat als Hausmeister Doppelschichten geschoben, um das Geld für Moms Studiengebühren aufzubringen, und Dads Eltern haben ihn Tag für Tag zwei Orte weiter zur besten staatlichen Schule gefahren. Und meine Eltern haben so viel für Wally, Etta und mich geopfert. Sie haben all ihre Zeit und ihr Geld für uns gegeben, damit wir die bestmögliche Zukunft haben können, und deshalb verdienen sie es auch, dass wir unser Bestes geben. Das sind wir ihnen schuldig. Wir müssen versuchen, sie noch zu übertreffen.

Aber erfülle ich meinen Teil der Abmachung? Ich wurde an einem exzellenten College angenommen, und da will ich einfach … herumprobieren? Man stelle sich vor, meine Eltern hätten einfach herumprobiert. Wie stünde unsere Familie dann jetzt da?

»Es tut mir leid«, sage ich, und der Blick meiner Mutter wird weich.

»Es braucht dir nicht leidzutun, Lenore«, sagt sie. »Wir lieben dich, und deshalb wollen wir das Beste für dich. Du sollst nur wissen, wohin die Reise geht, damit du die Chance, die dir geboten wird, nicht vermasselst.«

»Du musst dir sicher sein«, sagt mein Vater.

»Das werde ich.«

Er sieht mir fest in die Augen, und es fällt mir schwer, nicht wegzuschauen. Sein strenger Blick scheint mich zu durchbohren.

»Wenn wir von der Reise zurück sind«, sagt er, »musst du einen Plan haben – einen Studiengang, in den du dich reinhängst, ein berufliches Ziel und so weiter.«

»Okay.«

Wir nehmen uns in die Arme, sie sagen mir, dass sie mich lieb haben und stolz auf mich sind. Doch das dringt kaum durch den Lärm in meinem Kopf, nicht so wie all die anderen Worte zuvor.

Als ich wieder in mein Zimmer komme, wartet Etta auf mich. Mit ihr werden sie nach dem Schulabschluss nicht solch ein Gespräch führen müssen, so viel ist sicher.

»Okay, das Spiel ist vorbei. Ich hab für dich weitergespielt, damit wir keine Zeit verlieren«, sagt sie. »Du bist alleinerziehende Mutter von zwei Zwillingspärchen, du wohnst auf einem Hausboot, du unterstützt den Tierschutzverein, und am Ende reicht es nur fürs Altersheim. Also hast du verloren.«

Passt doch, oder?

»Kannst du aufräumen? Meine Zeit ist um, und ich muss bis heute Abend noch was zu Ende lesen.« Sie tippt auf ihre Armbanduhr und steht auf. Zurück bleibt ein Durcheinander aus Karten und Spielfiguren. »Hat Spaß gemacht. Tschüs.«

Sie geht hinaus, ohne auch nur aufzublicken, und ich bleibe allein mit meinen Gedanken zurück.

Fünftes Kapitel

Hier noch mal die Kurzfassung für euch, damit ihr wisst, was bei mir so los ist. Eure Lenore ist:

1) dazu verdammt, für immer allein zu bleiben, weil ich, wie meine Geschichte eindeutig beweist, keinen Typ halten kann. Nicht mal ohne jeden Haken, mit mehr Plus als Freundschaft und so locker wie nur was. Nicht mal zu diesen sensationellen Bedingungen will irgendein Typ mit mir zusammen sein.

2) sich jetzt, dank der unmissverständlichen Ansage meiner Eltern, schmerzlich darüber im Klaren, dass ich nicht gerade der wildeste Traum meiner Vorfahren bin. Womöglich bin ich sogar ihr schlimmster, flatterhaftester, verwöhntester Albtraum. Und wenn ich nicht langsam die Kurve kriege und bis zum Ende der Reise herausfinde, was ich mit meinem Scheißleben anfangen will, bin ich für meine Eltern die größte Enttäuschung der Welt. Null Komma neun am Arsch!

3) aktuell in einem Flugzeug eingesperrt, ohne Zwischenstopp nach Rom, um anschließend mit meinen beiden vorbildlichen Geschwistern und oben erwähnten Eltern, die mich für missraten halten, auf einem Kreuzfahrtschiff eingesperrt zu werden – und ach ja, hatte ich schon erwähnt, dass ich mir auf dieser zwölftägigen Reise über mein gesamtes weiteres Leben klar werden soll?!

Ich lasse den Finger über der »Senden«-Taste schweben. Ich meine, deshalb hab ich schließlich für WLAN im Flugzeug bezahlt. Tessa ist schon nach Nordkalifornien gefahren, um ihre alte Freundin zu besuchen, und Theo hat den gestrigen Tag mit seiner Familie verbracht, deshalb hab ich die beiden gestern Abend nicht mehr gesehen. Und heute Morgen ging es bei uns zu wie bei *Kevin – Allein zu Haus*: Wecker nicht gehört, Riesenhektik und Gerenne, deshalb konnte ich mich nicht mal per FaceTime von den beiden verabschieden. Aber ich weiß nicht … Kann ich das alles so ungefiltert bei ihnen abladen?

Ich weiß, dass Tessa und Theo auf meiner Seite wären. Das hoffe ich jedenfalls. Aber es ist schon heftig. Und sie sind so was von mir nicht gewohnt. Zwar bin ich immer ein bisschen drüber, gleichzeitig aber unbeschwert und stabil. Unkompliziert. Ich bin diejenige, die immer ein offenes Ohr und einen guten Rat für die anderen hat, nicht umgekehrt.

Ich markiere meine Nachricht und lösche sie. Neuer Versuch.

Hier kommt ein Gruß von einem ebenso unbekannten wie fantastischen Ort über dem Atlantik! Schon bald wird eure Lenore übers Mittelmeer schippern und die beste Zeit ihres Lebens haben. Werde ich kiloweise gelato *verdrücken? Werde ich den Kardashian-Jenners in die Arme laufen? (Dieser krasse Reiche-Leute-Strand ist doch in Italien, oder?) Werde ich eine der epischen Tanzszenen aus Mamma Mia nachtanzen? Oder mich von einer weißen Treppe in das überirdisch blaue Meer stürzen? Bleibt dran!*

Bevor ich zu lange darüber nachdenken kann, drücke ich auf »Senden«.

»Hey, funktioniert dein Bildschirm?« Wally beugt sich über meinen sowieso schon engen Platz und tippt auf den Bildschirm vor mir. Er springt an und blendet mich in der Dunkelheit.

»Wieso fragst du überhaupt?«, sage ich genervt.

»Können wir tauschen? Bei meinem stockt das Bild immer, und du guckst doch sowieso nicht.« Er zeigt auf mein Handy. Er löst seinen Gurt und steht auf, ohne meine Antwort abzuwarten. Zum tausendsten Mal auf diesem Flug bereue ich, dass ich mich für den Platz auf der anderen Seite des Ganges entschieden habe. Etta mit ihrem rosa Katzenkopfhörer sitzt zwischen unseren Eltern, gar nicht so übel im Vergleich zu einem Platz neben Wally mit seinem ständigen Kniewackeln und Brezelknurpseln, der mich jetzt auch noch von meinem Platz verscheucht.

»Nein«, sage ich und wende mich wieder meinem Handy zu. Drei kleine Pünktchen zeigen mir an, dass Tessa tippt. Aber Wally rückt mir noch mehr auf die Pelle und stößt mir gegen das Knie.

»Komm schon, Lenore, du hast für das WLAN bezahlt! Du kannst was auf dem Handy gucken. Ich halte das nicht den ganzen Flug lang aus.«

»Nicht mein Problem.«

»Na gut.« Er sieht mich feindselig an und setzt sich wieder. »Dann kann ich wohl die nächsten neun Stunden nichts anderes tun, als Brezeln zu essen. Gut, dass die Stewardess mich mit Nachschub versorgt hat.«

Er nimmt sich eine Tüte aus dem verstörend großen Vorrat in der Tasche des Sitzes vor ihm, reißt sie auf und schmeißt sich eine Handvoll in den Mund, dann kaut er übertrieben langsam.

»Von mir aus. Mach, was du willst.« Ich wende mich von ihm ab. Doch er rückt näher, fährt sich mit der Zunge durch den Mund und schmatzt mit den Lippen. Und als dann noch ein Krümel auf meine Schulter fällt, springe ich auf in den Gang.

»Okay, Wally! Bah!«, schreie ich. Meine Eltern schauen zu uns rüber, und mein Vater zieht eine seiner buschigen Augenbrauen hoch. Als Frage und gleichzeitig als Ansage. Wir Bennetts machen keine Szene, schon gar nicht, wenn wir, so wie jetzt, von lauter Weißen umgeben sind.

»Okay«, sage ich wieder und stehe auf. »Der Platz gehört dir.«

»Danke«, sagt Wally übertrieben freundlich und lächelt mich an, während er auf meinen Platz rüberrutscht. Sofort fängt er an, durch die Filme zu scrollen. Ich steige über ihn drüber und trampele ihm absichtlich auf beide Füße, dann lasse ich mich auf den Mittelplatz plumpsen. Der alte Mann rechts von mir schnarcht laut und genießt nicht mal den Fensterplatz, den er beansprucht.

Wieder schaue ich aufs Handy, Tessas Pünktchen sind verschwunden. Wahrscheinlich ist sie gerade mit ihrer Freundin beschäftigt. Sie kennen sich schon seit der Krabbelgruppe oder so, also klar, dass das vorgeht. Ich will schon aufgeben und mit meinem Lieblingsalbum von Jamila Woods abschalten, als es vor mir hell aufleuchtet. Auf Wallys Handy im Netz am Sitz vor mir blinkt eine Nachricht auf.

Ich schnappe mir sein Handy und schwenke es vor seinem Gesicht. »Anscheinend bin ich nicht die Einzige, die sich WLAN gek…« Doch als ich sehe, was da steht, bleiben mir die Worte im Hals stecken.

Wally, bitte rede mit mir.

Die Nachricht ist von Kieran. Und gleich darauf erscheint eine weitere Nachricht.

Ich verstehe nicht, was los ist.

»Sag mal, geht's noch?«, flüstert Wally und reißt mir das Handy aus der Hand. »Du liest meine Nachrichten? Hast du sie nicht mehr alle?«

»Ich wollte nicht …«, setze ich an, aber er springt schon auf. Er wirft mir einen Mörderblick zu, dann stürmt er zur Toilette, das Handy fest umklammert. Auf der anderen Seite des Ganges guckt meine Mutter besorgt, und mein Vater sieht mich wieder mit hochgezogener Augenbraue an. Ich hebe die Hände. Was kann ich dazu, wenn Wally sich so aufführt?

Ich werde aus ihm nicht schlau. Wally und Kieran konnten immer über alles miteinander reden. Sie haben sogar so was veranstaltet wie ein wöchentliches Gespräch über ihre Gefühle (da bin ich einmal aus Versehen hineingeraten und hab Wally monatelang damit aufgezogen), und sie haben sich nur zum Vergnügen den deprimierenden Ehe-Podcast von Esther Perel angehört. Also besser geht es ja kaum. Das war einer der Gründe, weshalb ich dachte, sie bleiben für immer zusammen, weil sie so reif schienen, so aufeinander eingespielt. Und irgendwie habe ich sie immer ein bisschen darum beneidet, dass sie einander so früh im Leben gefunden haben, dass sie eine feste Beziehung hatten und der Datinghölle noch vor ihrem zwanzigsten Geburtstag entkommen waren. Ich kann mir gar nicht vorstellen, was dazu geführt haben könnte, dass es zwischen ihnen einfach … aus ist. Und Kieran scheint auch nicht viel mehr zu wissen als ich.

Ich überlege, ob ich ihm schreiben soll, damit er mich aufklärt. Ich meine, er ist ja kein Fremder. Er hat letztes Jahr Thanksgiving und Weihnachten mit uns gefeiert! Aber wenn Wally das herausfände, würde das vielleicht alles noch schlimmer machen. Es ist wohl besser, wenn ich es langsam aus ihm heraushole.

Ich will gerade nachschauen, ob ihre Facebook-Accounts irgendwas preisgeben (denn die beiden sind tatsächlich noch auf Facebook, die reinsten Dinosaurier), als ich sehe, dass ich eine Nachricht habe. Tessa hat geantwortet. Also war sie doch nicht zu beschäftigt mit Dingsda.

Tessa: *O Sis, wenn irgendwer dieses Abenteuer verdient hat, dann du!*

Bitte poste ganz viele Fotos, denn Roseville ist deutlich weniger glamourös, und so kann ich mit dir schwelgen.

Tessa: *Du hättest das Buch von Tembi Locke mitnehmen sollen, das ich dir angeboten habe. Das spielt genau an den Orten, wo du hinfährst. Ich hab nachgeschaut!*

Ich verdrehe die Augen, weil ich keine Lust auf diese romantische Recherche habe, die sie anscheinend immer noch betreibt. Kapiert sie denn nicht, dass ich nach dem Abschlussball-Drama die Nase voll habe? Aber wahrscheinlich sende ich widersprüchliche Botschaften aus, wenn ich die Geschichte mit einem Lachen abtue und mich so benehme, als wäre alles in Ordnung. Würde sie mich in Ruhe lassen, wenn ich ehrlich zugeben würde, dass ich nach meiner Überzeugung für immer allein bleibe, weil ich nie für irgendjemanden die erste Wahl sein werde?

Zum Glück schaltet sich Theo ein und bewahrt mich davor, etwas so Unangenehmes zu tun, wie mein Innerstes nach außen zu kehren.

Theo: *Handelt das Buch nicht davon, dass ihr Mann stirbt? Ich bin mir ziemlich sicher, dass meine Mutter das vor ein paar Jahren auf Empfehlung von Reese Witherspoon gelesen hat. Ich erinnere mich nur deshalb daran, weil sie danach so viel geweint und meinen Vater gezwungen hat, zum Arzt zu gehen.*

Tessa: *Ich hab die romantischen Stellen mit Post-its markiert!!!!*

Ich: *Deine Mutter steht auf Reese Witherspoon?*

Theo: *Wer nicht? Alle lieben sie.*

Tessa: *Es gibt viele romantische Stellen! Bestimmt kannst du es dir als E-Book runterladen. Wie viele Stunden dauert der Flug noch?*

Ich: *Die privilegierte weiße Lady hat sie echt drauf, was? Ich wette, in Wirklichkeit ist sie cool.*

Theo: *Garantiert. Ich glaube, sie ist absichtlich subversiv.*

Tessa: *Wieso ignorieren mich hier alle?????????*

Theo: *Weil du immer wieder mit derselben Leier ankommst und nichts checkst.*

Ich: *Ja, ich hab dich echt lieb, aber du könntest es jetzt mal gut sein lassen.*

Ich: *Ich hab einfach keine Lust auf das Thema.*

Tessa: *Na gut.*

Theo: *Übrigens waren Lavon und ich gestern Abend beim Open Mic im Viento y Agua, und es war gar nicht so übel.*

Ich: *Das klingt ja sehr überzeugend.*

Tessa: *Ich will nur noch eins sagen, dann bin ich still, versprochen. Du musst unbedingt zum Trevi-Brunnen und zwei Münzen reinwerfen. Dann verliebst du dich auf der Reise. Dafür gibt es zahllose Beispiele.*

Theo: *TESSA!*

Ich: 🤦

Tessa: *Das war mein letzter Beitrag dazu. Versprochen.*

Ich: *Himmelherrgott, hoffentlich.*

Theo: *Bist du jetzt stolz auf dich?*

Tessa: *Und du musst die beiden Münzen nacheinander reinwerfen. Nicht gleichzeitig.*

Tessa: *Okay, das war's jetzt aber wirklich.*

Theo: *EGAL, was ich eigentlich erzählen wollte, beim Open Mic war so ein Typ. Ich glaube, er hieß Trainor. Der kam so rüber wie Frank Ocean mit Moon River.*

Theo: *Und am Labor-Day-Wochenende tritt er auf dem Buskerfest auf. Da müssen wir alle hin! Bist du dann noch da, Lenore?*

Ich: *Weiß ich nicht genau. Muss ich nachgucken.*

Ich weiß, dass ich dann nicht mehr da bin. Ich ziehe Ende August um, damit ich mich im Wohnheim einrichten kann, bevor die Orientierungsphase losgeht. Aber ich bringe es nicht übers

Herz, ihnen das jetzt schon zu sagen. Dann wäre es so endgültig. Was sie alles miteinander unternehmen werden, wenn ich weg bin.

Tessa: *Hoffentlich bist du dann noch hier. Bis zum Labor Day ist es gar nicht mehr so lange hin. Nur noch ein paar Wochen!* ☹ *Vielleicht wird das unser letzter Abend zusammen!*

Nur für mich. Weil ich diejenige bin, die weggeht. Schon sehr bald.

Um etwas zu studieren, über das ich mir noch nicht im Klaren bin.

Um mich auf eine Zukunft vorzubereiten, die ich als beängstigend weiße Leinwand sehe.

Die Vorstellung, mich entscheiden zu müssen, bis unser Schiff am Ende der Reise in Barcelona anlegt, ist erdrückend. Panik schnürt mir die Brust zusammen, so wie in den gefürchteten Umarmungen meiner Tante Stacy.

Mein Gott, vielleicht sollte ich doch auf Tessa hören. Bei all dem, was ich um die Ohren habe, und der langen Liste meiner Fehler wäre es vielleicht einfacher, sich auf eine Liebesgeschichte zu konzentrieren. Na ja, einfach wohl nicht gerade, denn irgendwann habe ich anscheinend irgendein altes Hutzelweib so verärgert, dass sie mich dazu verflucht hat, für alle Jungs immer nur das Sprungbrett zu einer ernsthaften Beziehung mit einer anderen zu sein. Aber ein unverbindlicher kleiner Flirt mit einem geheimnisvollen Fremden wäre wenigstens eine nette Ablenkung von der Aufgabe, in den nächsten zwei Wochen mein ganzes Leben auf die Reihe zu kriegen. Tessa denkt ja anscheinend, dass man nur ein bisschen Kleingeld in einen Brunnen werfen und sich was wünschen muss. Das kriege ich hin.

Ich: *Okay, die nächste Frage werde ich garantiert bereuen, aber diese*

Tembi hat also das mit den Münzen gemacht? Und dann einen süßen Italiener kennengelernt? Erzähl mal.

Theo: *Wieso ermutigst du sie noch???*

Tessa: *ICH HAB GRAD GESCHRIEN.*

Tessa: *UND LUFTSPRÜNGE GEMACHT.*

Tessa: *EIN TRAUM WIRD WAHR.*

Nach zwei Sekunden in Rom ist mir klar, dass Tessa keine Ahnung hat, wovon sie spricht.

In Rom ist es heiß. Drückend heiß. So heiß wie Höllenfeuer.

Und die Romantisierung dieser Stadt, auf die Tessa anscheinend hereingefallen ist, kann nur eine Verschwörung sein, um leichtgläubigen Mädchen rosa Taschenbücher zu verkaufen, denn bei dieser Hitze verliebt sich kein Schwein. Never.

Der Schweiß klebt unter meinen Brüsten. Meine Shorts drohen meine Oberschenkel zu erdrosseln und befördern ein stetiges Schweißrinnsal meine Beine hinab in die goldenen Römersandalen. Und ich schätze, dass mir nicht viel Zeit bleibt, bis die beiden Schweißströme sich vereinen und das Kopfsteinpflaster fluten, sodass Rom in Sachen Kanäle schon bald Venedig Konkurrenz machen kann.

Ich will – nein, ich brauche – eine Klimaanlage. Auf der Stelle. Dabei ist es gerade mal acht Uhr morgens.

»Okay, mit dem Petersdom geht's los«, sagt Etta und hält eine Karte hoch, die fast so groß ist wie sie selbst. »Ich hab uns für eine Gratisführung auf Englisch angemeldet. Danach gehen wir zum Kolosseum und zum Forum Romanum, und ja, stimmt, es ist ein bisschen schräg, sie nicht in der historisch korrekten Reihenfolge zu besichtigen, aber nach meinen Recherchen ist es so herum besser, dann müssen wir nämlich nicht stundenlang anstehen. Danach können wir eine kleine Mittagspause einlegen und, wenn die Zeit es erlaubt, noch den Palatin besuchen, bevor …«

»Moment mal«, falle ich ihr ins Wort. »Sollen wir das alles heute machen?«

»Klar.« Etta sieht mich ungerührt an und leiert dann weiter ihren Plan herunter. Ich schalte ab.

Das Schiff legt morgen am Hafen von Civitavecchia an, wir sind also nur einen Tag in Rom. Ich dachte, wir würden uns ein paar Sehenswürdigkeiten herauspicken, vielleicht *spaghetti cacio e pepe* essen und das eine oder andere *gelato* schlecken. Bestimmt nicht durch die ganze Stadt latschen! Aber Etta muss natürlich eine Studienreise der härtesten Sorte daraus machen.

Zum Glück schlägt meine Mutter sich auf meine Seite, anstatt ihr Wunderkind zu bestaunen. »Das klingt alles wirklich spannend, Maus«, sagt sie und drückt Etta die Schultern. »Aber mir würde es auch reichen, ein bisschen rumzulaufen und die Stadt auf mich wirken zu lassen. Ich glaube, das geht uns allen so, vor allem mit dem Jetlag. Vielleicht kannst du deine Liste ein bisschen zusammenstreichen, damit wir einen Kompromiss finden?«

»Vielleicht«, schnaubt Etta.

»Vielleicht auf jeden Fall«, sage ich.

Sie sieht uns kopfschüttelnd an, als könnte sie es nicht fassen, mit was für Banausen sie es zu tun hat, dann steckt sie die Nase wieder in ihre Karte.

»Danke.« Meine Mutter lächelt. Sie nimmt die Hand meines Vaters, lehnt sich an ihn und schaut sich schwärmerisch um. »Ist es nicht wunderschön hier? Ich hatte Angst, ich könnte enttäuscht sein, weil ich schon so lange davon geträumt habe. Aber Rom ist wirklich etwas Besonderes.«

Diese Reise war ihre Idee. Sie war noch nie in Europa – niemand von uns. Oma Lenore hat mir erzählt, dass meine Mutter, als sie klein war, die Wände ihres Kinderzimmers mit Bildern aus dem *Sunset*-Magazin, Karten und alten Plakaten von ihrer Nachbarin, die ein Reisebüro hatte, tapeziert hat. Immerzu sprach sie davon, wohin sie überall reisen wollte. Natürlich konnten meine Großeltern sich das nicht leisten, als meine Mutter klein war, und dann kamen das Studium und ein Kredit für das Haus und drei Kinder. Aber irgendwie haben meine Eltern diese Reise ermöglicht, trotz den vielen Rechnungen und den bevorstehenden Studiengebühren. Und auf dieser Kreuzfahrt über das Mittelmeer kann meine Mutter endlich all die Länder sehen, von denen sie immer geträumt hat. Sie wäre wahrscheinlich auch damit zufrieden gewesen, mit dem Rucksack loszuziehen und mit preiswerten Zügen von Land zu Land zu reisen, aber davon wollte mein Vater nichts hören. Er ist auch grundsätzlich dagegen zu zelten, denn, wie er uns immer predigt, »das ist doch kein Urlaub, wenn man auf dem Boden schläft!«. Was ich, ehrlich gesagt, genauso sehe.

Wenn ich meine Mutter anschaue, kann ich fast das kleine Mädchen in ihr sehen, das jetzt endlich die große weite Welt entdeckt.

Schnell nehme ich die Kamera, die um meinen Hals hängt, und mache ein Foto von ihr. Bei dem Blitz zuckt sie zusammen, doch dann zwinkert sie mir zu.

»Es war immer so schön, dich mit dieser Kamera zu sehen«, sagt sie, und mir wird ganz warm ums Herz. Doch dann zeigt mein Vater darauf und sagt: »Das wäre doch ein gutes Studienfach, oder? Und praktisch dazu. Du könntest an den Wochenenden Hochzeitsfotos und Familienporträts machen und dir was dazuverdienen.«

Sofort ist das warme Gefühl weg.

»Klar«, sage ich und stoße Etta an. »Bist du jetzt mal so weit?« Sie sieht mich über die Karte hinweg genervt an. »Wo ist eigentlich

Wally?«, frage ich meine Eltern. Er ist nicht zum Frühstücksbüfett erschienen, aber ich dachte, jetzt würde er langsam mal auftauchen.

»Ach so, er kommt nicht mit«, sagt meine Mutter mit einem etwas gezwungenen Lächeln.

»Was?«, frage ich und bin sofort auf hundertachtzig.

»Er sagt, er hat einen schrecklichen Jetlag und war die ganze Nacht wach«, erklärt meine Mutter. »Er meinte, wir sollen ohne ihn losgehen.«

»Dann soll er ein paar Tassen Kaffee trinken!«, sage ich. »Wir haben nur diesen einen Tag in Rom, und er will im Bett bleiben! Das ist doch dumm.«

»Sei nicht so streng mit ihm«, sagt mein Vater. »Er hatte ein hartes Jahr. Es ist kein Pappenstiel, das letzte Collegejahr über die Bühne zu bringen, parallel dazu für die Jura-Aufnahmeprüfung zu pauken und nebenbei drei Praktika zu absolvieren. Da darf er wohl mal müde sein.«

»Na ja, von mir aus.«

Ich finde, das ist ein idiotischer Grund dafür, eine einmalige Reise zu verpassen, für die meine Eltern Tausende von Dollar berappt haben, aber ich halte lieber den Mund, bevor mein Vater womöglich wieder auf meine Studienpläne zu sprechen kommt. Vielleicht telefoniert Wally ja mit Kieran und sie klären ihre Probleme.

Und hey, ich bin in Rom! Das wird wahrscheinlich die überwältigendste Reise meines Lebens, und die lasse ich mir nicht durch Wallys nerviges Benehmen verderben.

Doch ungefähr siebenunddreißig Stunden später (so fühlt es sich jedenfalls an, auch wenn es nur sechs waren) bin ich schon nicht mehr ganz so überwältigt. Wir haben uns beim Bestaunen des Petersdoms die Hälse verrenkt, uns am Kolosseum in gleißender Sonne durch die Menschenmassen gequält und meinem Vater ausgeredet, jedem von uns ein T-Shirt mit der Aufschrift *Rome took a pizza my heart* zu kaufen. Und jetzt würde ich am liebsten mit einer Infusion Haselnuss-*gelato* auf der Spanischen Treppe kollabieren. Aber ich würde es nicht mal die Treppe raufschaffen, denn dank dieser wunderschönen, dämlichen Römersandalen, zu denen mich meine Schwäche für Motto-Outfits verleitet hat, habe ich jetzt blutige Fersen. Und meine Knöchel sind geschwollen, weil Kopfsteinpflaster zwar schön aussieht, aber den Nachteil hat, dass man alle paar Schritte umknickt.

Ich bin völlig fertig.

Ich bin dankbar!

(Anders als Wally!!!)

Aber total fertig.

Nur gut, dass die letzte Etappe von Ettas zusammengestrichenem, aber immer noch viel zu umfangreichem Reiseplan der Trevi-Brunnen ist. Einmal habe ich schon gedacht, wir wären da, aber das war nur irgendein anderer prachtvoller Brunnen. In Rom gibt es viele prachtvolle Brunnen.

Weniger gut ist, dass sich beim Brunnen die Massen tummeln, wie überall, wo wir heute waren. Ich kann mich kaum bewegen, ohne dass mir irgendwer seinen Selfiestick in die Schulter rammt oder mich mit seinen schwitzigen Armen streift.

Wie soll ich bloß nah genug an den Brunnen herankommen, um zwei Münzen hineinzuwerfen und damit meine romantische Zukunft zu besiegeln und/oder wenigstens Tessa zufriedenzustellen?

»Oh, hier müssen wir ein Foto machen. Ich brauche ein neues Profilbild!« Mein Vater zückt sein Handy. »Such du die beste Stelle aus, Lenore. Du bist unsere Profi-Fotografin.«

Ich verkneife es mir, die Augen zu verdrehen, und suche nach einer freien Stelle etwas näher am Brunnen, wo man ihn auch sieht, nicht nur ein Meer aus Cargo-Shorts und Sneakern. Doch anstatt einer guten Stelle sehe ich einen Jungen.

Er fällt sofort auf. Erstens gibt es hier nicht so viele Schwarze (mein Vater hat heute nur einer Familie auf diese gewisse Weise zugenickt, als wir, um Wasser zu kaufen, in derselben Schlange vor dem Kolosseum anstanden). Und zweitens sieht er einfach fantastisch aus. So fantastisch, dass mein Herz einen Schlag aussetzt. Das würde es jedenfalls, wenn mein Körper so einen Kitsch veranstalten würde.

Er hat hohe Wangenknochen und eine dicke Schildpatt-Sonnenbrille auf der breiten Nase. Seine Haut hat die Farbe von Kaffee mit einem Schuss Sahne. Die Haare trägt er an den Seiten kurz, und oben hat er pechschwarze Locken, die ihm in die Augen fallen. Er trägt enge abgeschnittene Shorts, ein schwarzes Hemd mit Silhouettenmuster und weiße Jack Purcells.

Würde ich wie Tessa an Liebesgeschichten glauben, wäre er mein Held, keine Frage.

»Und wie schalte ich den jetzt wieder aus?«, fragt mein Vater, und als ich mich umdrehe, werde ich geblendet. Aus irgendeinem Grund ist bei seiner Handykamera immer der Blitz eingeschaltet, außer wenn er ihn tatsächlich mal braucht.

»Warte, ich mach das.« Meine Mutter nimmt ihm das Handy aus der Hand. »Manchmal bist du wirklich ein alter Mann, Ed.«

Ich drehe mich wieder nach meinem Traumtyp um, aber er ist weg. Natürlich. So viel dazu.

Auf dem Platz dirigiert eine Frau ihre Familie lautstark für das Foto, das sie machen will. »Nein, nicht so! Mach ein liebes Gesicht, Rebecca! Ha-ha-ha-ha! Lach mal! Dann tust du eben so, als ob!«

Sie geht in die Hocke und wischt sich mit dem Handrücken den Schweiß unter ihrer Panorama-Sonnenbrille ab. »Das ist kein liebes Gesicht!«

Sie hat so eine richtige Karen-Energie, als hätte sie alle Manager dieser Welt auf Kurzwahl. Und ihre ganze Familie trägt knallorange T-Shirts mit der Aufschrift *The Arnold Family Italian Adventure*. Und zwar wirklich alle – ihr Mann, die beiden Söhne, Rebecca mit dem nichtlieben Gesicht und die Oma, die aussieht, als stünde sie am Rande eines Herzinfarkts. Knallorange vermutlich für den Fall, dass sie sich verlieren? Aber Karen lässt nicht zu, dass eins ihrer Kinder verloren geht, so sehr die sich das auch wünschen mögen.

»Guckt mal, solche T-Shirts brauchen wir auch!«, sagt mein Vater und zeigt darauf. »Als Andenken an diese Reise!«

»Negativ«, sagt Etta.

»Was soll das heißen, negativ?«, sagt mein Vater. »Die sind doch cool!«

»Okay, ciao. Ich geh mal näher an den Brunnen ran.« Ich kämpfe mich durch die Menschenmenge bis ganz nach vorn, wobei ich eine unangenehme Mischung aus Sonnencreme und Schweiß einatme. Nur einmal ruft jemand »He!«, aber ich weiche allen Blicken aus, und schon bald stehe ich am Brunnen. Das Wasser ist leuchtend türkis, wie in Disneyland, und vor hohen weißen Säulen sind auf einem Felsen lauter Statuen von Menschen, die Etta uns ausführlich erklärt hat, aber ich erinnere mich nicht an die Einzelheiten. Der Brunnen ist schön, das schon. Doch für mich hat er nichts Magisches. Ich frage mich, wie die Geschichte mit den Münzen angefangen hat. Kommt die Familie Trevi jeden Abend hierher, sammelt ein Vermögen ein und lacht sich über die leichtgläubigen Touris kaputt?

Ich mache ein Foto, um es Tessa zu schicken. Aber da fällt mir ein, dass das gar nicht geht, weil meine Eltern knallhart Nein gesagt haben, als ich gefragt habe, ob ich für zehn Dollar einen internationalen Tagespass von unserem Telefonanbieter haben könnte. Sie meinten, das würde mich nur von meiner wichtigen Entscheidung ablenken. Ich mache noch ein Foto mit meiner Kamera und beuge mich weit vor, um die vielen Münzen unter Wasser mit aufs Bild zu bekommen.

Jetzt bringe ich die Sache am besten hinter mich. Ich grabe in meiner Handtasche nach einem Euro, als mir jemand gegen den Arm stößt.

»Entschuldigung.«

»Schon gut«, grunze ich, doch als ich aufblicke, sehe ich, dass der Italiener, der mir gerade zu nahe gekommen ist, gar nicht mich meint. Er schaut die dünne Blonde neben mir an, die auf dem Rand des Brunnens saß, während ihre Freundin ungefähr zehn Millionen Fotos von ihr gemacht hat, wie sie in die Ferne starrt.

»Entschuldige, *bella*, dir ist das Handy runtergefallen!«

»O mein Gott, danke! Vielen Dank!«, ruft sie und hält sich die Hände vor die Brust. »Das hab ich gar nicht gemerkt! O mein Gott!«

»Kein Problem.« Er schaut auf das Handy, als wäre ihm plötzlich ein Gedanke gekommen, aber ich kenne den Trick. »Ich könnte ja vielleicht meine Nummer eintippen, bevor ich es dir zurückgebe. Ich könnte dich und deine Freundinnen durch die Ewige Stadt führen.«

O Mann. So was gibt es also wirklich. Diese weißen Mädchen stellen sich einfach ungeschickt an, und schwups, sitzen sie schon bei ihrem neuen Freund Lorenzo hinten auf dem Moped und sausen mit ihm durch Rom.

Scheiße.

Ich wende mich wieder meiner Aufgabe zu. Mein Geld wegzuwerfen für eine Chance auf das, was dem blonden Mädchen gerade einfach so in den Schoß gefallen ist. Also gut. Endlich finde ich einen Euro und werfe ihn in den Brunnen. Und stehe dann einfach nur da. Das war noch nicht alles, oder? Sollte man nicht noch irgendwas machen, einen Zauberspruch aufsagen oder so?

Ach ja, stimmt! Man muss zwei Münzen reinwerfen. Das hat Tessa klar und deutlich gesagt.

Wieder grabe ich in meiner Handtasche, aber ich finde keine Münze mehr, nur Scheine. Meinen letzten Euro habe ich am Petersdom für eine Flasche Cola ausgegeben, während Etta unsere Führerin mit Fragen über den Dom gelöchert hat.

Das ist mal wieder typisch für mich. Schlecht vorbereitet, genau so, wie meine Eltern mich sehen. Zu viel und gleichzeitig nicht genug, das bin ich.

Und verdammt. Nur eine Münze bedeutet, dass ich noch mal nach Rom komme.

Ich will nicht noch mal nach Rom!

Nicht, dass ich so undankbar wäre wie Wally, aber während mir der Schweiß durch die Shorts zu sickern droht, kann ich mich gerade nur noch an kalte Orte träumen. In die Antarktis. Oder von mir aus auch in den Kühlschrank meiner Patentante Arlene. Ich bin nicht wählerisch.

»Ach, du willst doch nicht etwa nur eine Münze werfen?« Ich drehe mich um, und da steht Karen neben mir, ganz ohne ihre orange Truppe.

»Ich hab kein Kleingeld mehr.« Ich zucke die Achseln und will schon gehen, aber da quiekt sie auf.

»Oh, nein, nein, nein. Das lasse ich nicht zu.« Sie kramt in der Tasche, die sie fest über die Brust gebunden hat. Ich hebe abwehrend die Hände.

»Nein, schon gut. Wirklich.« Eine barmherzige Spende von dieser Frau ist nun wirklich das Letzte, was ich will.

Aber ehe ich mich umdrehen kann, hat sie mir schon einen glänzenden Vierteldollar in die Hand gedrückt.

»Ich kann nicht mitansehen, wie du dir diese Chance entgehen lässt. Du bist jung, du bist schön! Mach das, bevor du für den Rest deines Lebens an einen Mann gekettet bist, der seine dreckigen Socken überall in der Wohnung verstreut und abends Call of Duty spielt.«

»Hm … also gut.«

Unter ihrem gebannten Blick werfe ich die zweite Münze in den Brunnen.

»Na bitte! Jetzt ist es besiegelt. Hach, wie schön, in Italien die Liebe zu finden.«

Sechstes Kapitel

Ich hatte weiß Gott nicht vor, den ersten Abend an Bord der *Mediterranean Majesty* auf einer Kennenlernparty für die Jugend zu verbringen, aber genauso ist es gekommen.

Heute Nachmittag, nachdem wir schon fast zwei Stunden darauf warteten, an Bord gerufen zu werden, kam plötzlich ein Weißer mit Dreadlocks auf uns zu, und jede Wette, dass er uns genau abgecheckt und sich dann eine Strategie überlegt hat. Er beugte sich ein bisschen zurück und kam leicht humpelnd auf uns zu. Na klar.

»Yo, die Familie Bennett! Ich bin Chad und leite hier das Jugendprogramm. Ich hab hier einen Flyer für euch mit ein paar abgefahrenen Aktivitäten, die wir in den nächsten zwölf Tagen auf dem Schiff anbieten.«

Ich gab keine Antwort, weil mir schon ganz schlecht wurde, aber meine Mutter nahm den Flyer und ermutigte ihn damit natürlich noch.

»Heute Abend geht's mit einer echt wilden Kennenlernparty los. Du bist noch ein bisschen zu jung dafür«, sagte er und zeigte auf Etta. »Aber für Big Bro und Big Sis hier ist es der perfekte Einstieg. Alles ganz verantwortungsvoll natürlich. Das wird echt lit!«

»Klingt toll!«, sagte meine Mutter erschreckend ernsthaft. Kaum war Chad zu der nächsten Familie weitergegangen, prusteten Wally und ich los.

»Lieber würd ich bis zum nächsten Halt neben dem Schiff herschwimmen«, sagte Wally.

»Ich würd lieber diese lila *Sail-Away*-T-Shirts anziehen, die Dad uns kaufen wollte.«

»Hey«, rief mein Vater. »Der Verkäufer hat gesagt, er setzt uns die Namen gratis auf den Rücken. Das war doch ein super Angebot!«

»Ich fasse es nicht, dass er Chad heißt«, sagte Wally.

»Klar heißt er Chad. Der Typ konnte nur als Chad auf die Welt kommen.«

»Sei mal freundlich.« Meine Mutter gab mir einen leichten Klaps.

»Ich soll freundlich sein? Der Typ hat uns grad die gesamte Liste der Jugendwörter des Jahres entgegengerülpst.«

»Wir machen nichts Wildes mit Chad, Mom«, stimmte Wally ein. »Niemand sollte zulassen, dass seine unschuldigen Kinder etwas Wildes mit Chad anstellen, oder?«

Zum ersten Mal auf dieser Reise – und zum ersten Mal seit verdammt langer Zeit – hatten Wally und ich wieder einen guten Draht zueinander. Haben miteinander gelacht, so wie früher. Waren uns einig. Das gab mir Hoffnung für die restliche Zeit hier und auch für die Zeit danach.

Aber das hielt nicht lange an. Denn als wir endlich aufs Schiff durften und gleich wieder anstehen mussten, um mit einem von zehn Aufzügen zu fahren, und dann über den marineblauen Teppich mit Kronenmuster zu unserer Kabine gingen, war Wally schon wieder so mies drauf wie eh und je.

»Diese Winzkabine soll ich mit dir teilen?«

»Hey!«, sagte ich, obwohl ich insgeheim dasselbe dachte. Die Kabine ist wirklich winzig, ungefähr so groß wie der Wandschrank unserer Eltern bei uns zu Hause. Ich bin mir ziemlich sicher, dass ich von meinem Winzbett aus an die Tür zum Bad drankomme. Ach ja, und Fenster haben wir auch nicht, geschweige denn einen Balkon wie unsere Eltern und Etta. Als wir uns von ihnen verabschiedet haben, fand ich ihre Kabine noch klein, aber jetzt würde ich sofort mit ihnen tauschen.

»Sollen wir einen Film schauen?« Ich schaltete den Fernseher ein, aber auf allen Kanälen lief nur eine Sicherheitseinweisung. »Oder wir könnten ein bisschen rumlaufen und gucken, was es hier so gibt. Unser Gepäck wird ja erst später gebracht.«

»Nee, ich schlafe bis zu dem bescheuerten Sail-Away-Dinner.« Er nahm die Fernbedienung und schaltete den Apparat aus, dann löschte er das Licht.

»Willst du mich verarschen?«

»Ich bin nicht dein Alleinunterhalter, Lenore. Wir teilen uns zwar eine Kabine, aber ansonsten musst du sehen, wie du klarkommst. Ich hab anderes zu tun.«

Ich schnaubte und überlegte, was ich darauf erwidern könnte, irgendetwas, womit ich ihn genauso verletzen könnte wie er mich. Aber in der Dunkelheit spürte ich, wie das Schiff schaukelte, und mir wurde übel.

»Okay, dann geh ich jetzt.« Ich stand auf.

Er machte nicht mal die Augen auf. »Tschüs.«

Und deshalb bin ich jetzt allein auf dieser Kennenlernparty. Zu meiner Verteidigung kann ich vorbringen, dass ich mich zuvor auf die Suche nach dem Brunchbüfett gemacht, mich auf diesem Riesenschiff aber verlaufen habe. Und als Chad mich orientierungslos im vierten Stock traf, zwischen Bingo für Senioren und Speeddating für Geschiedene, hatte ich beim besten Willen keine Ausrede, abzulehnen.

»Hey, Leute, kann die Party steigen?«, ruft Chad vom Eingang und macht eine Siegerfaust. Ein paar Gäste jubeln halbherzig, was Chads Laune hebt. »Yeah, genau so! Willkommen im Teen Club, eurer persönlichen Zuflucht vor den Eltern, wo ihr chillen und ihr selbst sein könnt, ohne dass euch einer runterzieht. Ich geh davon aus, dass ich euch auf dieser Reise oft zu Gesicht bekommen werde. Hab ich recht?« Gute Güte. »Okay, wie ich sehe, sind die meisten von euch ein bisschen schüchtern. Aber ich hab hier richtig geile Mucke, um euch ein bisschen locker zu machen. Gleich geht's ab!«

Chad beugt sich mit seinem krummen Rücken über zwei Plattenteller und legt einen alten Justin-Bieber-Song auf. Und mir ist übel. Und das liegt nicht nur an dem Anblick seiner schlaffen, kriseligen Dreads, die im Takt der Musik wippen. Nein, die Übelkeit, die in der Kabine anfing, wird jetzt, wo das Schiff aus dem Hafen ausgelaufen ist und Sizilien ansteuert, noch schlimmer. Ich habe ein waberndes Gefühl im Kopf, und mein Blubberbauch fühlt sich so an, als könnte das Blubbern jeden Moment hoch in meine Kehle schwappen. Ich hab ja gewusst, dass wir fast zwei Wochen auf einem Schiff verbringen würden. Aber ich habe mir wohl nie so richtig ausgemalt, was das eigentlich bedeutet. Ich hoffe, ich muss mich einfach noch daran gewöhnen – nicht, dass es mir die ganze Zeit so geht wie jetzt.

»Yo, mach die Scheiße aus!«, ruft jemand von der anderen Seite des Raums, worauf Gelächter folgt. Aber Chad zeigt nur auf sie und lächelt, dann schaltet er Regenbogenlicht ein und geht zu Ariana Grande über.

Ich nippe an meinem Ginger-Ale und sehe mir die anderen an, mit denen ich wohl oder übel die nächste Stunde bis zum Abendessen verbringen muss – danach komme ich todsicher nie wieder hierher. Ich weiß nicht, was für Leute ich mir vorgestellt hatte, sie sehen jedenfalls ziemlich weiß aus.

In der Ecke um den Airhockeytisch herum steht ein Grüppchen milchiger Typen in pastellfarbenen Poloshirts und Khakishorts. Aus der Ecke kam der Ruf, da gehe ich schon mal nicht hin. Ganz in der Nähe stehen ein paar Mädchen tuschelnd zusammen und schauen immer wieder über die Schulter zu den Jungs. Eine weitere Gruppe sitzt auf den Sofas vor einem riesigen Flachbildschirm, wo eine alte *Riverdale*-Folge läuft. Genau niemand tanzt zu Chads dröhnender Musik.

Wie immer, wenn ich irgendwo hinkomme, zähle ich die People of Color. Das mache ich fast automatisch, um abzuschätzen, wie sehr ich in der jeweiligen Situation in der Minderheit bin. Wahrscheinlich ein Relikt aus der Zeit, als ich in den Sommerferien versnobte Kunstkurse besuchte, wo ich jedes Mal das einzige Schwarze Mädchen war. Hier sind drei ostasiatische Leute, die sich auf das Nachobüfett stürzen, und zwei Latinas, die auf einem Sofa chillen und gelangweilt in Zeitschriften blättern. Niemand außer mir ist Schwarz, und ich komme damit klar, aber ein tolles Gefühl ist es nie.

Ich weiß, dass ich mich ein bisschen unters Volk mischen sollte. Auf jemanden zugehen und Hallo sagen. Vielleicht jemanden kennenlernen, mit dem ich abhängen könnte, weil Wally ja beschlossen hat, ein Arsch zu sein. Aber erstens habe ich die drohende Kotzgefahr nur knapp unter Kontrolle, und zweitens fehlt mir im Moment die Energie, eine Show abzuziehen.

Alle, die mich kennen, würden mich als extrovertiert beschreiben. Aber das ist nicht mein natürlicher Zustand. Ich muss es bewusst durchziehen – reden und lachen, laut sein und Witze reißen –, bis mir die Zähne und Wangen kribbeln und ich mich erst mal erholen muss. Es ist alles nur Show. Harte Arbeit. Ich weiß noch genau, wann ich mir das erste Mal regelrecht vorgenommen habe, sympathisch zu wirken. Das war in der vierten Klasse, als ich die Neue in der Begabtenklasse war, die eigentlich schon in der Dritten startet. Meine Mutter war mit der Einstufung im Vorjahr nicht einverstanden, ihrer Meinung nach waren die Gutachter voreingenommen. Sie setzte durch, dass ich erneut getestet wurde, und siehe da, ich gehörte doch in die Begabtenklasse. Aber so leicht wollten meine Mitschüler mich nicht akzeptieren – und es war auch nicht gerade förderlich, dass ihre Mütter darüber tuschelten, wie meine Mutter in der Schule den Aufstand geprobt hätte. Niemand wollte in der Klasse mit mir reden oder in der Pause mit mir spielen. Es war heftig.

Da beschloss ich, das Ganze zu wenden. Ich erzählte laut Witze und brachte die ganze Mensa zum Lachen. Ich merkte mir von allen kleine Details und hatte immer ein passendes Kompliment parat. Ich gab jedem das Gefühl, etwas Besonderes zu sein. Ich trug ausgefallene Klamotten, über die unsere Lehrerin Ms Chang lächeln musste. Ich war komisch, zugewandt und liebenswert.

Ich zog eine Show ab, damit sie mich mochten. Und ich ließ nicht locker, bis mein Plan aufging.

Denn die anderen können dich schlecht ablehnen, wenn du sie zum Lachen bringst und ihnen ein gutes Gefühl gibst. Wenn sie gern in deiner Nähe sind, denken sie nicht mehr groß darüber nach, ob du es überhaupt verdient hast, dabei zu sein. Und hey, ich weiß, dass ich es verdient habe, in jedem Raum zu sein, den ich betrete – so haben meine Eltern mich erzogen, und als ich in die

Klasse aufgenommen wurde, hat meine Mutter es mir noch mal gesagt. Aber manchmal ist es einfacher, nicht zu kämpfen und so zu tun, als gäbe es gar keine Vorurteile. Wenn ich gut drauf und fröhlich bin, kann ich mich selbst davon überzeugen, dass die anderen so oder so mit mir befreundet sein wollten.

Und ich glaube – nein, ich will ehrlich sein. Ich *weiß*, dass diese Haltung auch in meine Beziehungen mit meinen besten Freunden gesickert ist. Theo und Tessa würden mich so oder so akzeptieren, das hoffe ich wenigstens. Aber es ist ein gutes Gefühl, ihnen etwas geben zu können, was sie brauchen. Eine Rolle in ihrem Leben zu spielen.

Es ist nicht so, dass ich in Wirklichkeit gar nicht so wäre. Aber es ist eben nur eine Seite von mir. Und manchmal finde ich es anstrengend, sie aufrechtzuerhalten. Aber lieber bin ich angestrengt, als die andere Seite zu zeigen, die ich auch habe: deprimiert, wütend, unsicher. Damit würde ich alle vergraulen.

Natürlich meldet sich jetzt genau diese Seite, zusammen mit dem Geblubber in meinem Bauch, dabei brauche ich doch gerade ganz dringend die lebendige, strahlende, selbstbewusste Lenore. Denn nur diese Lenore gehört auf so eine blöde Kennenlernparty.

Ich bin drauf und dran, eine Szene aus *Der Exorzist* nachzuspielen, aber wo kann ich hin? Ganz bestimmt werde ich nicht zu meinen Eltern gehen und weitere Zukunftsgespräche über mich ergehen lassen. Außerdem fürchte ich, dass Chad mich, wenn ich mich rausschleichen würde, mit seinem dämlichen Mikrofon ausrufen würde, und das wäre nun wirklich zu cringe.

»Wow, wie kriegst du deine Haare so hin? Sieht toll aus.«

Als ich mich umdrehe, steht eine von den Airhockey-Zuschauerinnen vor mir. Sie hat braune gewellte Haare, gebräunte Haut – garantiert war sie extra vor der Reise auf der Sonnenbank – und trägt ein weißes Babydoll-Kleid. Ich habe schon Angst, dass sie mir in die Haare fasst, aber dafür ist sie zum Glück zu gut erzogen.

»Hi, ich bin Joelle. Komm doch zu uns, ich bin mit meinen Cousinen hier.« Anscheinend wirke ich doch sympathischer, als ich dachte, aber da greift sie an mir vorbei in den Kühlschrank und nimmt sich eine Cola light, und mir wird klar, dass ich einfach nur im Weg stand.

Ich versuche eine neue Übelkeitswelle wegzuatmen, dann setze ich ein Lächeln auf. »Hi! Ich bin Lenore. Woher kommst du?«

»Bloomfield Hills, Michigan! Und du?«

»Long Beach. Das ist ganz in der Nähe von L. A. …«

»Long Beach!«, ruft sie und imitiert Snoop Dogg, und ich erstarre und muss mich schwer zurückhalten, um nicht die Augen zu verdrehen. Sie könnte ja wenigstens versuchen, ein bisschen originell zu sein.

»Haha, ja …«

»Und, warst du schon im Gym? Die haben da nur fünf Fahrräder! Fünf! Für ein so großes Schiff …«

Dann beschreibt sie die komplette Ausstattung des Gym, das sie irgendwie schon nach einer Stunde auf dem Schiff erkundet hat. Und ich höre zu und ermutige sie, indem ich lächele und hier und da an den passenden Stellen ein »O Mann, echt« einwerfe, und es wird immer deutlicher, dass sie nur zwei herausragende Eigenschaften hat: eine Kardashian-mäßige Knarzstimme und eine überbordende Fitnessbegeisterung.

Als sie endlich geht, nicht ohne mir ihre Kabinennummer zu geben, damit wir in Kontakt bleiben können, bin ich fest entschlossen abzuhauen. Wie es aussieht, werde ich mich ansonsten auf jemandes karierte Vans-Badelatschen erbrechen, und das würde ich jetzt gerade nicht verkraften.

Aber da fällt mir etwas – jemand – schräg gegenüber auf.

Nein. Nein, das kann nicht sein.

Aber … doch! Er ist es. Der Junge, der wunderschöne Junge vom Trevi-Brunnen. Kommt zur Kennenlernparty auf der *Mediterranean Majesty*. Wahrhaftig.

Wie?

Und warum?

Und vor allem, what the fuck? Kann Übelkeit eine Fata Morgana auslösen?

Ich blinzele ein paarmal, aber er ist immer noch da. Hellbraune Haut, von der sich sein weißes T-Shirt abhebt. Er fährt sich mit den Händen durch die Locken und schiebt die vollen Lippen vor, während er an der Tür steht und sich umschaut.

Hat dieser Quatsch mit der Münze etwa gewirkt? Das erzähle ich lieber nicht Tessa, sonst bläst sie sich auf wie ein Ballon und schwebt für immer mit diesem selbstzufriedenen Grinsen, das ich so hasse, über mir. Jetzt gerade würde ich ihr selbstgefälliges Grinsen allerdings am liebsten knutschen, denn es hat geklappt! Es hat echt geklappt!

Auch wenn das nicht gerade der beste Moment für ein Kennenlernen ist, weil ich total verschwitzt und elend aussehe. Wahrscheinlich habe ich bessere Chancen, wenn ich mich jetzt verziehe und abwarte, bis ich wieder vorzeigbar bin, außer er steht auf die grüngesichtige Gamora.

Doch als hätte er meine Gedanken gehört, bleibt sein Blick an mir hängen. Ehe ich wegschauen und so tun kann, als hätte ich ihn nicht gerade angestarrt, kommt er zielstrebig auf mich zu.

Ich zittere erst, dann erstarre ich. Es passiert wirklich.

»Hi, ich bin Alex«, sagt er und reicht mir die Hand. Von Nahem hat er ein Gesicht, bei dem viele Leute fragen würden: »Woher kommst du?« Was ich niemals tun würde, weil ich weiß, was sich gehört.

»Hi. Lenore.« Ich versuche möglichst cool zu klingen. Aber das ist spätestens dahin, als ich ihm meine feuchte Hand reiche. Zum Glück wischt er seine Hand hinterher nicht an der Jeans ab, denn dann würde ich einfach tot umfallen.

»Also, ich weiß, dass das jetzt ziemlich verrückt klingt«, sagt er, und in meiner Brust fängt es an zu flattern. Passiert das hier wirklich?

»Ach ja? Verrückt ist für mich kein Problem.«

Er lacht, doch er schaut mich nicht an. Er schaut in den Raum hinein.

»Ha! Das trifft sich gut.« Der Blick seiner dunklen Augen kehrt zu mir zurück, und ich könnte jetzt glatt ein Sonett über die Farbe Braun schreiben. Am liebsten würde ich nach bernstein- oder obsidianfarbenen Sprenkeln suchen, um davon zu schwärmen wie die Mädchen in den rosa Taschenbüchern. »Die Sache ist nämlich die, meine Exfreundin ist auch auf dieser Kreuzfahrt. Sie steht da hinten. Es ist eine lange Geschichte, unsere Eltern sind befreundet und haben die Reise gemeinsam gebucht. Dann haben wir uns getrennt, zu spät, um noch zu stornieren. Also mussten wir alle fahren. Und ich will ihr beweisen, dass ich ihr nicht mehr nachtrauere. Tu ich nämlich nicht! Also, könntest du einfach so tun, als würden wir zusammen abhängen? Nur eine Weile. Damit sie sieht, dass ich drüber weg bin.«

Er holt tief Luft, offenbar erleichtert, dass er es hinter sich gebracht hat. Er guckt etwas beschämt, aber hoffnungsvoll. Er hofft, dass ich mitspiele und ihm helfe, seine Exfreundin eifersüchtig zu machen.

Es ist wie ein Schlag in die Magengrube. Einen winzigen

Moment lang habe ich tatsächlich geglaubt, das hier könnte meine Liebesgeschichte sein und bei mir liefe es so wie im Roman. Ich habe mich von Tessas Quatsch einwickeln lassen. Obwohl ich es doch besser weiß!

Und wieder mal bin ich nicht der Hauptpreis, sondern nur eine Randfigur, Mittel zum Zweck. Die Hauptfigur ist eine andere. Genau wie bei Jay und Marcus.

Erneut schwappt eine Welle der Übelkeit hoch, und in meiner Kehle brennt es heiß und bitter. Ich muss hier raus, bevor ich alles noch schlimmer mache und ihm vor die Füße kotze.

»Du hast sie wohl nicht mehr alle«, sage ich und stampfe an ihm vorbei aus dem Raum.

Siebtes Kapitel

»Warum siehst du so aus, als würdest du einen Mord planen?« Etta zieht die Nase kraus.

Wir stehen im Aufzug auf dem Weg zum großen Sail-Away-Dinner, und ich schäume noch immer vor Wut. Wenn das hier eine von Tessas Geschichten wäre, könnte Alex' Auftritt ein spannender und vielversprechender Anfang sein. Wir würden uns zum Schein verabreden, um seine Exfreundin eifersüchtig zu machen, und dann feststellen, dass es gar nicht zum Schein ist, und uns verlieben, und eines Tages würden wir noch mal dieselbe Kreuzfahrt machen und heiraten und süße braune Babys bekommen, die später jedes Jahr im Sommer nach Italien fahren.

Aber es ist keine von Tessas Geschichten, und ich bin einfach nur sauer. Und mir ist schlecht.

»Alles okay«, sage ich schärfer als beabsichtigt. Die Frau im pinkfarbenen Trainingsanzug, die einen Arm in den Aufzug gestreckt hat, um noch schnell mit reinzukommen, sieht aus, als bereute sie die Entscheidung.

»Ich rate allen Familienmitgliedern tunlichst davon ab, einen Mord zu planen«, sagt mein Vater.

»Eigentlich«, sagt Etta, »bietet sich das hier richtig dafür an. Man hätte gute Chancen davonzukommen, weil die Strafverfolgung auf internationalen Gewässern schwierig ist. Außerdem könnte man leicht jemanden über Bord werfen und es wie einen Unfall aussehen lassen. Ich hab gelesen, dass zweiundzwanzig Prozent ...«

»Etta.« Meine Mutter presst die Finger zusammen, die universelle Geste für »Halt den Mund«.

Wally prustet los, ohne von seinem Handy aufzublicken, und die pinke Frau sieht uns mit großen Augen an, als wollte sie sich unsere Gesichter einprägen für den Fall, dass die Polizei später Fragen stellt.

»Ich habe nicht vor, jemanden zu ermorden«, sage ich, merke jedoch selbst, dass es nicht sehr überzeugend klingt.

Die Tür des Aufzugs öffnet sich, und wir gehen in den Kronensaal. Die pinke Frau läuft schnell in die entgegengesetzte Richtung, aber vielleicht muss sie ja in einen der anderen fünf Speisesäle.

Der Kronensaal hat einen glänzenden Holzfußboden mit goldenen Sonnen als Intarsien. An den mindestens fünfzig großen cremefarbenen Tischen stehen Stühle mit hohen Lehnen und dunkelblauen Samtsitzen. In der Mitte ist eine Tanzfläche aus schwarz-weißem Marmor. Die Decke ist dunkel, fast schwarz gestrichen, Sterne und Kronen bilden darauf Fantasie-Sternbilder. Gewaltige Kronleuchter tauchen alles in ein warmes, träumerisches Licht. Ich habe mir das Ganze hier ziemlich kitschig vorgestellt, aber jetzt muss ich zugeben, dass es richtig cool aussieht.

Meine Mutter schaut mit einem kleinen Lächeln zur Decke, und es zuckt mir in den Fingern, nach meiner Kamera zu greifen, aber die habe ich in der Kabine gelassen. Zum hundertsten Mal, seit wir an Bord sind, frage ich mich, wie all das auf ein Schiff passen kann. Es kommt mir alles zu groß vor, zu übertrieben, um über das Mittelmeer zu fahren. Aber das schwappende Gefühl in meinem Magen erinnert mich daran, dass wir definitiv auf dem Wasser sind. Wieder bete ich im Stillen, dass es mir nur heute so geht. Dass ich morgen aufwache und wie durch ein Wunder alles gut ist. Nun ja, wenn nicht, können wir das Schiff immerhin für einen Tag verlassen und Sizilien erkunden, mit festem Boden unter den Füßen.

»Willkommen! Was kann ich für Sie tun?«, fragt die Frau am Eingang und sieht uns der Reihe nach mit ihren grünen Augen an. Was soll das heißen, was sie für uns tun kann? Ist es nicht offensichtlich, dass wir hier essen wollen? Zum Glück hat mein Vater bessere Manieren als ich. »Ein Tisch für fünf, Familie Bennett«, sagt er und zeigt auf uns alle.

»Ah ja, kommen Sie bitte mit. Ich zeige Ihnen Ihren Tisch.«

Wir folgen ihr an vielen voll besetzten Tischen vorbei durch den Saal. Manche Gäste haben schon leere Champagnergläser vor sich stehen, die Tanzfläche wird sich heute Abend also bestimmt noch füllen. Wir bekommen Tisch Nummer sechzehn in der Ecke, doch er hat nicht fünf Plätze, sondern acht.

»Ist der nicht ein bisschen groß für uns?«, sagt meine Mutter, und die Frau setzt das typische Servicelächeln auf, das wohl zu ihrem Job dazugehört. »Wir haben einige separate Familientische, die jedoch schon lange im Voraus reserviert wurden. Kleinere Familien teilen sich mit anderen für die gesamte Dauer der Kreuzfahrt einen Tisch. Bestimmt werden Sie Ihre Dinner-Partner mögen – manche Familien schließen hier Freundschaften fürs Leben!«

Das klingt wie aus dem Werbeprospekt der *Mediterranean Majesty*, aber meine Eltern scheinen zufrieden zu sein. »Na gut.« Mein Vater setzt sich mit einem Nicken auf den Platz, der die beste Sicht auf die Tanzfläche hat.

»Und für dich habe ich noch etwas Besonderes«, sagt die Frau, und ihre Stimme geht um fünf Oktaven hoch. Sie legt eine Packung Buntstifte und ein Papierdeckchen vor Etta. Ich kann die leuchtend bunten Zeichnungen von Chicken Nuggets und Käsepizza von hier aus sehen.

»Sie scheinen ja genau zu wissen, was ich gern esse.« Etta sieht die Frau von oben bis unten an. Die lacht nervös, murmelt etwas davon, dass unser Kellner Phillip gleich bei uns sein werde, und eilt davon. Doch kaum ist sie weg, schnappt Etta sich den grünen Buntstift, und ich sehe, wie es sie in den Fingern juckt, das Suchworträtsel in Rekordzeit zu lösen.

»Wally, legst du das mal bitte weg?« Meine Mutter klopft ihm auf die Schulter. »Wir wollen einen Familienabend verbringen. Deinen Liebesbrief an Kieran kannst du später schreiben.«

Also weiß meine Mutter noch gar nicht, dass sie sich getrennt haben. Hmm.

»Nur noch zwei Sekunden. Das ist fürs Studium«, sagt er und tippt unaufhörlich weiter. Ich weiß nicht, was er da macht, denn er hat letzten Monat das College abgeschlossen, und das Jurastudium fängt erst im August an, doch seinem konzentrierten Gesichtsausdruck nach scheint es wichtig zu sein. Aber wahrscheinlich macht er das mit Absicht. Er tut immer so, als müsste er gerade entscheiden, ob er den blauen oder den roten Draht der Bombe durchtrennen soll, selbst wenn er nur auf einen Instagram-Kommentar antwortet.

Meine Mutter wendet sich an mich. »Und, hast du noch mal über das nachgedacht, worüber wir vor der Abreise gesprochen haben?« Nein, ich versuche es so gut wie möglich zu verdrängen. »Was du studieren willst«, erklärt sie, als könnte ich das vergessen haben. »Ich dachte, vielleicht hat Rom dich gestern inspiriert, all die antike Kunst. Meinst du, Kunstgeschichte ist vielleicht doch was für dich? Damit kann man so viel machen.«

»Ja, ich weiß nicht …«

»Aber vielleicht mit einem anderen Blickwinkel«, fällt mein Vater mir ins Wort. »Die Welt braucht nicht noch mehr Spezialisten für europäische Kunst. Du könntest dich auf die Kunst der Diaspora konzentrieren. Ich könnte mir dich gut als Kuratorin im California African American Museum vorstellen. Oder noch besser, im American Art Museum in DC.«

»Wär das nicht was?« Die Augen meiner Mutter leuchten. »Als Dad und ich uns hier ein bisschen umgeschaut haben, habe ich einen Computerraum gesehen. An einem der Tage auf See könntest du ja mal auf die Website der NYU gehen und schauen, was für Schwerpunkte der Studiengang bietet. Dafür spendieren wir dir gern ein paar Stunden Internet. Vielleicht weckt das ja deine Begeisterung.«

»Okay, vielleicht, ich kann ja mal …«

»Ich verstehe gar nicht, warum das so ein Problem für dich ist.« Wally hat seine wichtige Aufgabe anscheinend erledigt und schaut mich an. »Einen Studiengang zu wählen, das ist doch gar nichts. Das ist echt läppisch im Vergleich zu dem, was ich am Hals hab. Du hast dich doch schon für Kunstgeschichte entschieden, wieso müssen Mom und Dad dich da noch überzeugen?«

»Wally …«, sagt meine Mutter warnend, aber nicht so scharf, wie sie es sonst gesagt hätte. Vielleicht weil sie ihm zustimmt.

»Ja, ich hatte vor, Kunstgeschichte zu studieren, aber jetzt habe ich Zweifel, ob es das Richtige ist. Das ist eine wichtige Entscheidung, und ich möchte mir sicher sein.« Ich sehe die wachsamen Blicke meiner Eltern. »Und ich werde mir auch sicher sein. Bald. Bevor wir wieder zu Hause sind.«

»Wenn du denkst, das ist eine große Entscheidung, dann wart mal ab, bis du in der wirklichen Welt ankommst«, spottet er und schüttelt den Kopf. »Das gibt noch ein böses Erwachen. Ich sag dir, dein jetziges Leben ist das reinste Picknick.«

Meine Güte, Wally war zwar immer schon ein Klugscheißer, aber in diesem Sommer hat sich das noch mal potenziert. Da kann er sich von mir aus lieber wieder seinem blöden Handy zuwenden.

Ich sehe ihn mit schmalen Augen an. »Du lässt dir von Mom immer noch die Unterwäsche waschen und zusammenlegen, also erzähl mir nichts von der wirklichen Welt, Wallace!«

»Lenore«, zischt Mom leise. Sie ist sauer, und das werde ich noch zu hören bekommen, sobald wir wieder unter uns sind. Aber dass Wallys Wangen jetzt aussehen wie gebranntes Siena, war es schon wert.

»Ich glaub, hier sitzen wir, Mom. Tisch sechzehn.«

Die Stimme hinter mir kommt mir bekannt vor, aber ich kann sie nicht einordnen. Viel zu schnell schaue ich nach hinten, und alles dreht sich. Ich versuche gerade meinen Magen zu beruhigen, als ich sein Gesicht sehe.

Nein.

Nein, nein, nein.

Es ist Alex. Und er steht vor unserem Tisch, Nummer sechzehn. Der offensichtlich auch sein Tisch ist. Denn das Schicksal hasst mich und will mich leiden sehen.

Mir treten förmlich die Augen aus dem Kopf, und er erstarrt, hat bestimmt Schiss, dass ich sein mieses Verhalten ausplaudere. Ha! Er kann ja nicht wissen, dass er nichts zu befürchten hat, weil es mir viel zu peinlich wäre, meiner Familie davon zu berichten, schon gar nicht Wally, der mir das ewig vorhalten würde.

Alex' Mutter kommt einen Schritt näher. Sie hat die gleiche

glänzende Haut wie mein Vater. Ihre schulterlangen senegalesischen Twists sehen so ordentlich aus, als wären sie gestern erst gemacht worden. Sie trägt ein zartlila Etuikleid, dazu geometrische Goldohrringe und regenbogenfarbene Perlenketten.

»Hallo zusammen.« Sie schaut kurz zu Alex, der auf einmal ganz still ist. »Ich bin Ronni und das ist mein Sohn Alex, und anscheinend teilen wir uns den Tisch hier. Mein Mann …« – sie schaut sich um – »na ja, der ist hier auch irgendwo.«

»Ronni! Alex!«, ruft mein Vater mit ausgebreiteten Armen, als wären sie alte Freunde. »Ich bin Edward Bennett, und das ist meine Frau …«

»Marla Bennett, freut mich, Sie kennenzulernen.« Meine Mutter steht auf und schüttelt Alex' Mutter die Hand. »Sie schmatzen ja bestimmt nicht oder legen die Füße auf den Tisch oder« – sie beugt sich vor und flüstert, als wollte sie ein Geheimnis verraten – »essen glutenfrei, was?«

»Nein, ich esse viel Gluten. Eigentlich ausschließlich Gluten!«

»Na dann werden wir uns bestimmt super verstehen!«

Unsere Eltern prusten los, doch Alex starrt mich immer noch mit offenem Mund an. »Versuchst du Fliegen zu fangen?«, würde Oma Lenore sagen, um das Eis zu brechen, aber ich funkele ihn nur böse an.

»Okay, setzen Sie sich, setzen Sie sich.« Mein Vater zeigt auf den Tisch, als wären wir bei uns zu Hause und hätten die beiden zum Essen eingeladen. Erst jetzt fällt mir auf, dass der Platz neben mir frei ist. Alex hat ja sicher so viel gesunden Menschenverstand, sich auf einen der anderen freien Plätze zu setzen, sodass ich neben seiner Mutter oder seinem Vater zu sitzen komme, aber nein. Er flätzt sich direkt neben mich. Ich gucke stur vor mich hin und ignoriere ihn einfach.

»Ist ja klar, dass sie uns an einen Tisch gesetzt haben«, sagt mein Vater mit einem verschmitzten Lächeln. »Man kann die Brüder und Schwestern ja nicht allein sitzen lassen!«

»Ja, klar!« Alex' Mutter lacht und haut auf den Tisch, ohne sich darum zu scheren, wie laut sie ist. Sie ist mir sofort sympathisch. Schade, dass sie so einen arschigen Sohn hat.

»Und du heißt also Alex, richtig?« Meine Mutter sieht ihn an.

Er nickt. »Ja, Mrs Bennett.«

»Das sind unsere drei, Etta, Wally und Lenore, die dich … aus irgendeinem Grund böse anguckt. Lenore …« Sie klopft mir auf die Schulter. »Ihr beide seid doch ungefähr gleich alt. Sie ist siebzehn … in ein paar Tagen achtzehn. Wie alt bist du, Alex?«

»Ich bin achtzehn, Mrs Bennett«, sagt er mit sanfter Stimme. »Ich bin gerade mit der Highschool fertig.«

»Na, du hast ja gute Manieren!«, sagt meine Mutter und kichert. Kichert! »Nenn mich doch bitte Marla. Wir sind jetzt eine große Kreuzfahrtfamilie.«

Zu meinen Freundinnen hat sie noch nie gesagt, sie könnten sie Marla nennen, aber was soll's.

»Geburtstag an Bord, Lenore!«, sagt Alex' Mutter und klatscht in die Hände. »Wie schön! Wir müssen dem Küchenchef sagen, dass er dir eine Torte besorgen soll. Heute war ich in einer Bäckerei, wo sie gezeigt haben, wie Macarons gemacht werden, und …«

Sie erzählt weiter, doch da taucht ein Mann mittleren Alters mit glänzenden schwarzen Haaren, blasser Haut und pinkfarbenem Poloshirt hinter ihr auf. Zielstrebig geht er auf den freien Stuhl zu und zieht ihn zurück. Im ersten Moment bin ich verwirrt, bis der Groschen fällt – Alex' hellbraune Haut, die weichen Locken und die Gesichtszüge, die sich schwer einordnen lassen.

Mein Vater ist nicht so schnell.

»Entschuldigen Sie«, sagt er und mein Magen zieht sich zusammen, als ich ahne, was jetzt kommt. »Der Platz hier ist reserviert. Welchen Tisch suchen Sie denn?«

»Dad!«, sage ich verstohlen, und aus dem Augenwinkel sehe ich, wie Alex zusammenzuckt.

»Genau diesen«, sagt der Mann. »Denn ich bin der Mann der schönen Dame hier.« Er beugt sich herab und gibt Alex' Mutter einen Kuss auf die Wange.

Der ganze Tisch erstarrt, während wir in einem riesigen Fettnapf sitzen.

»Oh! Entschuldigen Sie.« Mein Vater schlägt sich mit der Hand vor die Stirn. »Natürlich.«

»Das passiert uns oft.« Alex' Mutter wischt es mit einer Handbewegung beiseite. »Kein Problem.«

»Es ist trotzdem nicht in Ordnung.« Mein Vater steht auf, um Alex' Vater die Hand zu schütteln. »Ed Bennett. Freut mich, Sie kennenzulernen.«

Alex' Vater grinst, seine Augen funkeln. »Ehrlich gesagt, gut, dass Sie aufgepasst haben. Ständig versuchen Männer, sich neben meine Frau zu setzen. Man muss wirklich auf der Hut sein.« Er hebt den Arm, als hielte er ein Schwert in der Hand. Seine Frau schüttelt über den albernen Witz den Kopf, aber der Rest des Tisches lacht los, dankbar für die Auflockerung. »Ich bin David Lee. Und jetzt weiß ich, dass wir am richtigen Tisch sitzen.«

»Auf jeden Fall«, sagt Mrs Lee. »Meine Güte, Schatz, weißt du noch, die Stewarts von der Kreuzfahrt im letzten Sommer?« Sie beugt sich vor und schaut in die Runde. »Sie waren unfassbar, eigentlich schon geschieden, aber sie wollten einen Neuanfang wagen. Als könnten sie ihre massiven Schwierigkeiten lösen, indem sie sich mitten auf dem Ozan auf fünfundzwanzig Quadratmetern zusammen einsperren lassen und ihre Probleme haarklein vor uns ausbreiten. Und ihr Sohn …«

»Verdauungsprobleme«, wirft Mr Lee ein und nickt wissend.

»Das ist eine freundliche Umschreibung dafür, dass er das ganze Abendessen lang das Horn geblasen hat. Ich weiß nicht, wozu sie auf dem Schiff überhaupt eine Band brauchten!«

Meine Eltern lachen, und ich ziehe die Nase kraus. Normalerweise sind Pupswitze unter ihrem Niveau.

»Dann sind Sie schon alte Hasen?«, fragt mein Vater.

»Na ja, das war unsere zweite Kreuzfahrt«, sagt Mrs Lee. »Wir machen auch gern Gruppenreisen. Vor zwei Jahren sind wir an der Chinesischen Mauer entlanggewandert, und im Sommer davor waren wir einen Monat in Südafrika …«

Meine Eltern lauschen den spannenden Reiseberichten der Lees, Etta ist in die Rätsel auf dem Kinderdeckchen vertieft, über das sie eben noch die Nase gerümpft hat, und Wally hängt schon wieder am Handy. Alex sieht die Gelegenheit gekommen, mich anzusprechen.

»Tut mir leid wegen vorhin.« Er beugt sich so nah heran, dass ich seinen warmen Atem auf der Wange spüre. Am liebsten würde ich mich übergeben. Mir war ja sowieso schon übel, und das ist jetzt wirklich nicht hilfreich. »Ich hab nicht richtig nachgedacht. Die Trennung von Natalia und mir war … na ja, nicht so ganz einfach, und …«

»Du brauchst mir nicht deine ganze Lebensgeschichte zu erzählen«, sage ich, ohne den Blick von dem goldenen Platzteller vor mir zu lösen.

»Ich hab einen Fehler gemacht«, fährt er fort, und das klingt so reumütig, dass ich mich fast zu ihm umgedreht hätte. Bin ich zu schroff? »Aber … deswegen musst du ja nicht so unhöflich zu mir sein.«

Nein, ganz bestimmt nicht zu schroff.

Ich drehe den Kopf herum, und ein paar meiner Locken klatschen ihm ins Gesicht. Das war keine Absicht, aber es geschieht ihm ganz recht, was rückt er mir auch so auf die Pelle. »Was erwartest du denn jetzt von mir?«, zische ich leise, damit meine Eltern nichts hören.

Er hebt zur Verteidigung die Hände, und ich koche vor Wut. »Hey, es war nicht ideal, das stimmt. Aber wenn du mal drüber nachdenkst, war es doch eigentlich auch ein Kompliment, oder? Ich meine, von allen Mädchen im Saal hab ich dich ausgewählt.« Er verzieht die vollen Lippen zu einem kleinen Lächeln, seine dunklen Augen blitzen. Mit dem Lächeln kriegt er bestimmt jede rum, aber mich nicht.

»Ach, echt? So hab ich es noch gar nicht betrachtet, aber jetzt, wo du es sagst …« Ich lache und schüttele gespielt belustigt den Kopf.

»Hast du das gehört, Schatz?«, fragt meine Mutter, und da sehe ich, dass die Erwachsenen uns alle anstarren.

»Was denn?«

»Seht euch die beiden an!« Mrs Lee lacht. »Die haben sich schon angefreundet.«

»Ich sagte gerade, dass die Lees aus Cerritos sind«, sagt meine Mutter. »Die Welt ist ein Dorf! Da reisen wir um die halbe Welt und sitzen mit Leuten am Tisch, die nur eine halbe Stunde entfernt wohnen!«

»Und Alex, dein Vater hat erzählt, dass du im Herbst an der UCLA anfängst«, sagt mein Vater. »Da hat Wally gerade seinen Abschluss gemacht, und demnächst fängt er dort mit Jura an.«

»Wirklich?«, sagt Mr Lee. »Da sind Sie bestimmt stolz. Das ist schon eine Leistung.«

»O ja, das sind wir auch.« Mein Vater strahlt Wally an. Wally kriegt davon nichts mit und tippt weiter in sein Handy. »Was willst du denn studieren, Alex? Wally hat Politikwissenschaften und parallel Philosophie studiert und mit Bestnote abgeschlossen.«

»Ich hab mich für Biologie eingeschrieben«, sagt Alex.

»Ah, sehr gute Wahl.« Die Augen meines Vaters leuchten auf. »Und was hast du damit mal vor? Da gibt es ja viele verschiedene Optionen.«

Ich weiß, dass mein Vater ehrlich interessiert ist und sich freut, dass ein junger Schwarzer seine Ausbildung ernst nimmt. Und er hat all meinen Freundinnen und Cousinen und Cousins die gleichen Fragen gestellt. Aber irgendwie fühle ich mich dadurch auch angegriffen.

»Hm, wollen Sie den Fünfjahresplan hören oder gleich den für die nächsten zehn oder zwanzig Jahre?«, fragt Alex, und alle Eltern lachen. Er beugt sich mit verschränkten Händen vor, als säße er in einem Vorstellungsgespräch. »Erst mal möchte ich Praktika im Krankenhaus und in ein paar Forschungsprojekten machen, die ich im Blick habe. Das hatte ich mir eigentlich für diesen Sommer vorgenommen, aber die Plätze waren alle schon von Studenten belegt.«

»Und sei nicht so bescheiden, du machst ja schon Freiwilligenarbeit im Krankenhaus«, fällt Mrs Lee ein.

Alex lächelt und nickt ihr zu. »Ich möchte den Zulassungstest für das Medizinstudium machen, dann kommt das Studium, der Assistenzarzt, das Staatsexamen und so weiter, bis ich approbierter Arzt bin, so wie meine Mutter.«

Dann ist Mrs Lee also eigentlich Dr. Lee? Was mich überrascht, denn sie wirkt so … cool. Vor allem im Vergleich zu ihrem spießigen Sohn.

»Am liebsten würde ich mich auf Kardiologie spezialisieren«, fährt Alex fort. »Aber da sollte ich mich jetzt wohl noch nicht so festlegen.«

Wieder lachen alle Eltern, und ihre Augen versprühen praktisch Herzchen in Alex' Richtung. Ich frage mich, wie die Lees reagieren würden, wenn ich ihnen erzählen würde, was ihr Goldjunge mir noch vor wenigen Stunden vorgeschlagen hat.

»Wally, es wäre toll, wenn wir uns irgendwann auf dieser Reise über die UCLA unterhalten könnten. Dann könnte ich etwas aus der Sicht eines Absolventen erfahren.« Alex beugt sich vor und schaut an mir vorbei zu Wally.

»Was?« Wally blickt von seinem Handy auf.

»Wally, ich sag's dir jetzt zum letzten Mal«, sagt meine Mutter genervt. »Leg das blöde Ding weg!«

»Klar, tut mir leid«, sagt Wally und gehorcht langsam, den Blick weiterhin auf das Ding geheftet.

»Und du, Lenore?«, sagt Dr. Lee. »Wohin treibt es dich?«

Ich wusste, dass ich als Nächste dran wäre, doch ich hatte gehofft, irgendwas würde dazwischenkommen und das quälende Gespräch vereiteln. Wo bleibt eigentlich der Kellner? Können wir mal Wasser kriegen? »An die NYU.«

»Großartig! Man muss schon ein besonderer Mensch sein, um in New York Erfolg zu haben. Spannend!«

»Und was wirst du studieren?«, fragt Mr Lee.

Alle schauen mich an, sogar Wally und Etta, und es ist ein Gefühl, als würde ich in der Kirche zum Altar gerufen.

Ich hole tief Luft und setze das Lächeln auf, das von mir erwartet wird. »Kunstgeschichte. Aber ich überlege zu wechseln.«

»Sie muss sich noch entscheiden, was sie genau machen will, weil sie so viele Talente hat«, beeilt meine Mutter sich zu erklären.

»Lenore war immer unser freier Geist, aber sie macht das schon.« Mein Vater lacht.

Mein Gesicht brennt, denn auch wenn sie nur helfen wollen, machen sie es damit bloß noch schlimmer. Jetzt sieht es so aus, als müssten sie mich in Schutz nehmen, dabei habe ich doch gar nichts falsch gemacht.

»Eine Künstlerin! Großartig!«, sagt Dr. Lee schnell, wie vorhin schon. »Wenn ich doch auch eine Begabung dafür hätte.« Ich frage mich, ob sie das ernst meint oder ob sie mich nur trösten will.

Ich begehe den Fehler, zu Alex zu schauen, und er lächelt. Hochzufrieden. Er ist eindeutig der Gewinner.

Natürlich kommt jetzt der Kellner mit den Getränken und der Speisekarte. Mann. Hättest du nicht fünf Minuten früher auftauchen können, Phillip?

Zum Glück interessiert sich niemand mehr für mich und meine Zukunft. Es gibt einen albernen Serviettentanz und eine langatmige Rede vom Kapitän, gefolgt von vielen Tellern mit Essen. Doch während unsere Eltern lachen und bei Surf and Turf an ihren stets neu gefüllten Weingläsern nippen, fühle ich mich immer noch unbehaglich. Nicht nur, weil meine Eltern vor diesen Leuten, die wir gerade erst kennengelernt haben, auf so unangemessene Art über mich geredet haben. Ich spüre auch jedes Schwanken des Schiffs, wie es mit den Wellen vor und zurück schwappt. Bis jetzt konnte ich die Seekrankheit in Schach halten, doch nun droht sie mich zu überwältigen. Ich schiebe meinen unangerührten Teller mit Steak von mir, atme tief ein und aus – durch die Nase ein und durch den Mund wieder aus – und zwinge meinen Magen dazu, seinen einzigen Inhalt bei sich zu behalten, das eine Ginger-Ale von vorhin.

»Alles in Ordnung bei dir?«, fragt Alex.

»Ja, alles gut«, fauche ich und schließe die Augen. Aber das macht es nur noch schlimmer.

»Du bist wohl seekrank, was?«, fragt er. »Das kommt oft vor, vor allem die ersten paar Tage. Hast du Reisetabletten dabei? Oder Sea-Bands? Es gibt auch Pflaster gegen Reisekrankheit.«

»Nein, ich habe keine komplette Apotheke mitgenommen«, sage ich, während ich mühsam atme. Seinen Mr Neunmalklug kann er sich für die Eltern aufsparen, bei mir zieht die Masche nicht.

»Okay. Tut mir leid.«

Das Licht wird gedimmt und Discokugeln werden von der Decke herabgelassen, die wirbelnd das Licht der Kronleuchter und der Sterne an der Decke reflektieren. Halluziniere ich? Das ist mein schlimmster Albtraum.

»Und jetzt laden wir Sie zum ersten Tanz des Abends ein«, tönt die Stimme des Kapitäns durch die Lautsprecher. »Nur nicht schüchtern! Dieses Stück kennen Sie alle!«

Der vertraute peppige Beat und das Flüstern am Anfang von *Cupid Shuffle* erklingen. Meine Mutter wackelt schon mit den Schultern und schnippt mit den Fingern.

»Ooh yeah.« Mr Lee steht auf und macht kreisende Bewegungen mit den Hüften, die ich ihm gar nicht zugetraut hätte.

Auch mein Vater springt vom Stuhl. »Ja! Das ist mein Song!«

Unsere Eltern begeben sich zur Tanzfläche, rufen und schwenken die Arme, ohne noch weiter auf uns zu achten.

Ich würde gern lachen. Aber mit den Lichtern dreht sich der ganze Saal. Ich stehe auf. Ich muss hier raus. An die frische Luft.

Wally blickt nicht von seinem Handy auf, und Etta zeichnet mit ihrem Buntstift ein Diagramm oder so etwas. Nur Alex sieht mich mit amüsiertem Lächeln an. »Willst du auch tanzen?«

»Nein«, sage ich. In meiner Kehle brennt es. »Aber vielleicht kannst du ja deine Freundin auffordern? Wo ist sie überhaupt? Oder hast du doch noch Ersatz gefunden?«

»Ich hab mich bei dir entschuldigt«, sagt er und wagt es auch noch, beleidigt zu gucken. »Und so war es auch gar nicht gemeint.«

»Ist mir egal.«

Ich stürme aus dem Speisesaal, durch die Empfangshalle mit den zahllosen Aufzügen und weiter durch die endlosen Flure, bis ich endlich zu einer Tür gelange, die nach draußen führt. Ich dränge mich an Leuten mit Softeis vorbei auf das Pooldeck und sauge gierig die salzige Luft ein.

Allmählich beruhigt sich mein Magen, und ich setze mich auf einen klebrigen Plastikstuhl und hole mein Handy heraus. Doch als ich etwas in den Gruppenchat mit Tessa und Theo schreibe, geht die Nachricht nicht durch. Natürlich nicht – hier gibt es weder WI-FI noch eine mobile Verbindung. Hier, mitten auf dem Meer, kann ich mit meinem Telefon praktisch nichts anfangen. Ich bin auf mich allein gestellt.

Aber … was hat Wally dann den ganzen Abend gemacht?

Achtes Kapitel

Wenn Wally vom Abendessen zurückkommt, werde ich mit ihm reden. Ich will wissen, was er wirklich an seinem Handy gemacht hat, und vielleicht kann ich ihn ja sogar dazu bringen, mir ein bisschen von der Geschichte mit Kieran zu erzählen. Ich lehne mich an das Kopfkissen, damit der Jetlag mich nicht übermannt. Doch um Mitternacht ist Wally immer noch nicht zurück, und schließlich lasse ich dankbar die schweren Lider zufallen. Schlafen ist immer noch besser, als ständig gegen den Brechreiz zu kämpfen.

Am nächsten Morgen ist Wally wieder da, er wurde also nicht von einem der zahlreichen Kreuzfahrtmörder über Bord geworfen, vor denen Etta uns gewarnt hat. Ein Glück, denn sonst wäre der Trip noch deprimierender als sowieso schon, und meine Eltern würden es garantiert mir in die Schuhe schieben.

Dass Wally kein Fischfutter geworden ist, weiß ich, noch ehe ich die Augen öffne, denn von seinem Kettensägenschnarchen vibriert mein ganzer Schädel. Es ist so ohrenbetäubend laut, dass ich fast das Klingeln des weißen Plastiktelefons zwischen unseren Betten überhört hätte.

Ich hebe ab. »Hallo!«

»Lenore?« Es ist meine Mutter, die viel zu munter klingt. »Wo bleibt ihr denn? Wir wollten uns doch schon vor einer Viertelstunde auf dem Deck treffen!«

»Deck. Ja. Auf dem Deck.« Ich reibe mir den Schlaf aus den Augen und schaue auf die Uhr. Elf. Wie kann es schon elf sein? Das heißt, ich habe das Frühstück verschlafen. Mist.

»Ich hab dich geweckt, oder?«

»Nee«, sage ich, aber es kommt nuschelig heraus, weil ich seit elf Stunden nicht gesprochen habe. Neuer Versuch. »Nein. Wir sind schon ewig wach. Wir sind zusammen übers Oberdeck gelaufen und haben uns den Sonnena…«

»Lenore, versuch's gar nicht erst. Ich hab deinem Vater gesagt, wir hätten euch früher wecken sollen, aber er meinte, wir sollten euch lassen …«

»Sie sind erwachsen! Wir müssen sie nicht mehr wie kleine Kinder behandeln!«, ruft mein Vater aus dem Hintergrund.

»Wie auch immer, ihr habt genau fünf Minuten, um euch hier rauf zu bewegen. Wir wollen sie ja nicht warten lassen.« Bevor ich fragen kann, wer »sie« sind, hat meine Mutter schon aufgelegt. Vermutlich hat sie uns zu irgendeinem gruseligen Ausflug angemeldet. Na toll.

Ich schwinge die Beine aus dem winzigen Bett. »Wally! Wir sollen raufkommen!«

Keine Antwort.

»Wally! Ich weiß, dass du wach bist, weil dein Schnarchen nicht mehr mein Trommelfell attackiert.«

Immer noch nichts.

Ich nehme das Zierkissen mit Kronenmuster von meinem Bett und pfeffere es ihm an den Kopf.

»Lenore! Was soll der Scheiß?« Bingo.

»Sie warten draußen auf uns, und Mom klang ziemlich genervt.

Ich glaub, wir machen einen Ausflug, mit den Grauköpfen und den Bauchtaschenfans. Wir müssen aufstehen.«

Er murmelt »Okay« und dann noch irgendwas Unfreundliches, das ich einfach überhöre. Ich ziehe meinen Koffer unter dem Bett hervor (für einen Schrank fehlt hier einfach der Platz) und hole heraus, was ich brauche. »Ich gehe als Erste ins Bad. Wenn ich wieder rauskomme, bist du am besten auch so weit.«

Ich putze mir die Zähne, wasche mein Gesicht und dann in Rekordzeit alle Stinkestellen. Ich binde die Haare zu einem riesigen Dutt, damit ich mich nicht wieder totschwitze, ziehe ein ärmelloses schwarzes Mantelkleid an und setze mir eine Sonnenbrille mit kleinen ovalen Gläsern tief auf die Nase.

Als ich das Outfit letzte Woche zusammen mit all den anderen für die Reise zusammengestellt habe, kam es mir richtig wild vor, aber jetzt bin ich nicht mehr so überzeugt.

»Sehe ich europäisch aus oder wie ein Möchtegern-Morpheus aus *Matrix*?«, frage ich Wally, als ich aus dem Bad komme.

»Hey«, sagt er grinsend. »Du nimmst mir die Worte aus dem Mund.« Immerhin sitzt er jetzt aufrecht im Bett, aber er hat immer noch seine karierte Schlafanzughose und das weiße T-Shirt an. Und seinen stinkigen Morgenatem rieche ich bis hier.

»Was machst du da? Wir müssen los! Mom rastet aus, wenn wir nicht bald oben sind.«

Er holt tief Luft und schaut auf seine Hände. »Ich komme nicht mit.«

»Wie, du kommst nicht mit?« Ich schüttele den Kopf und packe meine Handtasche. Ich nehme einen zusätzlichen Film für meine Kamera mit und Sonnencreme, die werde ich brauchen. »Lass den Quatsch, Wally, und beweg deinen Arsch aus dem Bett.«

Doch er bewegt sich nicht. »Im Ernst. Ich komme nicht mit.

Ich … mir geht's heute nicht so gut.« Er legt sich wieder hin und macht die Augen zu.

Ich schaue ihn genauer an. Er hat dunkle Ringe unter den Augen. Wer weiß, wie lange er letzte Nacht auf war?

Das sieht Wally überhaupt nicht ähnlich. Bei ihm heißt es sonst immer Los, los, los. Er schläft nie aus und macht mich runter, wenn ich es tue, von wegen ich würde den ganzen Tag verplempern. Das ist jetzt schon der zweite Tag dieser Reise, an dem er lieber im Bett bleibt, als eine neue Stadt zu erkunden, die wir noch nie gesehen haben und wahrscheinlich nie wieder sehen werden. Da stimmt was nicht. Bestimmt ist es wegen Kieran. Sie waren richtig lange zusammen. Natürlich ist er traurig und will sich in seinem Leid suhlen. Aber nach dem bisschen, was ich mitbekommen habe, scheint die Trennung doch von ihm ausgegangen zu sein. Keine Ahnung. Vielleicht ist er auch bloß müde nach diesem extrem stressigen Semester.

»Und was soll ich ihnen sagen?«, frage ich schließlich.

»Sag ihnen das einfach. Dass es mir nicht gut geht. Wahrscheinlich immer noch der Jetlag.«

»Okay.« Ich mache mich startklar. Überprüfe noch mal die Kamera. Ziehe meine schwarzen Ultraboosts an, damit ich mir hoffentlich nicht wieder die Füße wundlaufe, so wie in Rom. Ich will gerade gehen, als Wally auf sein Handy schaut, das Gesicht vom hellen Display erleuchtet. So sieht er noch deprimierter aus.

»Tschüs dann. Du darfst dich gern bei mir dafür bedanken, dass ich das mit Mom und Dad regele.« Er winkt nur, ohne den Blick vom Handy zu lösen. »Viel Spaß beim Chatten mit Kieran.« Das haue ich einfach so raus in der Hoffnung, dass er irgendetwas über das WLAN preisgibt, was ich nicht weiß.

»Ich chatte nicht mit Kieran. Hör mal bitte auf, immer von ihm zu reden«, sagt er mit fester Stimme, und ich glaube ihm. Aber was machst du dann die ganze Zeit am Handy?, würde ich gern fragen. Doch ich weiß, dass er mir sowieso nicht antworten würde, also zucke ich nur die Achseln. »Putz dir wenigstens die Zähne, bevor ich wiederkomme. Du hast Mundgeruch!«

Als ich rauskomme, fällt mir sofort auf, wie sich die Aussicht verändert hat. Wo vorher zu allen Seiten endlos blaues Wasser war, sind jetzt Berge gesprenkelt mit Häusern, die im strahlenden Sonnenlicht golden glänzen. Auf dem Hauptdeck wimmelt es von Passagieren, und es dauert eine Weile, bis ich meine Familie unter all den anderen Familien finde, die sich für einen Tag an Land verabredet haben. Vielleicht war die Idee mit den identischen T-Shirts doch nicht so verkehrt. Die sind zwar peinlich, würden das hier jedoch sehr vereinfachen. Endlich entdecke ich meine Eltern und Etta rechts hinter einer Gruppe von Ü70ern in neonfarbenen Badeanzügen und Sarongs. Meine Mutter sieht sich ungehalten um. Ihre Laune wird sicher nicht besser, wenn ich erzähle, dass Wally schon wieder nicht mitkommt.

»Lenore!«, brüllt sie, als sie mich sieht, und schwenkt die Arme. Als ich auf sie zugehe, machen die alten Damen auf dem Weg zum Strand mir Platz. Jetzt sehe ich, wer neben meiner Familie steht: Dr. und Mr Lee mit Alex.

Um ein Haar wären mir die Gesichtszüge entglitten.

»Na endlich!« Meine Mutter setzt ihr schönstes Zahnpastalächeln auf, natürlich nur wegen der Lees. Sie kann es nicht ausstehen, wenn man sie warten lässt. Also müsste ich den Lees wohl dankbar dafür sein, dass sie da sind, aber ich merke schon, wie mein Puls anfängt zu rasen. Haben die sich zufällig für denselben Ausflug angemeldet wie wir? Muss ich jetzt den ganzen Tag diesem Schönling aus dem Weg gehen? Hoffentlich sind wir in so einem räudigen überfüllten Doppeldeckerbus, da kann ich mich wenigstens von ihm fernhalten und muss mir nicht schon wieder seinen Fünfzigjahresplan anhören.

»Hallo, Lenore!«, sagt Dr. Lee freundlich. Sie zeigt auf mein Outfit. »Du siehst ja toll aus. Sehr elegant.«

»Danke, Dr. Lee.« Wie kann jemand so Nettes einen so ätzenden Sohn haben?

»Nenn mich einfach Ronni! Seit gestern Abend sind deine Eltern und wir alte Freunde.« Sie lacht und sieht meine Mutter wissend an. »Pinot bis zum K. o.!«, ruft sie erschreckenderweise. »Stimmt's, Marla?« Meine Mutter schwenkt die Arme und juchzt auf eine Weise, die ich ihr nicht zugetraut hätte, und sie stoßen kichernd die Hüften zusammen. Nach meinem abrupten Abgang gestern haben sich die alten Leute anscheinend irgendwie verbrüdert.

»Gewöhn dich lieber dran, jetzt, wo wir zusammen reisen«, sagt Alex kopfschüttelnd. Er hat das gestreifte Hemd vorn in die Shorts gesteckt, als hätte er gerade die erste Staffel von *Queer Eye* auf Netflix durchgesuchtet.

Aber Moment mal. Was soll das heißen, zusammen reisen? Wir sitzen abends zusammen an einem Tisch, klar, und auf diesem Sizilien-Trip muss ich anscheinend seine Gegenwart ertragen, aber das ist doch weit entfernt von »zusammen reisen«.

»Ah, du weißt es noch nicht!«, sagt er, als er mein Gesicht sieht. Er lacht wissend in sich hinein. Einfach nur ätzend.

»Die Lees haben uns auf ihre privaten Ausflüge eingeladen. Für die ganze Kreuzfahrt! Ist das nicht fantastisch?« Die Augen meiner Mutter strahlen.

Was?

Nein. Bitte nicht.

Anscheinend steht mir das Grauen ins Gesicht geschrieben, denn

Dr. Lee drückt mir aufmunternd die Schulter. »Keine Angst, Lenore. Das werden nicht solche langweiligen Ausflüge, wo man durch ein Museum nach dem anderen latscht und sich auf dem Audioguide ellenlange Beschreibungen anhört. Es sind private Ausflüge, wir können also selbst entscheiden, was wir machen wollen! Und ich hab ganz klar gesagt, dass es vor allem Spaß machen soll. Damit man wirklich den Reiz der Sehenswürdigkeiten entdeckt. Etta hat schon vorgeschlagen, zum … Wie heißt er noch mal? Normans Platz?«

»Palazzo dei Normanni«, verbessert Etta sie, ohne von dem dicken Reiseführer aufzublicken, in den sie die Nase vergraben hat.

»Ja, genau der! Einmal Palazzo mit allem!«

Ich lächele und hoffe, dass es überzeugend rüberkommt. Wie soll ich dieser netten Frau beibringen, dass ich keine Angst habe, ich könnte mich langweilen? Ich kann nur ihren eingebildeten Besserwisser-Sohn nicht ausstehen und finde die Aussicht darauf, die kommenden elf Tage in seiner Gegenwart zu verbringen, einfach fürchterlich.

»Das ist sehr großzügig von ihnen«, sagt mein Vater und stößt Mr Lee scherzhaft mit dem Ellbogen an. »Aber ich hab David schon gesagt, dass wir gern die Hälfte übernehmen.«

»Und ich hab geantwortet, dass wir die Ausflüge schon vor einer Ewigkeit gebucht und so viel Frühbucherrabatt bekommen haben, dass ihr nichts zu zahlen habt!« Mr Lee lacht und mein Vater stimmt ein, doch ich sehe ihm an, dass er schon überlegt, wie er das hinbiegen kann. Wenn wir mit der Verwandtschaft essen gehen, behauptet er gern, zur Toilette zu müssen, nur um heimlich zu bezahlen und meinen Onkeln zuvorzukommen.

»Hey, wenn du mich zu Hause auf dem Golfplatz schlägst, darfst du alles übernehmen!«, sagt Mr Lee.

»Das ist ein Wort!« Mein Vater haut ihm auf den Rücken und

lacht, als wären sie alte Freunde. Wie konnte das so schnell passieren? Hatte der *Cupid Shuffle* magische Kräfte?

»David! Ronni!« Zwei ältere Latinas winken den Lees zu. Ihre Töchter sind auch dabei, die beiden Mädchen vom Kennenlernabend gestern. Ein Blick zu Alex verrät mir, dass die ältere seine Exfreundin Natalia ist.

»Ah, das sind … Freundinnen«, sagt Dr. Lee und schaut besorgt zu Alex. »Wir sollten sie begrüßen. Entschuldigt ihr uns einen Moment?« Sie schaut Alex bedeutungsvoll an und fasst ihn am Arm, dann gehen die drei hinüber.

»Warum hast du Wally nicht mitgebracht?« Meine Mutter schaut sich um und hält nach ihm Ausschau.

»Der kommt nicht mit«, sage ich.

»Was soll das heißen, er kommt nicht mit?« Mein Vater verschränkt die Arme. Meine Mutter und er schauen einander besorgt an.

»Weiß ich nicht.« Ich zucke die Achseln und versuche einen Blick auf die Lees hinter ihnen zu erhaschen. Dr. und Mr Lee unterhalten sich angeregt mit dem Paar, während Alex einige Schritte zurückbleibt.

»Hat er nicht gesagt, warum?«, hakt meine Mutter nach.

»Wahrscheinlich der Jetlag. Was weiß ich. In Rom hat euch das ja auch als Entschuldigung gereicht.« Natalia geht näher zu Alex heran und sagt etwas. Er nickt und schaut an ihr vorbei.

»Wir sind nicht für viel Geld hier rübergeflogen, damit ihr nur am Pool rumhängt. Das könnt ihr auch zu Hause!«, sagt mein Vater. Während er zu einer Predigt darüber ansetzt, dass wir gar nicht wüssten, wie gut wir es haben, umarmen die Lees das Paar hinter ihm. Alex will Natalia in den Arm nehmen, doch sie macht einen großen Schritt zurück. Puh.

»Sah er krank aus? Dehydriert?«, redet meine Mutter weiter. »Lenore, das hättest du mir am Telefon sagen sollen. Dann hätte ich nach ihm sehen können. Jetzt ist dafür keine Zeit mehr.«

»Hey, gib nicht mir die Schuld! Das musst du mit deinem Goldjungen ausfechten.«

»Fang jetzt nicht damit an«, schnaubt mein Vater.

»Ich mein ja nur.« Ich hebe die Hände. »Ich bin dankbar, dass ich hier sein darf. Ich bin gekommen.«

Die Lees gesellen sich wieder zu uns, und ich will Alex nicht abchecken oder so. Ich kann den Typ, wie gesagt, nicht ausstehen. Aber es entgeht mir nicht, dass sich sein Auftreten verändert hat. Seine selbstsichere – allzu selbstsichere – Energie scheint verpufft. Er lässt die Schultern hängen und schaut zu Boden, als stünde dort eine komplizierte Formel geschrieben. Was war zwischen den beiden? Ihre Beziehung muss schon ziemlich ernsthaft gewesen sein, sonst hätten ihre Eltern keine gemeinsame Reise geplant. Ich würde ihn ja danach fragen. Wenn es mich interessieren würde.

Wir stellen uns in der Schlange an und verlassen schließlich über eine lange Rampe das Schiff. Im Hafen – »Stazione Marittima« steht auf einem Schild – ist es noch chaotischer als an Deck. Taxifahrer halten Schilder hoch, und Leute in identischen Poloshirts versuchen Tickets für einen dieser großen roten Busse zu verkaufen, in denen ich uns schon gesehen hatte. Männer mit tiefbraunen Gesichtern tragen Tafeln voller Souvenirs, die sie den Touristen anpreisen, und halten Wackelkopffiguren aus *Der Pate* hoch. Es ist laut und heiß. Ich höre ein Wirrwarr aus Sprachen, die ich nicht alle erkenne. Aber ich empfinde Frieden. Der Boden unter meinen Füßen schaukelt nicht mehr. Mein Magen hat sich beruhigt. Ich hole tief Luft und schaue in den Himmel, spüre die Sonne im Gesicht.

»Du siehst glücklich aus«, sagt Alex. »Geht's dir jetzt besser, wo wir an Land sind?«

Schnell setze ich eine grimmige Miene auf. Auf keinen Fall werde ich zugeben, dass ich seekrank war, schon gar nicht, nachdem er mir gestern Abend in schönster Mansplaining-Manier erklären wollte, was ich zu tun habe. Als wäre er schon Arzt. Er braucht keine weitere Bestätigung dafür, wie großartig er ist.

»Ich … freu mich nur darauf, heute Sizilien zu erkunden«, sage ich.

Er guckt mich verwirrt an, dann grinst er. Er presst sich eine Faust vor den Mund und versucht sich das Lachen zu verbeißen, doch dann prustet er los.

»Lenore, ist dir klar, dass Sizilien fünfundzwanzigtausend Quadratkilometer groß ist?«, sagt Etta, die jetzt neben mir auftaucht. »Es ist eine autonome Region, keine Stadt. Heute besichtigen wir nur Palermo.«

»Von mir aus.« Ich verdrehe die Augen und bin dankbar dafür, dass man es mir nicht ansieht, wenn ich rot werde. »Ihr wisst schon, was ich meine.«

Gestern um diese Zeit habe ich versucht, möglichst schnell von Alex wegzukommen, und jetzt sitze ich auf der Rückbank eines Luxus-Vans eng an ihn gepresst.

Beim Palazzo dei Normanni konnte ich ihm die meiste Zeit aus dem Weg gehen. Ich habe mich an Etta gehalten, die unserem Führer Angelo Löcher in den Bauch gefragt und ihn ab und zu sogar korrigiert hat, und mich weggeschlichen, um Fotos von den glitzernden Goldmosaiken und der bemalten Holzdecke der Kapelle zu machen. Aber als wir zum Van zurückgescheucht wurden, war ich von den Touristen abgelenkt, die Tauben fütterten, als wären sie eine seltene, faszinierende Spezies, und auf einmal, zack, war nur noch der Platz neben Alex frei. Na klar.

Während Angelo uns rasend schnell zu unserem nächsten Ziel bringt, versuche ich mich auf die Aussicht zu konzentrieren – die alten cremeweißen, rostroten und pfirsichfarbenen Gebäude, die von Palmen und gepflegten Sträuchern gesäumten Höfe. Ich versuche mir vorzustellen, wie der Tag heute wäre, wenn Tessas dummer Trick mit den Münzen funktioniert hätte und ich Palermo mit einem Jungen erkunden würde, den ich mag, anstatt mit meiner Familie, einem Jungen, den ich fast schon hasse, und seiner Familie. Doch neben mir wackelt Alex mit dem Bein, da kann ich mich nicht in Träumereien verlieren.

Merkt er nicht, dass er mit seinem Gezappel praktisch den ganzen Wagen erschüttert? Macht er das bloß, um mich zu ärgern? Vermutlich.

Und schlimmer noch, er riecht gut. Nicht nach Sandelholz oder einem kristallklaren Fluss oder einem anderen albernen Duft, den die Helden in Tessas Geschichten an sich haben. Einfach nur normal gut. Als würden sie bei ihm zu Hause ein besonders schönes Waschmittel benutzen. Bei dem Gezappel streift er hin und wieder mein Bein mit seinem, die weichen dunklen Haare kitzeln an meiner Haut. Und weil Angelo die Klimaanlage voll aufgedreht hat, habe ich Gänsehaut an den Beinen. Spürt er das? Denkt er, das wäre seinetwegen? Denn das ist definitiv nicht der Fall. Mein Gott, wahrscheinlich denkt er das. Wahrscheinlich denkt er, ich bin ganz aus dem Häuschen, weil ich so nah neben so einem versierten Typ sitze, einem angehenden Arzt.

»Alles okay bei dir, Bro?«

Sein Bein hört auf zu wackeln. »Hm, ja, alles okay.«

»Klar.« Ich verziehe den Mund und nicke. »Kannst du dann

vielleicht aufhören so rumzuzappeln wie ein kleines Kind, das aufs Töpfchen muss?«

»'tschuldigung.«

Ich schaue wieder aus dem Fenster.

Unser nächster Halt ist das Teatro Massimo, die größte Oper Italiens und die drittgrößte in ganz Europa, wie Etta uns erklärt. Sie hat schon wieder die Nase in ihrem dicken Buch.

»Während der Palazzo den arabisch-normannischen Stil aufweist, der im zwölften Jahrhundert in Sizilien vorherrschte, ist das Teatro Massimo eine Kombination aus verschiedenen Stilen wie Neoklassizismus und Barock«, erklärt sie, während wir an gewaltigen Säulen vorbei die Steintreppe hochgehen. »Und wusstet ihr schon, dass die Oper in der Schlussszene von *Der Pate III* vorkommt? Ich hab ihn nicht gesehen, aber anscheinend sterben darin jede Menge Leute.«

Angelo sieht so aus, als zöge er sämtliche Lebensentscheidungen in Zweifel, die ihn mit unserer Reisegruppe hierher geführt haben.

Eine kühle Brise begrüßt uns in der Eingangshalle mit dem Marmorfußboden, obwohl sie voll ist mit den Passagieren unseres Kreuzfahrtschiffs und den anderen, die heute Morgen im Hafen gelandet sind. Angelo versammelt alle in einer Ecke und gibt uns einen Überblick über das, was wir auf dieser Tour zu sehen bekommen. Und obwohl Dr. Lee versprochen hat, dass es nicht langweilig werden würde, kommt es mir doch ganz so vor.

»Kann ich einfach … ein bisschen rumlaufen?«, frage ich meine Eltern und halte die Kamera hoch.

Meine Mutter schaut sich um, vermutlich nach möglichen Gefahren, dann wendet sie sich mit hochgezogenen Augenbrauen und achselzuckend zu meinem Vater.

»Ja, warum nicht …«, setzt er an, aber dann schaut er zu Alex. »Kannst du vielleicht mit ihr gehen?« Als er meinen empörten Blick sieht, fügt er schnell hinzu: »Hey, es kann doch nicht schaden, wenn ihr aufeinander aufpasst, oder? Wir sind in einem fremden Land, Lenore, und ich möchte nicht, dass dir etwas zustößt.«

Okay, und wie soll dieser Hänfling das verhindern? Er ist nicht Keanu Reeves.

Doch ich verziehe nur das Gesicht und marschiere los. »Na dann komm.«

Schnell schlängele ich mich durch die Touristengruppen zu der Doppeltür, die aus der Eingangshalle hinausführt. Nicht, dass ich ihn abschütteln wollte, aber na ja, wenn er nicht Schritt halten kann, hätte mein Vater vielleicht einen besseren Aufpasser für seine kostbare Tochter aussuchen sollen.

Der nächste Raum hat eine hohe Decke, die sich über zwei weitere Stockwerke zu erstrecken scheint, und ziselierte Schnitzereien auf fast jeder Oberfläche. Ich würde gern stehen bleiben und die ganze Pracht bewundern; selbst der Boden, abgenutzt von all den hässlichen Turnschuhen, ist mit wunderschönen Intarsien aus Marmor verziert. Mir gefällt die tiefere Bedeutung, die Lebensphilosophie darin. Doch wenn ich stehen bleibe, um darüber nachzudenken, sitze ich in der Falle und muss mich mit Alex unterhalten. Also gehe ich weiter. Ich drehe mich noch nicht mal um. Noch durch zwei weitere Türen und an einer besonders großen Reisegruppe in identischen violetten T-Shirts vorbei, dann habe ich es geschafft und stehe in der Oper.

Als ich den riesigen Saal betrete, lösen sich all meine höhnischen Gedanken darüber, wie langweilig es hier ist, in Wohlgefallen auf. Viele Reihen Stühle mit purpurroten Samtsitzen in goldfarbenen Logen erstrecken sich bis hoch unter die Decke, dazu passende üppige Vorhänge über jedem Balkon und links und rechts der Bühne. Helle Lichter lassen die goldenen Wände noch mehr erstrahlen, bis hoch hinauf zu der gewölbten Decke, wo riesige Gemälde spärlich bekleideter Musiker auf einem blauen Himmel in Form einer Blume arrangiert sind. Der ganze Saal strahlt Reichtum und Opulenz aus, als wäre ich im Schmuckkasten einer Göttin gelandet. Ich möchte alles fotografieren, auch wenn ich weiß, dass keine Kamera, schon gar nicht eine Polaroid, diese Schönheit einfangen kann.

Ich gehe durch den Gang und setze mich in eine Stuhlreihe, halb in der Erwartung, dass mich jemand aufhält, weil man mir ansieht, dass ich kein dickes Bankkonto habe und auch kein Ballkleid oder sonst was. Doch zum Glück bemerkt mich niemand unter all den Menschen, die staunend durch den Zuschauerraum laufen. Ich halte die Kamera hoch und richte den Sucher auf die prunkvolle Bühne, doch dann ändere ich meine Meinung, denn davon findet sich auf der Website bestimmt ein viel besseres Foto. Stattdessen richte ich die Kamera nach unten, auf die Stuhlreihen vor mir. Der Blitz wird ausgelöst, selbst in diesem Saal so hell und laut, dass ein offiziell aussehender Mann ein paar Reihen weiter mir einen warnenden Blick zuwirft.

»Ah, dann ist das nicht bloß eine Attrappe?« Der Platz neben mir bewegt sich, als sich jemand darauf setzt. Auch ohne hinzusehen weiß ich, wer es ist.

»Wieso sollte ich dieses Monsterteil mit mir rumschleppen, wenn es für nichts gut ist?«

»Keine Ahnung.« Alex zuckt die Achseln. »Sieht schon cool aus.«

Als ich nichts erwidere, fügt er hinzu: »Tut mir leid, dass du mich unterwegs nicht verloren hast. Aber keine Sorge, das ist purer Eigennutz. Im Falle eines Falles müsstest du mich beschützen, nicht umgekehrt, da mache ich mir keine Illusionen.« Er kneift sich in den Arm, als wollte er zeigen, wie schwächlich er ist, aber für mich sieht er ganz okay aus. Mein Mund will sich zu einem Lächeln verziehen, doch ich schaffe es, meine standardmäßig böse Miene zu halten.

»Du hast dich also echt noch nicht für einen Studiengang entschieden?« Anscheinend will er sich unbedingt mit mir unterhalten. Und dafür sucht er sich ausgerechnet das allerschlimmste Thema aus.

»Doch, hab ich. Kunstgeschichte, wie gesagt. Nur, dass ich … wahrscheinlich wechseln werde.«

»Ich wusste gar nicht, dass manche das echt so machen«, sagt er. Jetzt, wo ich ihn mit meinen paar Worten ermutigt habe, wirkt er lockerer. »Ich meine, dass man ans College geht, ohne zu wissen, was man studieren will. Ich weiß natürlich, dass das theoretisch möglich ist. Aber ich dachte nicht, dass es eine wirkliche Option ist.«

Jetzt wechselt meine standardmäßig böse Miene zu meiner richtig bösen Miene, und er reißt die Augen auf wie ein Cartoon-Reh, das ins Visier des Jägers geraten ist.

»Ich meine nur, ich hätte nicht gedacht, dass man dann überhaupt angenommen wird«, beeilt er sich zu sagen. »Weil es so schwer ist, an einem guten College angenommen zu werden, ohne dass man sich von der Masse abhebt. Das hat uns jedenfalls unser Beratungslehrer an der Schule eingeimpft. Aber du hast ja bestimmt keine offene Bewerbung eingesandt. Ich meine auf dem Papier, selbst wenn du dich in Wirklichkeit noch nicht entschieden hast.« Ich sehe ihn vernichtend an, doch anstatt, was weiß ich, wegzulaufen oder in Flammen aufzugehen, redet er einfach weiter. »Offenbar hast du dich ja durch irgendwas abgehoben. Man braucht richtig gute Noten, um an der NYU angenommen zu werden … Hey, warum machst du so ein Gesicht?«

Ich gucke ihn schräg an.

»Ich meine nicht das Gesicht, als würdest du überlegen, wie du mich am besten umbringst, denn das bin ich ja inzwischen gewohnt. Eher so, als hättest du etwas Übles gerochen. Als ich NYU gesagt habe.«

Genau dasselbe hat auch Oma Lenore gesagt. Meine Güte, ich muss mein Gesicht in den Griff kriegen.

»Ich. Hab. Kein. Gesicht. Gemacht.«

»Hey, okay.« Er hebt die Hände hoch. »Ich nehme alles zurück.«

Eine Weile sitzen wir in seligem Schweigen da. Er betrachtet die Decke, und ich schaue auf das Foto, das sich langsam entwickelt. Ich überlege, wie ich höflich aufstehen und zu meinen Eltern gehen kann, denn selbst eine langweilige Führung ist immer noch besser als das hier. Gerade als ich auf die Höflichkeit pfeifen und einfach abhauen will, legt er wieder los.

»Ich hatte mich sowieso schon gewundert. Ich kenne dich natürlich nicht, aber Kunstgeschichte passt einfach nicht zu dir.«

»Wie meinst du das?«, frage ich scharf. Jedes seiner Worte ist wie ein kleiner Stich, und mein Körper spannt sich an, als müsste ich mich auf einen Kampf gefasst machen.

»Mist. Tut mir leid.« Er sieht wirklich zerknirscht aus, was mich überrascht. »Immer wenn ich mit dir rede, kommt es irgendwie verkehrt heraus, ich weiß auch nicht, warum.«

»Tja, das weiß ich auch nicht«, sage ich, aber nicht mehr ganz so bissig wie vorhin.

»Ich meine nur …« Er zeigt auf mich. »Du wirkst so, als würdest du Kunst machen, anstatt sie nur zu analysieren. Und bevor du mir jetzt den Kopf abreißt, das meine ich eindeutig als Kompliment.«

Wieder versuche ich ein Lächeln zu unterdrücken, doch mein rechter Mundwinkel verrät mich. »Außerdem hab ich dich beobachtet, und du wirktest im Palazzo total angeödet, mit der ganzen Kunst dort …«

»Du hast mich beobachtet? Das ist creepy.«

»Doch nicht so.« Er seufzt. »Egal.« Er hat wohl beschlossen, das Gespräch aufzugeben. Und während ich mir genau das gerade noch gewünscht habe, möchte ich mich jetzt weiter unterhalten. Anscheinend bin ich von dem Jetlag ganz durcheinander.

»Vielleicht möchte ich eine andere Art Kunst analysieren. Es gibt schon so viele Kunsthistoriker, die sich mit europäischer Kunst befassen. Irgendwer muss sich ja auch der anderen Kunst annehmen.« Aber ich weiß, dass es mir nicht darum geht. Ich plappere nur die Vorschläge meiner Eltern nach. »Außerdem mache ich tatsächlich Kunst – Malerei, Illustration und Modedesign. Und in all dem bin ich auch gut. Richtig gut. Ich habe gerade meinen Abschluss an einer exklusiven Highschool mit dem Schwerpunkt Kunst gemacht und hab dort in die meisten Bereiche reingeschnuppert.« Ich atme tief durch und beschließe, mich noch ein Stück weiter vorzuwagen, ein bisschen mehr von mir zu zeigen. Schließlich sehe ich den Typ nach dieser Reise nie wieder. »Aber ich weiß nicht … ich bin mir noch nicht sicher, was das Richtige für mich ist. Was meine wahre Leidenschaft ist, für den Rest meines Lebens.«

Er zieht eine Augenbraue hoch, überrascht, weil ich mehr als ein paar Sätze von mir gebe. »Ich weiß nicht, ob du es unbedingt so hochhängen musst. Es ist ja nur der Bachelor.« Sofort fällt mir wieder ein, was Wally gestern beim Abendessen gesagt hat, und es versetzt mir einen Stich. Vielleicht habe ich zu viel von mir preisgegeben.

»Du hast gut reden, Mr Zehnjahresplan.«

»Ja, ich weiß, was ich machen will«, sagt er mit einem Achselzucken und einem sarkastischen Lächeln. »Das ist ja nichts Schlechtes.«

»Das mag ja so sein, aber du musst es nicht so vor dir hertragen.« Ich verdrehe die Augen und erwidere sein Lächeln. »Du hast deine Berufung schon gefunden. Und ich bin noch auf der Suche.«

»Meine Berufung?« Er lacht aus vollem Hals und schlägt sich auf die Knie. »Biologie ist nicht meine Berufung. Ich weiß noch nicht mal, ob ich zum Arzt berufen bin. Meine Berufung liegt darin, einen festen Job zu haben und eine Wohnung zu finanzieren.«

Ich beiße mir auf die Lippe. »Na ja, ich möchte mich nicht für etwas entscheiden, nur damit es mir den Lebensunterhalt sichert. Es kommt mir deprimierend vor, mein Leben so zu planen.«

»Hey, nicht jeder, der sich nicht der Kunst verschreibt, ist eine unterdrückte, ambitionslose graue Maus.«

Ich zeige auf ihn wie er zuvor auf mich. »Hey, genau so hatte ich dich eingeschätzt!«

»Tja … na dann.« Er spricht leise und schaut auf seine Hände, als wäre er gekränkt.

Das verwirrt mich. Ich dachte, unser Geplänkel würde auf starker Abneigung basieren. Wir können uns gar nicht gegenseitig wehtun, denn dafür müssten wir uns erst mögen und etwas darauf geben, was der oder die andere sagt. Und ich kann ihm schon mal gar nicht wehtun, weil er mich überhaupt nicht ernst nimmt, das ist ja wohl eindeutig. Und doch wirkt er durch meinen albernen Scherz verletzt.

Oder unterstelle ich ihm das nur? Ist er für mich der Böse, weil ich unter Druck stehe?

»Jedenfalls wollen meine Eltern, dass ich mehr so bin wie du«, versuche ich es noch einmal, leicht verunsichert. »Sie haben mir eine Deadline bis zum Ende dieser Reise gesetzt. Bis dahin muss ich mich für ein Studienfach entschieden haben, für einen ganzen Scheißlebensweg, und dabei bleiben.«

Er blickt auf. »Bis zum Ende dieser Reise?«

»Ja.«

»Wow.« Er fährt sich mit den Händen durch die Locken, und ich versuche mir nicht vorzustellen, wie sie sich wohl anfühlen. »Und, kommst du voran?«

»Nein!« Ich sehe ihn schräg an. »Wir haben Tag zwei, Mann!«

Er lacht und sein Bein stößt wieder gegen meins, genau wie auf der Autofahrt. Ich wende mich ab, denn in diesem Moment kann ich ihn auf keinen Fall anschauen, und da sehe ich Dr. Lee auf der Bühne, die von Angelo herumgewirbelt wird, während meine Eltern, Mr Lee und die ganze Gruppe der violetten Touristen applaudieren.

»Mann, haben sie uns bei der Geburt vertauscht oder was?«

Er schlägt sich die Hände vors Gesicht, seine Wangen sind rot. »Wenn du sie haben willst, bitte sehr.«

Nach dem Teatro fährt Angelo uns für die Mittagspause zu einem Café. Wir sitzen draußen auf der Terrasse und essen einen Teller nach dem anderen, alles von Angelo fachkundig ausgewählt – dickes Brot mit Tomaten und Zwiebeln, Salat mit gebratenen Auberginen und Schalen voller Pasta mit Parmesan obendrauf. Nach dem Dessert (Kuchen mit dunkler Schokolade und Haselnuss), könnte ich mich rauskugeln, aber meine Eltern und die Lees bestellen noch einen Wein, lachen und erzählen Angelo von ihrem wilden gestrigen Abend. Es kommt mir vor, als wären Alex, Etta und ich die Eltern, die auf ihre übermütigen Teenager-Kinder aufpassen.

»Sollen wir mal weiter? Ich glaube, wir könnten noch die Kathedrale besichtigen, bevor wir zurück aufs Schiff müssen.« Alex empfindet es anscheinend ähnlich wie ich. Obwohl man mit dieser Truppe jetzt vielleicht besser nicht in eine ruhige Kirche geht.

»Zieht ihr doch ohne uns los.« Mr Lee schaut freudig zu, wie seine Frau ihm das Weinglas randvoll gießt.

»Ja, in einer Stunde treffen wir uns wieder hier«, stimmt mein Vater ein, als hätte er nicht vorhin noch Angst gehabt, mich in der Oper allein zu lassen. »Viel Spaß!«

Etta sieht Alex und mich prüfend an, dann wendet sie sich wieder dem Buch über das sizilianische Theater zu, das sie im Souvenirladen gekauft hat. »Ich bleibe hier.«

Alex steht auf und zuckt die Achseln. »Sollen wir?«

Sehr verlockend ist es nicht, aber hierbleiben und zugucken, wie meine Eltern sich einen Schwips antrinken, ist auch nicht das Wahre. Also stehe ich auf. »Okay.«

Wir gehen die Straße entlang, schweigend. Ich meine, heute Morgen fand ich den Typ noch unausstehlich, und jetzt finde ich ihn vielleicht ganz in Ordnung, aber deshalb sind wir ja nicht plötzlich die tollsten Gesprächspartner. Das Schweigen ist so unangenehm, dass ich schon drauf und dran bin umzukehren, weil ich vielleicht doch lieber meiner Mutter zuschaue, wie sie auf dem Stuhl tanzt und auf Italienisch radebrecht, aber da bricht Alex das Schweigen.

»Haben unsere Eltern uns gerade weggeschickt?«

»Ja. Ja, so muss man es wohl sehen.«

»Sind wir jetzt Loser?«

»Also, ich bin kein Loser, aber ich will deiner Selbsteinschätzung nicht im Weg stehen.«

Er bleibt abrupt stehen. O nein, hab ich etwa schon wieder seine

Gefühle verletzt? Aber er muss ja auch nicht immer so empfindlich sein. Doch als ich ihn anschaue, lächelt er.

»Ich husche da mal schnell rein«, sagt er und zeigt mit dem Daumen auf einen Laden an der Ecke.

»Hm, okay.«

Er geht hinein, und ich nehme wieder die Kamera und schaue durch den Sucher. Auf der anderen Straßenseite ist ein großes cremefarbenes Gebäude mit grünen Fensterläden. Pflanzen ranken sich aus Blumenkästen, und von den schmiedeeisernen Balkonen hängt Wäsche herab, ein Regenbogen aus Farben und Stoffen. Ich gehe näher heran, um es besser zu erkennen, und probiere verschiedene Perspektiven aus, bis ich die perfekte gefunden habe.

»Da bist du. Ich dachte schon, du wärst mir weggelaufen.« Alex ist neben mir aufgetaucht.

»Vielleicht hätte ich das tun sollen.« Ich drücke auf den Auslöser, und mit einem mechanischen Surren kommt das Foto heraus. »Was hast du überhaupt gemacht?«

»Musste nur kurz was besorgen.« Er klopft auf seinen Rucksack. »Der Typ im Laden hat gesagt, dass es um die Ecke einen großen Markt gibt. Da kannst du bestimmt gute Fotos machen.«

»Du sprichst Italienisch?«

Er zuckt mit den Schultern, als wäre das gar nichts, und so ist es für ihn wohl auch. Nur einer von vielen Kursen und Zusatzqualifikationen. »Ich kann mich verständigen.«

Wir gehen die Straße entlang und biegen um die Ecke, und ich sehe schon bald, dass »groß« stark untertrieben ist. Dieser Markt ist eine andere Welt. Markisen in Rot, Orange und Grün über Ständen, die alles anbieten, was man für ein Festmahl braucht – leuchtende Zitronen, saftige Tomaten, Schwertfisch und Thunfisch in glitzerndem Eis. Riesige Schalen mit Gewürzen. Wurst und Fleisch, die von Haken herabhängen. Es scheint kein Ende zu nehmen.

»Wahnsinn«, sage ich mit großen Augen.

»Ja, oder?«

»Okay, ich weiß, was wir jetzt brauchen.« Ich zwänge mich durch einen vollen Gang, vorbei an Ständen, wo Käse und Oliven feilgeboten werden, bis ich gefunden habe, was ich suche.

»Zwei«, sage ich und halte die Finger hoch. *»Per favore«*, füge ich hinzu. Auch wenn ich kein Italienisch spreche, ich schlage mich durch. Der gebräunte Mann am Stand ist bestimmt siebzig, hat aber noch volles dunkles Haar. Er nickt, nimmt meine Euros entgegen und macht sich an die Arbeit. Er füllt zwei Teigrollen mit Creme, bestreut sie mit Puderzucker und wickelt sie in Papier, dann reicht er sie mir über die Theke.

»Grazie«, sage ich, und er erwidert etwas mit einem breiten Lächeln, aber ich lächele und nicke nur, denn das war's schon mit meinem Italienisch.

»Hier.« Ich reiche Alex eine Teigrolle. »Ich kenn mich vielleicht nicht mit der Geografie Siziliens aus, aber ich weiß, dass wir Cannoli essen müssen, solange wir hier sind.«

Ich beiße hinein, und es ist köstlich. Blättrig und cremig und einfach himmlisch.

Doch dann schaue ich zu Alex, und anstatt zu essen, starrt er mich an.

»Du kannst ja essen«, sagt er und lächelt, aber ich bin plötzlich befangen.

»Ja und?«

»Na ja, gestern Abend hast du kaum was gegessen. Höchstens zwei Bissen.«

»Hey, du bist doch creepy.« Ich verdrehe die Augen. »Das war gestern Abend, als das Schiff geschaukelt hat und mein Magen drohte, alles von sich zu geben. Jetzt kann ich das alles nachholen.«

»Ha! Wusste ich's doch!«, ruft er und zeigt mit dem Finger auf mich. »Du warst nämlich doch seekrank!«

Sein Lächeln verändert sich. Hochgezogene Augenbrauen, die Lippen zu diesem besserwisserischen Grinsen verzogen. Ich kann nicht erklären, warum mich das so ärgert, aber die ganze Leichtigkeit, die gerade zwischen uns entstanden war, ist mit einem Schlag verflogen.

»Und, hm, übrigens«, fährt er fort. »Wenn du jetzt zu viel isst, bekommst du nachher auf dem Schiff womöglich noch mehr Probleme, deshalb ...«

»Sag mal, hast du den ganzen Tag darauf gewartet, dass ich das zugebe?«

»Nein«, sagt er, etwas ernüchtert. »Aber ... ich wollte ... ich will doch nur helfen. Warum konntest du es gestern nicht einfach zugeben? Anstatt so zu tun, als wüsstest du nicht, wovon ich rede.«

Seufzend schüttele ich den Kopf. So viel dazu, dass ich mich in ihm getäuscht hätte.

»Glückwunsch, Alex. Du hast mal wieder recht.« Ich drehe mich um. »Komm, wir gehen zurück und gucken, ob sie fertig sind.«

Neuntes Kapitel

Am nächsten Tag sind wir auf See, was bedeutet, dass ich, während wir auf Griechenland zusteuern, auf dem Schiff gefangen bin und den Brechreiz unterdrücke. Etta und mein Vater wollen die Wasserrutschen ausprobieren, aber ich lehne dankend ab, denn durch ein gewundenes Metallrohr zu sausen und in den Abgrund gespuckt zu werden ist gerade das Schlimmste, was ich mir vorstellen kann. Da schlägt meine Mutter Yoga vor.

»Das würde dir guttun«, sagt sie, als sie in unserer Kabine vorbeikommt, um nach Wally zu sehen und mir ein paar Dosen Ginger-Ale zu bringen. Ich weiß nicht mal, ob Ginger-Ale überhaupt hilft oder ob es das waberige Gefühl in meinem Magen nicht noch verstärkt. »Tief atmen und dich auf das Hier und Jetzt konzentrieren. Vielleicht hilft dir das raus aus der Übelkeit.«

Ja, klar.

Ich entschließe mich trotzdem, hinzugehen. Vor allem weil meine Mutter die ganze Zeit so ein Gewese um Wally macht und ihm die Stirn fühlt, um sicherzugehen, dass er nicht krank ist. Obwohl er ihr verspricht, morgen auf den Ausflug mitzukommen, klopft sie vor dem Mittagessen noch dreimal bei uns an. Ich muss dringend hier raus. Und es kann nur besser sein, als an die Decke zu starren und zu beten, dass wir bald an Land sind, während sich alles dreht und mir der Schweiß ausbricht. Letzte Nacht bin ich fünfmal aufgestanden und zum Klo gesprintet, weil ich dachte, ich müsste mich übergeben. Weil ich hoffte, mich endlich übergeben zu können. Denn dann wäre vielleicht endlich alles raus und ich könnte weiterleben. Aber nichts.

Hey, vielleicht bringt Yoga ja echt was. Ich muss es einfach versuchen.

Doch auf dem Weg zum Wellnessraum auf dem vierten Oberdeck merke ich, dass ich mit meiner anfänglichen Skepsis mal wieder recht hatte. Ich bin anscheinend am Set einer Joghurtwerbung gelandet.

Alle sind weiß. Und ich bin mindestens zwanzig Jahre jünger als die anderen. Und vielleicht auch die Unsportlichste? Alle haben trainierte Arme und hervorstehende Schlüsselbeine und muskulöse Beine in Lululemon-Hosen. Eine Frau macht auf dem Boden eine merkwürdige Dehnübung, bei der sie den Po nach oben schiebt und die Beine hinter dem Kopf ablegt, nur so zum Spaß! Ich meine, Leute, entspannt euch mal, es gibt hier keine Extrapunkte für abstruse Gelenkigkeit. Und wenn ich jetzt gerade auch nur darüber nachdenken würde, diese komische Übung zu machen, würde ich mir garantiert irgendwas ausrenken. Und mich dann übergeben.

Ich will schon fast rückwärts wieder rausgehen, als ein Mann, der ganz vorn auf einem Thron aus Decken sitzt, mich herbeiwinkt.

»Willkommen, Reisende«, sagt er und streckt die Arme aus. Er hat lange blonde Haare, die ihm in fettigen Strähnen auf die Schultern fallen und von einem indigofarbenen Haarband zurückgehalten werden. Er trägt ein Tanktop und Leggings in zwei verschiedenen Schattierungen von Moosgrün, und seine Zehennägel sind so lang, dass es nur ein politisches Statement sein kann. Er sieht aus wie der schmuddelige ältere Bruder von Teen-Events-Leiter Chad.

»Such dir eine Matte aus und setz dich. Wir fangen gleich an.« Seine Stimme ist so ruhig und sein Gesichtsausdruck so friedlich, dass ich die Anweisung automatisch befolge, ohne dass ich mich bewusst dafür entschieden hätte. Und schon bin ich in einer einstündigen Yogasitzung mit Wellness-Chad und seinen nicht mehr ganz jungen Schlangenmenschen-Anhängern gefangen. Jetzt verstehe ich, wie man in eine Sekte gerät.

»Ich bin Phoenix Asher.« Alles klar, Bro. »Ich bin heute euer Lotse, während ihr euch auf eine Reise begebt, auf der ihr euren Körper, euren Geist und … Willkommen, Reisender. Such dir eine Matte aus und mach mit.«

Und was? Was werde ich noch entdecken, Phoenix? Aber er ist abgelenkt, weil schon wieder jemand den Raum betritt. Und als ich mich umdrehe, bin ich auch abgelenkt.

Es ist Alex.

Natürlich ist es Alex. Der sich vermutlich schon darauf vorbereitet, Phoenix und seinen Anhängern mal zu zeigen, wie die Haltungen »hm, übrigens« richtig gehen. Und der in seiner engen schwarzen Hose unverschämt gut aussieht. Er könnte überall auf diesem Riesenschiff sein, aber natürlich muss er ausgerechnet zur Yogastunde kommen.

Gestern beim Abendessen habe ich mich so weit wie möglich von ihm entfernt gesetzt. Und heute Morgen beim Frühstück bestand unsere einzige Interaktion darin, dass er, als ich mir ein Brötchen vom Büfett schnappte, das Gesicht verzog und etwas von Bakterien murmelte. Und jetzt habe ich natürlich das Glück, dass die einzige freie Matte im Raum viel zu nah an meiner liegt.

»Ich wusste gar nicht, dass du Yoga magst«, flüstert er und lässt sich auf der Matte nieder. Er setzt sich in den Schneidersitz – wie alle anderen auch, bemerke ich jetzt.

»Ich mag es nicht nur. Ich mache es.«

»Ach ja?« Am liebsten würde ich ihm sein dummes Grinsen vom Gesicht fegen.

»Wenn wir jetzt bitte die privaten Gespräche einstellen könnten, denn wir begeben uns nun gemeinsam auf die Reise.« Phoenix' Stimme ist ruhig und freundlich, doch die Botschaft ist klar: Haltet die Klappe. Die Frau mit dem grauen Bob vor uns, die sich eben noch zusammengefaltet hat, dreht sich um und funkelt uns an.

»Wir beginnen damit, dass wir alle ein bisschen von uns erzählen, denn wie gesagt ist dies eine gemeinsame Reise.« Wieso faselt der Typ die ganze Zeit etwas von einer Reise, als wäre er Kandidat beim *Bachelor*? Fragt er uns gleich, ob wir auch aus den richtigen Beweggründen hier sind? »Während ich eure Energie wahrnehme, möchte ich euch bitten, euch kurz vorzustellen und den anderen zu verraten, was für Erfahrungen ihr bereits mit Yoga gemacht habt.« Er wedelt mit den Händen, als wäre unsere Energie ein Duft, den er sich zufächelt.

»Ich fange mal an. Ich mache Yoga seit dem Tag, an dem ich den Leib meiner Mutter verlassen habe und in der Stellung des Kindes auf diese Welt kam, doch erst als ich meinen Guru Doug fand, entwickelte ich die Beziehung zum Yoga, die ich jetzt habe.«

Doug? Mit Doug … hatte ich nicht gerechnet. Ich will ja nichts sagen, aber es gibt wirklich viele Namen, die ich eher mit einem Guru in Verbindung bringen würde als ausgerechnet Doug. Ich muss die Lippen zusammenpressen, um nicht zu kichern. Alle anderen gucken ganz ernst, nur Alex muss auch ein bisschen grinsen.

»Ich habe Guru Doug getroffen, als ich ihn am dringendsten brauchte«, fährt Phoenix fort. »Die Videothek, in der ich arbeitete, machte dicht. Die Mitbewohner meiner WG wollten, dass ich auszog. Ich wusste nicht, wohin. Doch dann fand Guru Doug mich und brachte mir die Taubenstellung bei, die mein Leben veränderte. Wie Guru Doug sagt: ›Nichts geschieht ohne Grund.‹« Ich versuche mit aller Macht, mir das Lachen zu verbeißen, aber ein kleines Prusten entfährt mir doch. Ich wende das Gesicht ab und tue so, als müsste ich husten. Bestimmt ist Guru Doug der Einzige, der das sagt, Phoenix.

»Genug von mir. Jetzt würde ich gern etwas über euch erfahren, meine Schüler und Mitreisenden. Wie Guru Doug sagt: ›Wir sitzen alle in einem Boot.‹« Ist das sein Ernst? Ja, es ist sein Ernst. Jetzt. Nicht. Lachen.

Die Frau vor mir schwenkt den Arm. »Ich fange an! Ich bin Roberta, und ich feiere auf dieser Kreuzfahrt meinen dreißigsten Hochzeitstag.« Ein paar Teilnehmerinnen machen »Ooooh«, eine klatscht sogar. »Ich habe mit Yoga angefangen, als meine jüngste Tochter auszog und ans College ging, und am meisten Erfahrung habe ich eigentlich mit Kundalini-Yoga …«

»Wegen einer Kundalini-Schülerin wäre ich fast vorzeitig aus dem Leben geschieden.« Phoenix' Ton ist giftig, und er sieht die Frau verkniffen an, als könnte sie diejenige sein, nur verkleidet. Jetzt kann ich nicht mehr an mich halten. Und auch Alex prustet los, er hält sich die Hand vor den Mund, während es ihn schüttelt. Doch anscheinend sind wir die Einzigen, die das lustig finden. Alle anderen sehen uns strafend an, dann wenden sie sich zu Phoenix und lauschen mit großen Augen seiner schaurigen Geschichte darüber, wie er einmal zu lange in einer Stellung verharren musste, sodass ihm das Blut in den Kopf strömte. Die grauhaarige Frau wirft mehrmals »Das tut mir so leid« ein, als wäre sie an dem Komplott, Phoenix mit Yoga zu ermorden, beteiligt gewesen.

»Wir beginnen mit einigen Atemübungen«, sagt Phoenix, nachdem er seine Geschichte beendet hat. An unserer Energie ist er offenbar nicht mehr interessiert. Er leitet uns ein paar Runden lang an, durch die Nase ein- und durch den Mund wieder auszuatmen, was tatsächlich ganz gut gegen meine Übelkeit ist. Ich schließe die Augen, konzentriere mich auf die Atemzüge und fühle mich langsam besser. Vielleicht ist Yoga gar nicht so verkehrt, auch wenn es einige merkwürdige Gestalten anzieht. Nach den Atemübungen sagt Phoenix, es sei Zeit für einige Sonnengrüße.

»Wir atmen tief ein, heben die Arme hoch und grüßen die Sonne. Die Hüfte ist dabei vorgebeugt, der Rücken leicht zurückgeneigt. Jetzt atmen wir aus, geben in den Knien ein wenig nach und gehen in die Vorbeuge. Es macht nichts, wenn ihr eure Zehen nicht berühren könnt. Nichts erzwingen. Wartet, bis euer Körper euch sagt, dass er bereit ist. Wie Guru Doug sagt: ›Mit Geduld und Zeit kommt man weit.‹«

Wir beugen uns alle vor. Ich höre das unverkennbare Fffftttt von entweichender Energie. Furzenergie. Ich schaue zur Seite und suche nach dem Schuldigen. Alex sieht mich entgeistert an. »Ich war's nicht«, forme ich lautlos mit den Lippen.

»Das Atmen nicht vergessen. Jetzt holen wir tief Luft und richten uns halb auf, den Rücken waagerecht.« Ich befolge Phoenix' Anweisungen und bewege den Kopf durch die Furzluft. Verdammte Roberta.

Ein kleines Lachen verrät mir, dass Alex alles mitbekommen hat.

»Wir bleiben ganz im Augenblick und vermeiden alles, was die anderen aus ihrer Reise herausreißen könnte.«

Ist das eine Anspielung auf Robertas fiese Ausdünstungen? Phoenix müsste sie ja nicht unbedingt bloßstellen. Aber ich blicke verstohlen auf und – nein, er schreitet durch den Raum und guckt Alex und mich vorwurfsvoll an.

»Jetzt atmen wir aus, machen mit beiden Füßen einen Schritt zurück und begeben uns in die Liegestützposition. Die Schultern sind über den Handgelenken, der Rücken ist gerade. Ich weiß, dass diese Stellung anstrengend ist, aber wie Guru Doug sagt: ›Ohne Fleiß kein Preis.‹« Vor mir ertönt ein weiteres verräterisches Pfffftt. »Wir halten weiter den Liegestütz: zehn, neun – spürt eure Energie, konzentriert euch auf euren Atem – acht – die Arme nicht durchdrücken – sieben –, das ist alles Teil der Reise, wie Guru Doug sagt: ›Der Weg ist das Ziel‹ – sechs.« Meine Arme brennen, denn er zählt eindeutig nicht in normalem Tempo, und ich lasse die Knie zu Boden sinken. »Fünf – es ist keine Schande, sich in die Stellung des Kindes zu begeben, akzeptiert eure Grenzen – vier, drei …«

Ich weiß nicht, was die Stellung des Kindes sein soll, aber ich bin mir ziemlich sicher, dass Phoenix gerade einen Yoga-Diss an mich gerichtet hat.

Schließlich führt er uns in eine Stellung namens Kobra, die ein bisschen einfacher ist, dann in einen heraufschauenden Hund oder so ähnlich, der in Roberta etwas zu lösen scheint, denn eine weitere Stinkewolke schwebt zu mir herüber. Alex neben mir grinst und wedelt unauffällig mit der Hand vor der Nase.

»Kannst du dich mal beherrschen?«, flüstert er und verzieht gespielt angeekelt das Gesicht. Oder vielleicht ekelt er sich wirklich, denn dem Gestank nach zu urteilen, muss Roberta haufenweise Knoblauch oder Kohl gefuttert haben.

»Wer ihn zuerst gerochen, dem ist er aus dem Hintern gekrochen.«

»Wie alt bist du, fünf?«

»Vielleicht ist das ja auch eine von Guru Dougs Weisheiten.«

Genau in diesem Moment lässt Roberta einen richtigen Kracher los, und Alex guckt erst erschrocken, dann erheitert und prustet los. Ich kann nicht anders als mitzulachen, und dabei falle ich aus der Hundestellung, die ich wahrscheinlich sowieso nicht richtig ausgeführt habe, platt auf den Bauch.

»Es scheint so, dass einige von uns für diese Reise noch nicht bereit sind«, sagt Phoenix mit ernster Miene. »Ich werfe nur sehr ungern Reisende heraus, bevor wir unser Ziel auf dem Weg zum Frieden erreicht haben, doch wie Guru Doug sagt: ›Es ist, wie es ist.‹ Bitte verlasst jetzt den Raum.«

Er zeigt auf uns und dann zur Tür, unmissverständlich. Kleinlaut packen Alex und ich unsere Sachen zusammen und gehorchen. Kaum ist die Tür hinter uns zu, können wir uns nicht mehr halten vor Lachen. Alex krümmt sich und schlägt sich auf die Knie. Meine Wangen schmerzen, meine Seiten stechen. Wahrscheinlich kann man uns drinnen hören, aber ich kann nicht dagegen an.

»Verdammte Roberta!«, bringe ich mühsam hervor.

»Verdammte Roberta!«

Doch so schnell wir losgeprustet haben, so schnell verstummen wir auch wieder. Verlegen. Wir denken an gestern und vorgestern und daran, dass wir einander eigentlich nicht leiden können.

So ist es doch, oder? Diese absurden Tierstellungen und Robertas magische Fürze haben uns nicht plötzlich davon geheilt.

Aber wenn ich ihn jetzt angucke, ist es schwer, ihn so zu sehen wie noch vor einer Stunde. Die ganze Wut und der Ärger sind verpufft, als wäre der Korken, der sie festgehalten hat, rausgeflogen.

Irgendwie war ich wohl doch grundlos blöd zu ihm. Auf der Kennenlernparty hat er sich wirklich danebenbenommen, aber danach … Tja, ich muss zugeben: Ich habe nach Gründen gesucht, um mit ihm zu zanken. Habe ihn als Besserwisser hingestellt, obwohl er es vielleicht gar nicht so gemeint hat. War es wirklich so schlimm, dass er mit der Seekrankheit recht behalten wollte? Ja, ein bisschen eingebildet ist er schon. Er ist oberschlau – neunmalklug, wie Oma Lenore sagen würde. Aber vielleicht ist das nicht so ein Drama. Immerhin kann er über etwas so Albernes wie die Pupse einer älteren Frau lachen, genau wie ich. Das könnte ja vielleicht eine Basis sein, um die Kreuzfahrt zusammen durchzustehen. Es wäre schon nett, auf dieser Reise einen Freund zu haben, da Wally mich ignoriert und Etta eben Etta ist.

»Hör mal, wegen gestern, das tut mir echt leid«, sagt er in meine Gedanken hinein. »Ich wollte nicht gemein zu dir sein, aber … Ich weiß, dass es nicht drauf ankommt, was ich wollte.«

»Mir tut es auch leid«, sage ich, und er guckt überrascht. »Du bist … nicht so übel, wie ich dich darstelle.«

Er lächelt. »Können wir noch mal von vorn anfangen? Und uns darauf einigen, nur das Beste voneinander anzunehmen? Einfach davon ausgehen, dass der andere in guter Absicht handelt.«

»Ich hab dir nicht mutwillig böse Absichten unterstellt.« Jetzt muss ich auch ein wenig lächeln.

»Ja, ich weiß, aber ich glaube, wir müssen jetzt aktiv in die andere Richtung denken. Sonst werfen wir einander noch über Bord, ehe wir Barcelona erreichen.«

»Etta hat gesagt, ein Kreuzfahrtschiff ist der perfekte Tatort für einen Mord, wenn man nicht erwischt werden will.«

»So, wie ich sie bisher kennengelernt habe, überrascht mich das überhaupt nicht.«

Das Schiff schaukelt, und ich spüre eine weitere Übelkeitswelle. Ich schließe die Augen und kämpfe dagegen an. Atme durch die Nase ein und durch den Mund aus. Phoenix und Guru Doug wären stolz auf mich.

Als ich die Augen wieder aufmache, sieht Alex mich besorgt an.

»Ich hab was in meiner Kabine, das dir vielleicht hilft.« Er lächelt schelmisch und hebt die Hände. »Ich will dir wirklich nur helfen! Kommst du mit?«

»O Mann, ich hab dir gerade erzählt, dass ein Kreuzfahrtschiff der perfekte Tatort für einen Mord ist, und schon lockst du mich in deine Kabine. Alarmstufe Rot!«

Zufällig kommt gerade jemand von der Crew mit den Armen voller Handtücher durch den Flur, und Alex winkt ihn heran.

»Entschuldigung, ich bin Alex Lee und das hier ist Lenore Bennett. Ich nehme sie jetzt mit in meine Kabine – Nummer achthundertsiebzehn –, und zwar ohne jegliche Mordabsichten. Können Sie bitte Alarm schlagen, falls sie vermisst wird? Wie gesagt, ich bin Alex Lee. Prägen Sie sich mein Gesicht gut ein.«

Der Mann guckt erst verwirrt, dann verärgert, doch dann setzt er das Servicelächeln auf, das alle auf dem Schiff hervorzaubern können, wenn es Beschwerden über die unerschöpflichen Softeismaschinen oder den Druck der Düsen im Whirlpool gibt. »Natürlich, Mr Lee.«

»Alles klar?«, fragt Alex, als der Mann weitergeht.

»Okay, gut.«

Alex' Kabine ist auf dem achten Deck, drei Stockwerke über unseren. Und anders als Wally und ich ist er nicht in eine kleine fensterlose Box gepfercht. Nein, als er die Tür aufschließt, begrüßt uns das glitzernde Mittelmeer durch die gläserne Schiebetür zum Balkon. Die Kabine ist zwar ebenfalls winzig, was wir spätestens feststellen, als wir beide gleichzeitig versuchen, um sein Bett herumzugehen, und mit der Hüfte gegeneinanderstoßen. Ich erstarre vor Peinlichkeit, und er zuckt so heftig zurück, dass er fast in die Dusche fällt. Aber so winzig wie unser Winzig ist sie nicht. Und mit dieser Aussicht aufs Meer ist es lange nicht so schlimm, auf dem Schiff festzusitzen.

»Ihr lebt auf großem Fuß, was?«, sage ich.

»Na ja, meine Eltern haben die Reise vor zwei Jahren oder so gebucht, da haben sie einen ordentlichen Rabatt bekommen. Für mich wäre es auch völlig okay gewesen, auf der ausklappbaren Koje in ihrer Kabine zu pennen, aber ich glaub, sie möchten gern ein bisschen … Intimsphäre haben, deshalb haben sie für mich …«

»Hey, chill mal, war nicht böse gemeint. Nur eine Bemerkung zu deiner schönen Kabine.« Ich lächele. »Wir nehmen nur das Beste vom anderen an, schon vergessen?«

Er wird rot und fährt sich mit der Hand durch die Locken. »Ja, stimmt. Also gut, ich wollte dir ein paar Sachen geben.« Er geht zum Sofa – zwei Schritte vom Bett entfernt – und öffnet den Rucksack, den er gestern in Palermo dabeihatte. Er holt eine Papiertüte heraus und überreicht mir dann zwei rosa Schweißbänder, jeweils mit einem weißen Plastikknopf verziert.

»Erstens die hier.«

»Und das … ist was?« Ich betrachte die Bänder. »Denn, hm, wenn wir mal nur das Beste vom anderen annehmen, ist es eine sehr nette Geste. Aber ich muss dir sagen, dass das nicht so ganz mein Stil ist.«

Er lacht. »Das sind Sea-Bands. Die hab ich am ersten Abend erwähnt, weißt du noch? In dem Laden hatten sie leider nicht die originalen Sea-Bands, das hier ist wohl die italienische Version.«

»Ah, okay.«

»Das Entscheidende ist der kleine weiße Knopf da.« Er zeigt ihn mir. »Wenn du das Band am Arm trägst, drückt er auf einen Akupressurpunkt. Der Punkt heißt Nei guan, und wenn man ihn, äh, stimuliert, hilft das gegen Übelkeit.«

Er spürt wohl, dass ich am liebsten die Augen verdrehen würde, denn er nimmt mir die dämlichen Bänder aus der Hand. »Hier, ich zeig's dir.«

Er holt sie aus der Verpackung und will mein Handgelenk nehmen, dann hält er inne. »Darf ich?«

Mein Magen schlägt einen Purzelbaum und erinnert mich daran, dass ich das nur mache, damit ich mich nicht übergeben muss. »Ja, von mir aus.«

Er dreht meine Hand um und berührt einen Punkt an meinem Handgelenk, ganz sanft. Mein Magen flippt noch mehr aus. »Genau dieser Punkt hier. Da legen wir das jetzt an.« Er streift mir das Band über die Hand. »So. Das müsste bald Wirkung zeigen.«

Er ist mir sehr nah. Ich kann jede einzelne seiner absurd langen Wimpern sehen, spüre seinen Atem auf dem Arm. Und mein Herz schlägt doppelt so schnell, als wollte es mir aus der Brust springen. Hört er das? Nah genug ist er, und dann käme er nur auf falsche Gedanken. Was kann dieses bescheuerte Schweißband schon bewirken? Und warum hält er immer noch mein Handgelenk fest?

»Bist du nicht der Wissenschaft verpflichtet?«, frage ich und unterbreche das, was auch immer da gerade zwischen uns abgeht, und er zuckt zurück. »Ich meine, ein magisches Armband, das gegen Übelkeit helfen soll? Das lernt man doch bestimmt nicht im Medizinstudium.«

»Hey, ein guter Arzt ist für alle Formen der Medizin offen. Und in den Souvenirläden an Bord kannst du überall Reisetabletten bekommen, aber davon schläfst du ein und bekommst einen staubtrockenen Mund. Falls du darauf stehst, nur zu.« Er zuckt die Achseln. »Warte einfach ein paar Minuten ab, okay? Und während wir warten, kommt hier Numero zwei.«

Er nimmt einen Stapel Papier von dem Tischchen vor seinem Sofa. Er will ihn mir reichen, doch dann zögert er, drückt ihn an die Brust und holt tief Luft.

»Erstens, nur noch mal zur Erinnerung, die Basis unserer aufkeimenden Freundschaft ist, dass wir voneinander nur das Beste annehmen. Wir waren uns einig, dass wir uns darum bemühen.«

»Ja, aber müssen wir das jetzt bei jedem Gespräch hunderttausendmal betonen? Das könnte irgendwann ermüdend werden.«

»Ich möchte nur sichergehen, dass wir beide das Gleiche wollen. Dass du nicht ausrastest oder mir eine scheuerst oder so.«

»Hey, was sind das für Zettel? Ich kann dir nicht versprechen, nur das Beste anzunehmen, wenn du mir gleich einen Plan enthüllst, die Wasserrutschen in die Luft zu sprengen, oder … mir zum Beispiel Pornos zeigst.«

»Nein! Nein, nein, nein!!«, ruft er und wird knallrot. »Nicht so was. Ich würde dir nie Pornos zeigen. Nie!«

»Hm, okay.« Jetzt wird mein Hals auch heiß. »Was ist es dann?«

»Mein Gott, ich mache es nur schlimmer.« Er wickelt eine Locke um seinen Finger. »Ich hab einfach darüber nachgedacht, was du gesagt hast. Dass du dich für einen Studiengang entscheiden sollst. Schon bald. Bis zum Ende dieser Reise. Deshalb bin ich gestern Abend in den Computerraum gegangen und hab diese Fragebögen ausgedruckt. Die gleichen hat unser Beratungslehrer in der Zehnten und Elften benutzt.«

»Okay …« Ich schlucke meinen Ärger herunter. Warum mischt er sich in meine Entscheidung ein? Hält er sich mit seinen achtzehn Jahren etwa für einen Experten in Sachen Lebensplanung? Ich meine, okay, das ist er vermutlich. Aber trotzdem.

Nur das Beste annehmen. Nur das Beste. Damit war ich einverstanden. Und das Beste wäre … Mann, das ist verdammt schwer … das Beste wäre, dass er mir wirklich helfen will? Ganz unvoreingenommen? HÖCHST unwahrscheinlich, aber ich nehme es einfach mal an. Vorerst.

»Warum hast du das gemacht?« Ich unterdrücke jeden Anflug von Zickigkeit, damit es neutral herauskommt und nicht vorwurfsvoll.

»Tut mir leid, wenn das übergriffig ist. Das will ich auf keinen Fall«, sagt er. »Ich hab über dich nachgedacht, und das ist ja wirklich eine schwierige Entscheidung, die du da treffen musst. Vor allem unter so einem Zeitdruck. Ich wollte dir gern helfen. Du musst dir das nicht angucken, wenn du nicht möchtest.«

Er will die Zettel schon wieder auf den Tisch legen, aber ich reiße sie ihm aus den Händen. Ich schaue mir ein paar Überschriften an: *Welches Studienfach ist das Richtige für dich?* und *Der große Test*. Es ist ein dicker Stapel. Bestimmt war es nicht billig, das alles auszudrucken.

»Aber … hm … ich frage mich schon, was du als Gegenleistung erwartest.« Ich kann nicht ganz vergessen, wie wir uns kennengelernt haben, und dass er mich überreden wollte, sein Date zu spielen wie in irgend so einem Netflix-Film. Will er mich auf diese Weise doch noch dazu bringen?

»Es muss ja nicht immer so sein, dass ich auch was davon habe.« Ich suche in seinen braunen Augen nach einem Anflug von Berechnung, finde jedoch nichts. »Ich kann dir auch helfen, ohne im Gegenzug etwas von dir zu erwarten. So machen Freunde das.«

Ist das so? Ich überschlage mich zwar immer, um meinen Freunden zu helfen, aber tun sie das auch für mich? Ich weiß es nicht. Und so, wie er »Freunde« sagt, wird mir ganz warm und in meiner

Brust scheint eine geschüttelte Colaflasche zu stecken, die gleich platzen will. So ein Gefühl habe ich bei Tessa oder Theo nie.

»Dann vielen Dank.« Ich schaue mich im Zimmer um, damit ich seinem suchenden Blick entgehe, und sehe etwas anderes, das aus seinem Rucksack gefallen ist: zwei Tüten Chips und eine Art Ei.

»Sind die auch für mich?« Ich zeige darauf.

»Nein. Ganz bestimmt nicht.«

»Ich dachte, wir wären Freunde?«

»Ja, aber wir sind noch nicht so weit, unsere Knabbervorräte miteinander zu teilen.« Ich durchbohre ihn mit meinem Blick, und er lacht. »War nur Spaß! Du kannst dir was nehmen … von mir aus.«

Ich schnappe mir eine Chipstüte und schaue mir den Aufdruck an. Das meiste ist auf Italienisch, aber das Bild verstehe ich. »Ketchup? Du hortest Ketchup-Chips?«

»Ich horte sie nicht. Ich esse sie!« Ich rümpfe die Nase, aber er sagt ungerührt: »So schlecht sind sie bestimmt nicht. Und ich mache das einfach gern auf Reisen. Ich suche nach verschiedenen interessanten Knabbereien und probiere sie aus. Ich weiß nicht, macht mir Spaß.« Er zuckt die Schultern. »Deshalb bin ich gestern in den Laden gegangen, und es war einfach Glück, dass sie auch Sea-Bands hatten. Und hey, guck dir das hier an.« Seine Augen leuchten, als er nach dem Ei greift. »Das ist ein Überraschungsei. Die sind bei uns strengstens verboten.«

»O mein Gott! Nein!« Ich mache ihn nach und reiße die Augen auf, aber ich halte nur eine Sekunde durch, bevor ich lachen muss. Es ist irgendwie … süß, wie er sich über ein paar Knabbereien freuen kann. »Und wow – dein Trip zum Laden an der Ecke war also nicht rein altruistisch? In Wirklichkeit wolltest du nur illegale Schokolade und Ketchup-Chips kaufen? Das heißt …« Ich schnappe nach Luft. »Du bist gar nicht vollkommen!«

»Weit davon entfernt.«

»Echt? Na, erzähl das mal meinen Eltern. Denn als du vorgestern beim Abendessen von deiner Freiwilligenarbeit und deinem Praktikum erzählt hast, haben sie mir einen sehr auffälligen Seitenblick zugeworfen.«

»Das stimmt nicht.«

»Wann hast du noch mal Geburtstag? Und wo wurdest du geboren? Ich hab zwar gestern einen Scherz gemacht, weil deine Mutter echt cool ist, aber vielleicht wurden wir ja wirklich bei der Geburt vertauscht und meine Eltern können das vollkommene Kind bekommen, das sie gern hätten. Endlich. Um ihre wunderbare Dreifaltigkeit zu vervollständigen.«

»Am achten September.« Er hebt einen Finger. »Aber da ist ja auch noch die Sache, dass ich halb koreanisch bin ...«

»Mist. Zweiundzwanzigster Juni.« Ich schnalze mit der Zunge und schnippe mit den Fingern. »Dabei hätte ich so gern mal den Kleiderschrank deiner Mutter durchstöbert.«

»Moment mal.« Er zieht die Brauen zusammen, und sofort bereue ich diese Wendung des Gesprächs. »Das ist ja ... übermorgen? Ach ja, deine Mutter hat es beim Abendessen erwähnt. Was machen wir zur Feier des Tages?«

Ich verdrehe die Augen. »Wenn wir noch keine Knabber-Buddys sind, dann sind wir von einer gemeinsamen Geburtstagsaktion aber noch meilenweit entfernt, oder?«

Er denkt kurz nach, dann wirft er mir das illegale Überraschungsei zu. »Wir machen aber Fortschritte, oder? Wer hätte das gedacht? Wir mussten nur deine Übelkeit bekämpfen, und schon erträgst du meine Gegenwart.«

»Hey, mir ist immer noch übel. Deine Schweißbänder haben gar keine magischen Kräfte.« Doch kaum habe ich es gesagt, merke ich, dass es nicht stimmt. Mein Kopf ist frei. Kein Brennen in der Kehle. Und mein Magen fühlt sich … nicht ganz normal an, aber wenigstens schwappt er nicht mehr herum.

Seit zwanzig Minuten habe ich keinen Brechreiz mehr, und ich merke an dem Lächeln um Alex' Mundwinkel, dass er es mir ansieht.

»Keine magischen Kräfte, soso.«

»Halt die Klappe. Und danke.«

Zehntes Kapitel

Genau in dem Moment, als am nächsten Morgen mein Wecker klingelt, durchschneidet ein heller Lichtstrahl die Dunkelheit und erlischt dann mit einem Klicken. Ich höre schwere Schritte.

»Sind Sie ein Mörder?«

»Wenn ich ein Mörder wäre, was würde ich dann deiner Meinung nach darauf antworten, Lenore?«, fragt Wally, und ich kann seine finstere Miene förmlich hören. Ich sehe die Umrisse seiner schlaksigen Gestalt zu seinem Bett gehen, er legt etwas unters Kissen. Dann stampft er ins Bad, kurz darauf läuft die Dusche.

Ich schalte das Licht ein. Sein Bett ist gemacht, als hätte er gar nicht darin geschlafen. Gestern Abend saß er im Dunkeln hier und schaute sich unverwandt die Werbung für alle möglichen Aktivitäten auf dem Schiff an. Ich habe ihm nicht gesagt, dass er den Fernseher ausschalten soll, weil ich nicht schon wieder Streit anfangen wollte, und als gerade zum zweiten Mal Bingo angepriesen wurde, bin ich endlich eingeschlafen. Hat er sich danach auch hingelegt? Hat er überhaupt geschlafen? Und wo war er gerade? Wally gehört nicht zu den nervigen Menschen, die morgens schon ihre Übungen machen, und es steckt auch kein verborgener Romantiker in ihm, der sich den Sonnenaufgang anschauen würde.

So was macht man nicht. Ich weiß. Aber ich bin so neugierig und … ich kann es nicht lassen. Deshalb gehe ich zu seinem Bett und schaue unters Kopfkissen.

Aber da liegt kein Liebesbrief und auch kein blutiger Handschuh oder irgendetwas anderes, was auch nur entfernt interessant wäre. Es ist die *Norton Anthology of English Literature*. Ein dickes Lehrbuch!

Ich weiß noch, als Wally richtig cool war. In der Middle School hat er mich zu meinem ersten Konzert mitgenommen, Kendrick Lamar im Forum, er hat mir gesagt, welches Shampoo ich benutzen muss, damit meine Haare nicht nach Weed riechen. In seinem letzten Jahr an der Bixby High hat er eine Kampagne dafür gestartet, die Titel König und Königin beim Abschlussball durch etwas Genderneutrales zu ersetzen, und hat mit Kieran gewonnen. Issa Rae ist ihm auf Twitter gefolgt. Nur ein paar Wochen lang, aber immerhin!

Und jetzt liest er freiwillig William Blake? Was ist mit ihm passiert? Seit wann ist er … so ein Langweiler?

Die Dusche verstummt, schnell schiebe ich das Buch wieder unters Kopfkissen und hüpfe in mein Bett. Da sitze ich und sehe ziemlich verdächtig aus, als er mit einem Handtuch um die Hüften aus dem Bad kommt. Er hat tiefe Ringe unter den Augen, und vielleicht bilde ich es mir nur ein, aber er kommt mir auch dünner vor. Seine Rippen ragen mehr hervor, als ich es in Erinnerung habe.

»Stehst du auch mal langsam auf?«, fragt er genervt. »Wir sollen in einer halben Stunde oben sein.«

Geht es dir gut?, würde ich gern fragen. Was ist mit dir und Kieran? Möchtest du darüber reden? Stattdessen sage ich bloß: »Ich hab nur darauf gewartet, dass du fertig bist.«

Er verdreht die Augen. »Ich bin fertig.«

Anstatt einfach am Kai anzulegen wie in Palermo, fahren wir diesmal mit einem Tenderboot an Land, und nach der Ankunft treffen wir uns mit unserem Reiseführer Adonis – im Ernst, so hat er sich vorgestellt. Vielleicht will er uns auch nur verarschen, aber ich werde ihn bestimmt nicht danach fragen. Jedenfalls sagt Adonis, wir seien noch gar nicht am Ziel. Um zum alten Hafen von Fira zu gelangen, gibt es drei Möglichkeiten: Seilbahn, Eselsritt oder die fünfhundertachtzig Schritte bis nach oben laufen.

Ich verrenke mir den Hals und schaue zu dem Zickzackpfad, der den Berg hinauf führt, wo die Häuser an der Klippe übereinandergeschichtet sind wie zu einer pastellfarbenen Sahnetorte. Das scheidet schon mal aus. Und die Esel gucken traurig und sehen so aus, als wären sie kurz davor, ihre Geschichte der Regisseurin von *Blackfish* zu verkaufen. Für mich ist es also keine Frage, dass wir schnell mit der Seilbahn hochfahren, um mehr Zeit zu haben, uns an Spanakopita, Baklava, Obst oder was auch immer gütlich zu tun. Aber da sagt Alex: »Ich laufe nach oben.«

Ich schnaube. Das kann nicht sein Ernst sein. Aber dann sehe ich ihn an, und er studiert mit entschlossenem Blick den gewundenen Pfad. Es ist sein Ernst.

»Kommst du mit, Lenore?«, fragt er. »Macht bestimmt Spaß.«

Ich schüttele den Kopf. »In den Ferien treibe ich grundsätzlich keinen Sport. Und ich will auch nicht vom Berg in den Tod stürzen.«

Er zuckt die Schultern. »Ich finde, es ist eine Gelegenheit, mehr von Santorini zu sehen. Die Kultur der Insel zu verstehen. Und wann bietet sich uns noch mal die Chance für so einen Blick auf die Ägäis?«

»Bestimmt ist die Aussicht von ganz oben auch nett«, sage ich.

Doch mein Vater nickt. »Das ist die richtige Einstellung, Alex.

Ich würde sofort mitkommen, wenn mein Knie mich nicht so ärgern würde.« Beim Golfspielen jedes zweite Wochenende scheint sein Knie keine Probleme zu machen, aber na gut.

Nicht nur mein Vater, auch meine Mutter, Dr. Lee und Mr Lee schauen Alex an, als hätte er etwas unglaublich Tiefsinniges gesagt, obwohl es doch eigentlich so klang wie ein Zitat aus einer der Reisebroschüren an Bord. Bescheuert. Und noch bescheuerter ist es, dass es mich dazu bringt zu sagen: »Ich komme mit.«

»Wusste ich's doch, dass auf dich Verlass ist«, sagt Alex. Er hebt die Schildpatt-Sonnenbrille hoch und zwinkert mir zu, und ich begreife, dass genau das sein Plan war.

»Hey, Wally, bist du auch dabei?«, fragt er dann. »Ich würde gern mal mit dir über die UCLA reden. Ich soll angeben, in welches Wohnheim ich möchte, und …«

»Nee danke!« Wally winkt ab und geht zu der Schlange vor der Seilbahn. Meine Eltern tauschen einen besorgten Blick, aber keiner sagt etwas.

»Ich komme mit!«, ruft Etta. »Wusstet ihr, dass die Stufen bis in die Achtzigerjahre der einzige Zugang waren?«

Doch meine Mutter fasst sie an der Schulter. »Für dich ist das zu gefährlich, Maus.«

»Aber für mich ist es sicher?« Ich bereue meine Entscheidung bereits.

»Du schaffst das, Lenore.« Sie winkt mir zu. »Viel Spaß.«

»Bis in einer Stunde!«, ruft Mr Lee.

»In einer Stunde? Der Aufstieg dauert eine Stunde? Ich hab grad meine Meinung geändert.«

Aber niemand beachtet mich, während sie schon zu den Blechkisten gehen, um sich bequem zum Gipfel befördern zu lassen.

Alex grinst. »Bist du bereit?«

»Du hast mich reingelegt. Was für eine böse Falle!«

»Du überschätzt mich.«

Eine Windbö weht vom Meer herüber, die uns herrlich erfrischt und Alex' Locken auf eine Weise zaust, die jedem Liebesroman-Cover zur Ehre gereichen würde, aber sie trägt auch einen unglaublichen Gestank herüber.

»O nein, was ist das?« Ich schaue mich suchend um. Das riecht ja schlimmer als die öffentlichen Toiletten am Seal Beach bei uns zu Hause. »Roberta? Roberta, warst du das?«

»Ich glaube … das sind die Esel«, sagt Alex, und seine Entschlossenheit bröckelt. »Ihre … Hinterlassenschaften.«

»Du meinst die Esel, die denselben Weg raufgehen wie wir? Die fünfhundertachtzig Stufen, die sie hundertprozentig nicht laufen können, ohne zwischendurch ihre Äpfel fallen zu lassen.«

»Sechshundert.« Eine weiße Frau in den Sechzigern mit blauer Caprihose und passendem Tanktop taucht scheinbar aus dem Nichts neben mir auf. »Laut TripAdvisor sind es sechshundert Stufen.«

»Hm, okay, danke.« Ich ringe mir ein Lächeln ab, und sie zieht ihren Mann zu der Schlange für die Eselsritte, wo sie vermutlich die nächsten Touristen mit ungebetenen Informationen versorgt.

»Sechshundert!« Ich sehe Alex mit zusammengekniffenen Augen an. Er scheint das alles höchst amüsant zu finden. »Ich dachte fünfhundertachtzig!«

»Was macht das schon aus?« Schulterzuckend läuft er zu der Treppe. »Zwanzig mehr oder weniger machen den Kohl auch nicht fett.«

Ich gehe ihm hinterher, wobei ich durch den Mund atme. »Ja, aber sie könnten mich dazu treiben, dass ich dich ermorde!«

Lachend legt er den Kopf in den Nacken. »Das schaffen wir

doch im Nu. Außerdem haben wir genügend Zeit, die hier durchzugehen.« Er bleibt vor der ersten Stufe stehen und holt einen Papierstapel aus seinem Rucksack. »Die hast du praktischerweise in meiner Kabine vergessen.«

»O Gott.« Ich schiebe mich an ihm vorbei und beginne den Aufstieg. Er zockelt hinterher. »Vergessen. Ja, in der Tat.«

»Wir haben eine lange Reise vor uns.«

»Okay, Phoenix.«

»Da können wir die Gelegenheit doch … pass auf!« Er umfasst meine Taille und hält mich fest.

»Was zur Hölle …« Aber da schaue ich nach unten und sehe, dass meine goldenen Teva-Plateausandalen, für die ich extra zu einem Pop-up-Store in North Hollywood gefahren bin, nur wenige Zentimeter von einem dampfenden Eselshaufen entfernt sind.

»Oh. Danke.« Seine Hände liegen immer noch um meine Taille, ich spüre den Druck jedes einzelnen Fingers. Mein Bauch zieht sich zusammen, vor lauter … Dankbarkeit. »Jetzt kannst du mich wieder loslassen.«

»Ja, klar.« Ruckartig lässt er mich los. Er ist schon ganz rot, dabei haben wir höchstens zehn Stufen hinter uns.

»Von mir aus gehen wir jetzt deine blöden Fragebögen durch. Aber ich kann nicht garantieren, dass ich am Ende dieses Tretminen-Pfads einen Plan habe.«

»Klar. Aber vielleicht ist es ja ein guter Anfang. Die Kreuzfahrt dauert nur noch neun Tage, heute nicht mitgerechnet, das heißt, deine Deadline …«

»Na, dann schieß einfach los!« Ich winke ab und laufe ein paar Stufen weiter.

Er hält sich die Fragebögen vor die Nase und folgt mir. »Erstens, hast du eine lebhafte Fantasie?«

»Ja. Wie gesagt, ich hab gerade meinen Abschluss an einer Kunstschule gemacht.«

Er nickt. »Zweitens …«

»Musst du meine Antworten nicht notieren?«

»Ich hab ein sehr gutes Gedächtnis.«

Ich verdrehe die Augen, dann lächele ich. »Ja, logisch.«

»Frage zwei«, fährt er fort. Er rückt näher heran, um den Eseln Platz zu machen, die eine dreiköpfige Familie tragen, alle drei mit dem gleichen Topfschnitt. Alex blickt nicht von seinem Blatt auf. »Bist du ein positiver Mensch oder bist du oft niedergeschlagen?«

»Ich weiß nicht.« Wie ehrlich soll ich antworten? »Ich versuche, positiv zu sein, aber ich hab auch meine Frank-Ocean-Momente.«

»Frage drei. Fällst du gern auf oder hältst du dich lieber im Hintergrund?«

Er blickt von seinem Blatt auf und schaut mich vielsagend von oben bis unten ab. »Die Antwort darauf kenne ich schon.«

Ich trage einen kurzen Jumpsuit mit Vintage-Blumenmuster, eine Katzenaugen-Sonnenbrille, ein pinkfarbenes Stirnband und die schon erwähnten hart erkämpften goldenen Tevas.

»Hey, vor den weißen Mauern mache ich mich bestimmt gut.« Ich lege die Hände auf die Hüften und schiebe eine Schulter vor, das perfekte Supermodel. »Das wär übrigens ein geniales Foto für Instagram.«

Er zieht eine Augenbraue hoch. »Ach ja?«

»Ja, und zum Glück gibt es noch keine Riechfotos, ich würde also aussehen wie eine taufrische strahlende Königin und nicht wie das Schweißmonster, das ich bald sein werde.«

»Du bist kein Monster.«

»Wir haben immer noch an die vierhundert Schritte vor uns, Bro.«

Er prustet leise. »Bei deinem Tempo kommt es uns wahrscheinlich noch länger vor.« Er läuft ein paar Stufen voraus, wobei er eine Reisegruppe und einige frische Eselshaufen umschifft. »Okay, nächste Frage. Hast du ein gutes Gespür für die Gefühle der Menschen um dich herum?«

»Ja.«

»Hast du es lieber ordentlich oder unordentlich?«

»Ich liebe Unordnung!« Ich breite die Arme aus und strahle übers ganze Gesicht, wie Marie Kondo in dem Meme.

»Wenn du eine Aufgabe erledigen musst, machst du sie dann sofort oder schiebst du sie vor dir her?«

»Keine Ahnung. Mal so, mal so.«

»Fällt es dir schwer, abstrakte Ideen zu verstehen?«

»Puh, warum kommt es mir so vor, als sollte ich hier beurteilt werden?«

»Weil es so ist. Darum geht es ja gerade!«

Wieder verdrehe ich die Augen, und er blättert weiter. »Okay, die Antwort auf die nächste Frage kenne ich, glaube ich, aber ich stelle sie dir trotzdem. Der Vollständigkeit halber. Bist du eine Stimmungskanone oder gehörst du eher zu den Stillen?«

Ich mache schon den Mund auf, um zu antworten, dann presse ich die Lippen zusammen. Meine Freunde, meine Mitschüler, die Jungs, mit denen ich zusammen war – ich weiß, wie sie diese Frage beantworten würden. Die laute, freche Lenore ist definitiv eine Stimmungskanone. Aber wenn ich mich jedes Mal bewusst dazu entschließen muss, bin ich das dann wirklich? Wenn ich, nachdem ich den ganzen Tag diese Lenore gewesen bin, nach Hause gehen und mich ausruhen muss, weil ich ganz matschig im Kopf bin und mein Gesicht prickelt? Es gehört auf jeden Fall zu mir, aber es ist nicht alles. Nicht mein natürlicher Zustand.

Wie ist es dazu gekommen, dass ich für die anderen immer eine Show abziehen muss? Will ich das für den Rest meines Lebens machen? Wer werde ich sein, wenn ich auf die andere Seite des Landes ziehe, weg von allen, die ich liebe, und von allem, was ich kenne, und ein neues Leben anfange?

Mein Herz fängt an zu rasen, und ich merke, dass meine Gesichtszüge sich verhärten. Ich will das jetzt nicht.

»Weißt du was, diese Spießerfragen bringen's einfach nicht.« Ich reiße ihm die Bögen aus der Hand, nicht grob, aber doch bestimmt, und falte sie zusammen. »Ich weiß, dass du in guter Absicht handelst« – ich male Anführungszeichen in die Luft – »aber ich schnaufe hier durch zu viel Eselskacke und meine Oberschenkel brennen und ich schwitze und wir müssen jetzt mal eine Pause machen.«

Er bleibt stehen, holt tief Luft und lächelt ein wenig. »Na, dann können wir ja schon mal alle Jobs ausschließen, die körperliche Betätigung erfordern.«

»Hey, pass auf, was du sagst.« Ich lache und stupse ihn scherzhaft gegen die Schulter. Er stolpert rückwärts, guckt erschrocken und fängt sich so gerade noch. Ich beiße mir auf die Lippe und sehe ihn schuldbewusst an. Das wollte ich wirklich nicht.

Aber dann prustet er los. »Wooooooooow!«

»Das war ein Versehen! Weitgehend. Nimm einfach nur das Beste von mir an!« Kichernd laufe ich die Stufen hoch, und er jagt mir nach, bis wir beide keuchen und uns gleichzeitig krümmen vor Lachen. Zwei Eselsführer mit tiefbrauner, gegerbter Haut sehen uns neugierig an, und ich frage mich, was sie wohl denken. Sieht man uns an, dass wir uns gerade erst kennengelernt haben? Dass wir uns bis gestern nicht ausstehen konnten? Verrückt, wie schnell alles so leicht geworden ist.

»Okay, ja, wir müssen es nicht ganz so genau nehmen«, sagt Alex, als wir aufgehört haben zu schnaufen und weitergehen. »In den nächsten Fragen geht es sowieso um deine emotionale Intelligenz, und ich kann mir schon vorstellen, wie du darauf reagierst.«

»SPIESSERFRAGEN.«

»Ehrlich gesagt haben diese Fragen mich zuerst aufs Glatteis geführt, mit dem Ergebnis, dass bei mir die ersten Male nicht Arzt als möglicher Beruf herauskam«, sagt er. »Also hab ich den Test einfach ein paarmal wiederholt, bis es geklappt hat.«

»Was?« Ich lache. »So ist das aber garantiert nicht gedacht. Ist es nicht manchmal anstrengend, immer zu versuchen, so perfekt zu sein?«

»Du redest wie mein Beratungslehrer.« Lächelnd zuckt er die Schultern. »Aber möchtest du einen Arzt haben, der kein Perfektionist ist?«

Ich zeige auf ihn. »Touché.«

»Na, dann kommen wir mal zur Sache. Worin bist du richtig gut?«

Ich beiße mir auf die Wange und schaue zu Boden. Die Frage haut mich um wie eine Welle am Strand. Bin ich überhaupt in irgendwas richtig gut? Ich kann eine ganze Menge. Aber bin ich richtig gut? Bin ich die Beste, so wie Etta und Wally und meine Eltern die Besten in dem sind, was sie machen? Wie Alex es anscheinend ist? Vielleicht fange ich deshalb immer wieder etwas Neues an – damit keiner merkt, dass ich nur durchschnittlich bin.

Ich hole tief Luft, schlucke diese Gefühle herunter und setze ein breites Lächeln auf. »Ich bin in vielen Sachen gut, okay?« Ich sage es ein bisschen schnippisch, damit er weiß, woran er ist. Das hab ich drauf.

»Weiß ich doch.« Er grinst, doch dann sieht er mich eindringlich an und kratzt sich die Wange. »Aber ich meine, was du besonders gut kannst.«

»Ich entwerfe Kleidung«, sage ich und drücke einen Finger in meine Hand. »Design im Allgemeinen liegt mir. Ich kann ganz gut mit Acrylfarben umgehen und eine Weile hat mich Blockdruck richtig gepackt. Ich kann mit Final Cut Pro und InDesign umgehen. Und natürlich interessiere ich mich für Kunstgeschichte, aber eher für die moderne Kunst. Also Basquiat, yes, Vermeer, gähn. Und ja … Das sind nur einige der Themen, mit denen ich mich an der Chrysalis beschäftigt habe. Das ist die Kunstschule, auf der ich war.«

Langsam kommt mein Wortstrom zum Erliegen. Gott sei Dank. Früher habe ich so etwas abgespult und mich großartig dabei gefühlt, aber jetzt kommt es mir oberflächlich und wirr vor. Kein Wunder, dass meine Eltern sich Sorgen machen.

Doch Alex guckt mich nicht so kritisch an wie erwartet. Und das ist auch gut so, denn sonst würde ich ihn wirklich von der Klippe stoßen. »Okay, dann hätten wir das Problem ja gelöst«, sagt er. »Dann studierst du einfach eine von den Sachen. Das ging jetzt, ehrlich gesagt, schneller als gedacht.«

Ich seufze. »Nur weil ich in etwas gut bin, heißt das ja noch nicht, dass ich das ewig machen will. Oder es auch nur vier Jahre studieren will. Außerdem kann man nicht einfach mit einem Formular vom Bachelor of Arts zum Bachelor of Fine Arts wechseln. Das ist ein bisschen komplizierter.«

Er nickt, sagt jedoch nichts.

»Hey, können wir mal Rast machen?«, frage ich. Wir sind an einer Biegung angekommen, und ich fühle mich, als stünde ich in Flammen. Seit der großen Sportprüfung in der Neunten habe ich mich nicht mehr so angestrengt, und damals bin ich bestimmt durchgefallen.

»Ja, klar, natürlich.«

Wir gehen zu einem Rastplatz, der zum Glück frei von Eselshaufen ist, weil die armen Tiere anscheinend keine Ruhepause machen dürfen. Ich lege die Hände auf die Hüften und genieße die Aussicht: die gewundene Reihe der Stufen, die wir schon erklommen haben. Das Glitzern der Sonne auf dem endlosen, leuchtend blauen Meer. Allein dafür hat es sich vielleicht schon gelohnt, für diesen Blick auf Santorini. Aber das würde ich Alex nie im Leben eingestehen.

Ich schalte die Kamera ein, und Alex schaut her, als er das laute mechanische Geräusch hört. Ich spüre seinen Blick, während ich in die Hocke gehe, um den besten Blickwinkel zu finden.

»Warum nicht das?«, fragt er. Ich drücke auf den Auslöser, und surrend spuckt die Kamera das Foto aus.

»Was meinst du?« Ich stelle mich dumm.

»Fotografie. Warum studierst du das nicht? So, wie du aussiehst, wenn du das Ding in der Hand hast …« Er zeigt auf meine Kamera. »Du wirkst glücklich. Zufrieden.«

Mir fällt wieder ein, was Oma Lenore auf meiner Abschlussparty erzählt hat. Dass ich mit dem Fotografieren aufgehört habe, weil ich es einmal nicht richtig hinbekommen habe. Das scheint ja mein Muster zu sein. Aus lauter Angst, vielleicht nicht die Beste zu sein, lasse ich mich auf die Sachen gar nicht erst richtig ein. Ich riskiere es nicht, mich offen zu zeigen, mich verletzlich zu machen, denn dann wäre ich nicht mehr die coole Lenore, die alles im Griff hat. Aber das kann ich Alex nicht sagen.

»Es macht mir Spaß«, sage ich schließlich achselzuckend. »Aber ich bin nicht die Beste darin. Und bei den Programmen für den Bachelor of Fine Arts gibt es eine harte Konkurrenz.«

Alex runzelt die Stirn. »Aber darum geht es doch am College, oder? Dass man etwas lernt. Du brauchst nicht die Beste zu sein.« Er hält inne, lächelt und muss dann über sich selbst lachen. »Ich meine, ich bin selber gern der Beste, aber das ist mein Problem. Es ist keine Voraussetzung. Du musst nur Interesse haben und ein bisschen Talent, und an der Kunstschule hast du ja bestimmt reichlich Erfahrung gesammelt.«

»Hm, ich weiß nicht.« Ich zeige mit dem Daumen hinter mich zu den Stufen. »Wollen wir mal weiter?«

Er nickt, und wir machen uns wieder auf den Weg, doch das Spielerische von vorhin ist verflogen. Wahrscheinlich sieht er mich jetzt so, wie ich wirklich bin, nicht die Fassade, die ich sonst immer zeige, und vielleicht ist das eine Enttäuschung.

Nach einer Weile klatscht er in die Hände, ein strahlendes Lächeln im Gesicht. »Okay, legen wir mal einen anderen Gang ein. Vielleicht kommen wir mit einem anderen Ansatz zu besseren Resultaten.«

»Da spricht ein wahrer Nerd.«

»Wo du recht hast, hast du recht.« Er lacht. »Also, wie bist du auf die NYU gekommen? Oder ganz allgemein auf New York? Vielleicht kommen wir der Sache so näher.«

Wir, als säßen wir in einem Boot. Aber so fühlt es sich vielleicht allmählich auch an. Und das ist gar kein so schlechtes Gefühl.

Ich strenge mich wahnsinnig an, nicht so ein Gesicht zu machen wie sonst, wenn jemand New York erwähnt, aber ich spüre den Anflug des Stinkeblicks. Und wenn ich tiefer grabe und ganz ehrlich zu mir selbst bin, weiß ich auch, warum das so ist. Kann ich zu Alex auch so ehrlich sein? Wahrscheinlich kann ich es ihm leichter gestehen als meiner Familie oder meinen Freunden zu Hause.

Ich hole tief Luft, dann spreche ich es einfach aus. »Ich mag New York eigentlich gar nicht. Also, ich verstehe schon, wieso viele Leute New York toll finden. Die Stadt ist divers, sie ist spannend. Es ist immer was los. Aber wir waren letztes Jahr im August da, und da sind einfach zu viele Menschen, in den Straßen stinkt es nach Müll, und niemand lächelt. Und nachdem ich einen Tag durch die Stadt gelaufen bin, wäre ich am liebsten Rip-Van-Winkle-mäßig in einen hundertjährigen Zauberschlaf gefallen. Na ja … also, nicht nur, dass es mir nicht besonders gefallen hat, ich fand es sogar richtig ätzend.«

Ich fühle mich befreit, als hätte ich eine schwere kratzige Decke abgeworfen.

»Das versteh ich nicht. Wenn du New York so ätzend findest, wieso hast du dich dann nicht an anderen Unis beworben?«

Ich presse die Lippen zusammen. Dasselbe habe ich mich auch schon gefragt. »Ich weiß nicht. Ich dachte mir, ich muss entweder nach New York oder nach L. A., und L. A. hasse ich.«

»Du hasst L. A.? Du wohnst doch da.«

Ich schaue ihn mit gespieltem Ernst an. »Ähem. Ich wohne in Long Beach. Das ist was ganz anderes, das weißt du selber.«

»Okay, da hast du recht.« Er guckt konzentriert, als müsste er ein schwieriges mathematisches Problem lösen oder eine geschliffene These für eine Abschlussarbeit formulieren. Ich sehe ihn schon vor mir, wie er in ein paar Monaten über seinen Fachbüchern hockt und ein nerdiger Star an seiner Uni ist. »Wie wär's mit einem Gap Year?«, fragt er. »Du könntest dir einfach noch etwas Zeit nehmen, um herauszufinden, was du wirklich studieren möchtest und wo du leben willst. Aufs große Ganze gesehen macht ein Jahr nicht so viel aus.«

Ich lache einmal laut auf. »Das ist doch nur was für Weiße. Meine Eltern würden ausrasten!«

»Malia Obama hat auch ein Gap Year genommen.«

»Mann, ich bin nicht Malia Obama!«

»Offensichtlich nicht.« Er lacht. Ich will ihm auf die Schulter hauen, doch er weicht mir aus. »Aber für dich sollte es auch eine Option sein. Glaubst du echt nicht, dass deine Eltern dafür Verständnis hätten?«

»Auf keinen Fall.« Ich stelle mir ihre Gesichter vor, wenn ich damit ankäme, und beim bloßen Gedanken an ihre Enttäuschung schnürt sich mir die Kehle zusammen. »Da ist immer dieser Druck, dass wir die kühnsten Träume unserer Vorfahren verwirklichen müssen oder so. Ich mag den Spruch, er inspiriert mich einerseits, aber er schüchtert mich andererseits auch ein. Und meine Geschwister erfüllen diese Erwartungen, sie sind die kühnsten aller kühnsten Träume, totale Überflieger. Ich dagegen: das schwarze Schaf. Das ist ein blöder Ausdruck, denn schwarz ist ja was Gutes. Vielleicht eher das dunkelbraune Schaf.«

Alex nickt. »Meine Mutter hat den Spruch eingerahmt in ihrem Büro hängen, und ich hab ihn wohl immer als, keine Ahnung … eine Art Herausforderung gesehen. Aber ich verstehe auch die andere Seite.« Er schüttelt den Kopf. »Aber du bist wohl kaum das … dunkelbraune Schaf, Lenore. Du bist an einer guten Uni angenommen worden, du …«

Ich hebe die Hand und schneide ihm das Wort ab. »Das zählt nicht!« Es kommt lauter heraus als beabsichtigt. Ich versuche meinen Ärger herunterzuschlucken und versuche es noch mal. »Das reicht nicht. Meine Eltern erwarten mehr von mir. Und ich kann es ihnen nicht mal verübeln, denn sie wollen ja nur, dass die nächste Generation besser ist als sie, aber das ist verdammt schwer, weil sie so erfolgreich sind. Sie verkörpern die Schwarze Exzellenz, und sie erwarten von ihren Kindern das Gleiche – völlig zu Recht.«

Ich merke, dass meine Augen feucht geworden sind. Wie

konnte ich mich so hinreißen lassen? So kennt er mich noch nicht – Scheiße, im Grunde kennt mich niemand so. Ich hoffe, meine Sonnenbrille verbirgt meine Tränen, sonst ergreift er noch die Flucht.

Ich will weitergehen und ein bisschen Abstand zwischen uns bringen, damit er nicht sieht, wie peinlich ich bin, aber da sind keine Stufen mehr. Wir sind oben angelangt. Das Schicksal ist vielleicht doch auf meiner Seite.

»Ah, guck mal, wir sind da. Wo sind die anderen wohl?«

»Lenore, wir können auch weiter …«

»Schon gut. Schon gut«, winke ich ab. »Hoffentlich haben sie Gyros für uns bestellt, ich hab echt Hunger.«

Nach einer Tour durch Fira fährt Adonis uns in einem großen schwarzen Van nach Oia, in dieses wunderschöne Dorf, das man in allen Reiseführern und Broschüren und auf den Instagram-Seiten weißer Mädchen sieht. Wir essen auf der grauen Steinterrasse einer Taverne unter einem Dach aus fuchsienfarbiger Bougainvillea, geschützt vor der Mittagssonne. Es fließt mal wieder reichlich Wein.

Ich bin still, nippe an meiner Cola und achte kaum auf das Gespräch, bis ich meinen Namen höre.

»… wirklich überrascht«, sagt meine Mutter. »Guckt mal, wie unser Mädchen durchgehalten hat!«

Mein Vater lacht und haut auf den Tisch. »Ich dachte schon, sie überlegt es sich anders und kapert sich auf halber Strecke einen Esel!«

Alle lachen los, und ich stimme ein, aber es kommt nicht von Herzen. Es fühlt sich jetzt gerade nicht gut an, eine Lachnummer für sie zu sein. Eigentlich nie.

Alex sitzt neben mir, und ich spüre seinen Blick. Wahrscheinlich denkt er an meine Antworten in dem blöden Fragebogen und daran, was für eine Katastrophe ich bin. Wahrscheinlich schämt er sich insgeheim für mich, weil ich geweint und versucht habe, es zu verbergen.

Als er mir auf den Arm tippt, bin ich schon darauf gefasst, in die Luft zu gehen, doch er lächelt mich an. Und es ist kein unangenehmes, beschwichtigendes Lächeln, sondern eins, von dem mir warm wird.

»Hast du Lust auf einen Spaziergang?« Er flüstert, sodass ich mich näher zu ihm beugen muss. »Wir können zu der Kirche mit der blauen Kuppel laufen und dich in deinem Outfit fotografieren. Ich mache auch so viele Aufnahmen, wie du willst, und werde mich nicht beklagen.«

Ein Friedensangebot.

Ich grinse ihn an. »Du willst ja nur irgendwelche abwegigen Chips für deine Sammlung auftreiben.«

Er hebt die Hände. »Ja, das auch. Du hast mich erwischt.«

Wir gehen zusammen in den strahlenden Sonnenschein.

Elftes Kapitel

Der nächste Tag ist mein Geburtstag, und das Schiff hat in Athen angelegt. Aus irgendeinem Grund will Alex – obwohl wir uns erst so kurz kennen – unbedingt, dass wir Pläne für den Abend schmieden.

»Was hast du nach dem Abendessen vor?«, fragt er, während wir auf der Akropolis hinter Etta herlaufen. Der Führer hat es aufgegeben, sich als derjenige mit dem meisten Wissen über die Umgebung behaupten zu wollen, und guckt stattdessen auf sein Handy.

»Nicht, dass du das planen musst«, erklärt Alex. »Nur so als Stimmungstest, damit ich ungefähr weiß, was dir vorschwebt.« Wir sitzen bei Crêpes und Kaffee im Little Kook, einem Café wie aus dem Märchenland mit überladener, ständig wechselnder Deko. Jetzt gerade lautet das Motto *Der Zauberer von Oz* mit grünen Glitzerwänden, riesigen Mohnblumen, die aus dem Beton sprießen, und bunten Fähnchen, die die kleine Straße beschatten. Alle dreißig Sekunden tut irgendein weißes Mädchen im langen Kleid so, als würde sie sich hier einfach so umschauen, während ihr Freund sie für Instagram fotografiert.

»Wie findest du Luftballons?«, fragt Alex später beim Tempel des Zeus, wo wir in der glühenden Sonne braten.

»Ich hasse Luftballons.«

»Zur Kenntnis genommen.«

Nicht, dass ich es nicht zu schätzen wüsste, wenn Alex sich Gedanken macht. Das ist schon nett. Aber was meinen Geburtstag angeht, bin ich ein bisschen eigen. Ich will nie zu viel erwarten. Nämlich, dass jemand meine Gedanken liest und sich genau das Richtige überlegt, womit er zeigt, dass er mir ins Herz sehen kann und ich ihm genauso viel bedeute wie er mir. Was natürlich nie im Leben passiert.

Letztes Jahr zum Beispiel haben Tessa und Theodore zur Überraschung für mich ein großes Lagerfeuer am Sunset Beach geplant. Sie haben alle von der Chrysalis eingeladen. Und zwar wirklich alle, auch das Mädchen mit den rosa Haaren aus meinem Töpferkurs, das ich nur ein einziges Mal gegrüßt habe. Aber ich kann Lagerfeuer überhaupt nicht leiden. Es stört mich, dass die Haare hinterher tagelang nach Rauch riechen. Es gibt mir einfach nichts, einen Hotdog zu essen, der über dem Feuer gebrutzelt wurde. Wir sind keine Höhlenmenschen! Außerdem war es megaanstrengend, mit so vielen Menschen reden und stundenlang auf Empfang sein zu müssen. Ich hätte lieber nur mit den beiden abgehangen (Sam und Lavon hätten auch gern kommen können) und Burger gegessen und einen schlechten Film geschaut. Das klingt jetzt undankbar, oder? Ich müsste mich freuen, dass meine Freunde sich Mühe gegeben haben, bla bla bla. Das weiß ich natürlich. Genau deshalb finde ich es besser, nichts zu erwarten, gar keine Feier. Den Tag verstreichen zu lassen wie jeden anderen.

»Ich kann gar nicht glauben, dass unsere Kleine jetzt erwachsen ist!«, sagt meine Mutter beim Abendessen. Sie presst die Lippen zusammen, und als sie mich über den Tisch hinweg anschaut, hat sie feuchte Augen.

»Eigentlich bin ich deine Kleine«, mischt Etta sich ein. »Wenn wir es mit der Sprache genau nehmen.«

»Etta, halt die Klappe«, sage ich. »Und wusstet ihr schon, liebe Eltern, dass man in Griechenland ab achtzehn Alkohol trinken darf? Also, was gibt es, Champagner? Wo ist der Kellner?« Ich hebe den Finger und schaue mich im Saal um.

»Die Hand nimmst du mal schnell wieder runter«, sagt mein Vater und zieht eine Augenbraue hoch. »Bei den Bennetts gibt es Alkohol ab dreiundvierzig, und das zählt mehr als alles, was Griechenland sagt.«

»Dreiundvierzig? Wally hat ein Bier!« Ich hebe die Hände. »Ist das gerecht?«

Wally achtet gar nicht auf uns. Er tippt wild in sein Handy, warum auch immer, denn wir haben hier definitiv kein Internet.

»Ich hab zwar keinen Champagner, aber ich hab mir was Schönes überlegt«, flüstert Alex mir zu, als unsere Eltern sich weiter unterhalten.

Ich mache große Augen und schaue mich im Saal um. »Ich hoffe nicht, dass die Kellner gleich alle *Happy Birthday* singen oder diesen schrägen Serviettentanz aufführen.« Er grinst und wackelt mit den Augenbrauen. »O Mann, Alex, dann sterbe ich. Und anschließend würde mein Geist zurückkommen und dich umbringen. Im Ernst.« Ich packe ihn fest am Arm. »Mission abbrechen. Auf der Stelle! Bevor das hier in einer Tragödie endet.«

Er lacht. »Nein, eine Tragödie ist es definitiv nicht.« Er beugt sich einen halben Zentimeter näher zu mir heran, aber es fühlt sich viel mehr an. »Nach dem Abendessen. Nur für uns beide.«

Mein Magen schlägt Purzelbäume. Ich rücke die Sea-Bands zurecht, aber das nützt nichts.

Wir verabreden uns auf Deck 4, dem Promenadendeck. Ich ziehe das gelbe Spitzenkleid mit den großen Puffärmeln an, aber dann komme ich mir albern vor und ziehe mich wieder um, denn wieso sollte ich mich aufbrezeln, nur um mit Alex abzuhängen, und dann ziehe ich doch wieder das gelbe Kleid an, weil ich darin heiß aussehe und es in Wahrheit albern ist, es wegen Alex nicht anzuziehen. Wir sind hier schließlich auf einer Kreuzfahrt.

Die Sonne geht gerade unter, als ich aufs Promenadendeck hinausgehe, fünf, okay, zehn Minuten zu spät wegen meiner Unschlüssigkeit in Sachen Kleid. Ich blinzele und beschirme meine Augen mit der Hand, als ich nach Alex Ausschau halte. Wir entdecken einander im selben Moment, und er strahlt über das ganze Gesicht. Mein Magen schlägt schon wieder Purzelbäume. Auf diese Sea-Bands ist einfach kein Verlass.

Ich bin erleichtert, als ich sehe, dass er sich auch umgezogen hat. Blütenweißes Hemd, schwarze, unten umgeschlagene Hose, braune Oxford-Schuhe. Das Abendlicht lässt seine Haut in einem warmen Goldton schimmern.

»Hey, Geburtstagskind!« Er breitet die Arme aus, als ich auf ihn zukomme, und es dauert einen Moment, bis ich begreife, dass er mich umarmen will. Okay, dann umarmen wir uns jetzt wohl. Das ging schnell. Ich atme seinen Duft nach sauberer Wäsche ein, bis mir voller Entsetzen bewusst wird, dass er wahrscheinlich hören kann, wie ich an ihm schnuppere, total creepy. Schnell weiche ich zurück und starre fasziniert den Fußboden an.

»Entschuldige die Verspätung«, sage ich. »Du weißt ja, Schwarze und Pünktlichkeit.«

Er starrt mich an und wird rot. »Äh … Darf man das sagen?«

Ich schaue ihn an und suche nach einem Zeichen dafür, dass das ein Witz ist, aber er meint es ernst. »Ja, ich habe die schriftliche

Erlaubnis dafür, unterzeichnet von meinen Vorfahren und von Generation zu Generation weitergegeben. Du nicht?«

Er sieht mich immer noch verwirrt an, und ich lache. »Ich bin Schwarz. Ich darf das sagen«, erkläre ich. »Und hey, du bist auch Schwarz, du darfst es also auch!«

Er beißt sich auf die Lippe, wie immer, wenn er überlegt und nach den richtigen Worten sucht. Er zeigt nach rechts und geht los. Ich laufe hinterher.

»Ja. Ja, klar. Das leuchtet ein. Ich gehe da wohl ein bisschen zu sehr auf Nummer sicher«, sagt er schließlich und reibt sich den Nacken. »Das kommt wahrscheinlich daher, dass ich zur Hälfte koreanisch bin. Denn wenn ich das sage, kommt es mir so … entschuldige, wenn das jetzt komisch ist, aber ich muss mal kurz ein bisschen ausholen, okay?«

Ich lächele. »Nur zu.«

»Mein Freund Michael sagt, dass ich das zu oft mache. Irgendeine Kleinigkeit in meinem Kopf wälze und sie viel weiter spinne, als irgendjemand beabsichtigt hatte. Diese Fragen aus dem Bereich emotionale Intelligenz lagen wahrscheinlich gar nicht so daneben mit …«

»Du lenkst vom Thema ab. Komm mal zum Punkt!«

Er nickt. »Ich hab einfach dieses Hochstaplersyndrom wegen meiner ethnischen Herkunft. Ich weiß nicht so recht, wo ich hingehöre.«

»Oh, jetzt geht's aber richtig zur Sache.«

Er grinst. »Hey, du hast es nicht anders gewollt!«

»Stimmt. Warte, ich helfe dir mal.« Ich bleibe vor ihm stehen und schaue ihn demonstrativ von Kopf bis Fuß an. »Du bist Schwarz.«

Er lacht aus vollem Hals, und mir wird ganz warm dabei. Er geht weiter. »Wie kannst du dir da so sicher sein?«

Ich zucke die Achseln. »So sieht dich alle Welt. Du wirst ja nicht nach einer Bescheinigung oder nach Prozentzahlen gefragt.«

»So läuft das also?«, sagt er. »Ich bin so, wie die anderen mich wahrnehmen? Ich weiß nicht, ob mir das gefällt.«

»Wieso?« Ich sehe ihn schräg an. »Hast du ein Problem damit, Schwarz zu sein?«

»Nein, nein, nicht deswegen.« Er schüttelt den Kopf. »Aber es fühlt sich … komisch an. Meine andere Seite komplett zu leugnen. Zum Beispiel bin ich bis zur Highschool jeden Samstag zum Hagwon gegangen, das ist eine koreanische Schule. Und meine Eltern feiern jedes Jahr mit der ganzen Familie Mond-Neujahr. Ich bin ebenso koreanisch wie Schwarz.«

»Ach so. Ja, das verstehe ich«, sage ich. »Ich hab wahrscheinlich einfach an meine Freundin Tessa gedacht. Ihre Mutter ist weiß und ihr Vater Schwarz, aber sie bezeichnet sich als Schwarz, also ist das wohl …«

Wir gucken uns an und zucken genau gleichzeitig die Schultern, dann lachen wir los.

»Das heißt«, sagt er, »als du mich zum ersten Mal gesehen hast, da … hast du gedacht, ich bin Schwarz?«

Als ich dich zum ersten Mal gesehen habe, dachte ich, du bist ein richtig heißer Typ, der Held der Liebesgeschichte, die Tessa für mich im Sinn hatte. Als ich dich zum ersten Mal gesehen habe, habe ich einfach zwei Euro in den Trevi-Brunnen geschmissen.

Aber das braucht er natürlich nicht zu wissen. Er hat mich ja erst auf der Kennenlernparty gesehen, und da wollte er mit mir nur seine Exfreundin eifersüchtig machen. »Yep, Schwarz, aber so was von.« Ich nicke. »Aber jetzt, wo ich es weiß, sehe ich auch das Koreanische in dir.«

Wieder lacht er aus vollem Hals. Es freut mich, dass ich ihn zum

Lachen gebracht habe, aber ich sollte die verrückten Gefühle im Zaum halten. »Hey, tut mir leid, dass ich gleich mit so ernsten Themen ankomme.«

»Kein Problem, wollen wir noch weiter in der Geschichte zurückgehen? Zur Eintropfen-Regel oder Drei-Fünftel-Klausel? Ich könnte mir an meinem Geburtstag nichts Schöneres vorstellen.« Ich lächele. »Aber es braucht dir nicht leidzutun. Es interessiert mich, was du denkst.«

Er erwidert mein Lächeln mit strahlenden Augen. »Danke.«

»Sag mal, wohin gehen wir eigentlich?« Ich bin ihm einfach blind gefolgt. Das Promenadendeck entlang und wieder ins Schiff. So entspannt bin ich mit ihm.

»Wir sind schon da.«

Er zeigt auf den Eingang zu einer Art Spielhalle. Mir war noch gar nicht aufgefallen, dass das Schiff so etwas hat, aber es wundert mich nicht, denn es ist ja praktisch eine schwimmende Mall of America. An unserem letzten Tag auf See bin ich an einem Kino vorbeigekommen, einem Escape-Room und einer Kartbahn. Die Halle hat schwarze Wände, einen Teppich mit neonfarbenem geometrischen Muster und zahllose blinkende Automaten. Überall schwirren Kinder herum, die längst im Bett liegen sollten, oder wenigstens sollten sie im Kinderbereich sein und nicht hier mit Spielmarken um sich schmeißen.

»Hierein?«, frage ich.

»Hierein!« Sein Gesicht leuchtet auf, doch dann guckt er besorgt. »Oje, hab ich total danebengegriffen? Hast du Stress mit Pac-Man? Eine dunkle Vergangenheit mit Dance Dance Revolution?«

»Nein, nein! Ich hatte nur etwas anderes …« Was hatte ich erwartet? Einen Spaziergang, um den Sonnenuntergang anzuschauen? Ein romantisches Rendezvous in dem schicken Restaurant an Deck? Vergiss den Quatsch, sage ich mir und schüttele den Kopf, als könnte ich die Gedanken damit verscheuchen. Das hier ist was ganz anderes. »Es ist toll! Und mach dich drauf gefasst, dass ich dich bei Dance Dance Revolution abziehe, denn bei dem Spiel hab ich eine sehr ruhmreiche Vergangenheit.«

»Ach ja?«

»Ja, mit den Beinen tanze ich wie ein echter Profi.« Zum Beweis vollführe ich ein paar Beinschwünge und einen Sprung, und er lacht.

»Ich bin mir ziiiiemlich sicher, dass man bei dem Spiel auch die Arme bewegen muss.«

»Ha! Anfängerfehler.« Ich stoße ihn mit der Schulter an und laufe an ihm vorbei hinein. Er folgt mir und ruft: »Dance-Dance-Revolution-Diva im Anmarsch!«

Zwei Stunden später taumeln wir verschwitzt und albern und ohne eine einzige Spielmarke wieder hinaus ins helle Licht. Mir klingeln noch die Ohren von dem Piepsen und Summen der Automaten, und meine Wangen tun weh vom Grinsen. Die Lüge über meine Dance-Dance-Revolution-Skills ist natürlich sofort aufgeflogen, als ein kleiner Junge, der so aussah, als wäre er gerade erst aus den Windeln raus, mich zu einem Duell herausforderte und mich um peinliche Längen schlug. Danach schlichen wir um ein Motorrad-Spiel herum, wo ich mein Ego wieder aufbauen konnte, indem ich Alex zehnmal hintereinander schlug. Aber nur, weil er sich weigerte, die Omis und die Häschen mit den großen Augen am Straßenrand zu überfahren. Aber trotzdem. Die sind ja nicht echt! Und dann haben wir ein paar Runden Airhockey gespielt, wo wir mit unserem lauten Kreischen einige Zuschauer um uns geschart haben.

»Das hat echt Spaß gemacht, Alex. Danke!« Ich drücke das

orange- und pinkfarbene No-name-Pikachu, das er nach gut zwanzig Runden Claw für mich gewonnen hat. »Normalerweise mag ich meinen Geburtstag nicht so besonders, aber das hier ... das war genau das Richtige.«

»Denkst du etwa, das war schon alles?«, fragt er und sieht mich mit seinen braunen Augen an.

»Ich meine, ich dachte ...«, stammele ich. »Du hast heute Abend bestimmt noch was anderes vor ...«

»Ja, klar, ich will unbedingt noch mal die beiden englischen Filme sehen, die nonstop im Fernsehen laufen, und dann allein auf meinem Balkon sitzen, aufs Meer starren und über mein Leben sinnieren.«

»Hey, das klingt nach einer aufregenden Nacht. Davon will ich dich auf keinen Fall abhalten ...«

»Na komm«, sagt er und nimmt meine Hand. Ein elektrisches Kribbeln fährt mir den Arm hoch, und ich hoffe, er merkt nicht, wie ich erschauere. »Los geht's.«

Wir fahren mit dem Aufzug runter auf das zweite Deck, wo ich bisher noch nicht war. Alex hält immer noch meine Hand, als wäre das unter Freunden völlig normal, und führt mich zu einem kleinen Diner im Fünfzigerjahre-Stil, das wirkt, als wäre es von einer Zeitmaschine hierher versetzt worden. Sogar auf dem Mittelmeer brauchen die Amerikaner ihre Burger und Pommes mit rosaroter Nostalgiebeilage.

»Ta-da!« Er streckt die Arme aus und lässt dabei meine Hand los. Ich bezwinge den Drang, wieder nach seiner Hand zu greifen. Offenbar spielt mein Gehirn verrückt und sendet meinem Körper total schräge Signale. »Ich hab das Gefühl, nach der profimäßigen Dance-Dance-Revolution-Partie brauchen wir eine Stärkung.«

»Den Kleinen haben sie auf mich angesetzt. Es hatte sich rumgesprochen, wie gut ich bin, deshalb mussten sie mich zu Fall bringen.«

»Sie?«

»Na, die Bosse von Dance Dance Revolution natürlich.«

»Ach so, natürlich.«

Wir setzen uns einander gegenüber auf die mintgrünen Kunstlederbänke und bestellen Pommes und Milchshakes mit hoch aufgetürmter Schlagsahne – Cookies and Cream für mich, Salzkaramell für ihn.

Während wir lachen und einander probieren lassen, schaue ich ihn an. Wie seine vollen Lippen sich langsam zu einem Lächeln verziehen. Das Flattern seiner langen, dunklen Wimpern. Wie seine Locken wippen, wenn er den Kopf in den Nacken legt und einmal kurz auflacht. Und wie mein Magen Purzelbaum schlägt und mein Gehirn mir befiehlt, ihn noch mal zum Lachen zu bringen, weil es sich jedes Mal anfühlt wie ein kleiner Triumph.

Ich bin nicht blöd. Ich weiß, wo das hinführt. Bei Jay und Marcus und all den anderen unwürdigen Typen habe ich anfangs auch so empfunden. Aber Alex ist nicht wie sie. Jedenfalls glaube ich das nicht, obwohl meine Menschenkenntnis ja wirklich nicht die beste ist. Er scheint anders zu sein. Respektvoll und nett. Und er interessiert sich wirklich für mich – für das, was ich zu sagen habe, für meine Gedanken. Ich weiß nicht, vielleicht ja auch … für den Rest von mir.

Aber. ABER. Uns bleibt nur eine Woche auf diesem Schiff. Und dann geht er an die UCLA und ich an die NYU. Er fährt wieder nach Hause, wo er bestimmt vielen gefallen wird, vielleicht auch wieder der schönen Natalia. Das ist mal wieder typisch für mich, dass ich Gefühle für jemanden entwickele, mit dem es keine

Zukunft geben kann. Das passt zu meinem destruktiven, verkorksten Muster.

»Du hast gesagt, du magst deinen Geburtstag nicht«, sagt Alex und tunkt eine Pommes in Ketchup. »Wieso das?«

Ich schüttele den Kopf. »Ich möchte nicht darüber reden.«

Egal, was ich sage, es würde bestimmt verkehrt herauskommen. Es würde undankbar und unbescheiden klingen.

»Ach so?«

»Genau, und es ist mein Geburtstag, also darf ich das entscheiden!«

Er lächelt ein wenig, dann nickt er kurz. »Okay, na gut.«

»Und überhaupt, ich hab dir erst gestern mein Herz ausgeschüttet, also finde ich, jetzt bist du mal dran. Und pass auf, Bro, ich hab ein paar ernsthafte Fragen für dich!« Ich beuge mich vor und sehe ihn mit großen Augen an, und er wirkt ein bisschen nervös. »Wir sind ja jetzt Freunde oder so, also muss ich dich das fragen.« Ich lege eine effektvolle Pause ein und sehe, wie sein Adamsapfel rauf und runter geht. »Hast du wirklich geglaubt, das Ding mit dem vorgetäuschten Date würde funktionieren? Ich meine, wirklich?«

»Ha!« Er legt den Kopf in den Nacken. Noch ein kurzes Lachen für mich. »Ich meine … vielleicht? Ich weiß nicht. Ich konnte nicht so richtig klar denken.«

»Ja, das hat man gemerkt.« Ein hitziger Ausdruck huscht wie ein Unwetter über sein Gesicht. Genauso hat er geguckt, als das Schiff im Hafen von Palermo lag und er Natalia begegnet ist. Und gestern Abend, als sie im Speisesaal auf dem Weg zur Toilette an unserem Tisch vorbeikam und verlegen gewinkt hat. Da sind noch Gefühle im Spiel … aber was für welche? Ist er immer noch in sie verliebt? Ich entscheide, noch ein bisschen in der Wunde herumzustochern. Aus reiner Neugier.

»Was ist denn zwischen euch vorgefallen?«

»Ahhhh.« Er legt die Hände vors Gesicht, und als er mich wieder ansieht, ist das Unwetter einem sonnigen Lächeln gewichen – zaghaft, mit roten Wangen. »Ich erzähle es dir, aber du musst versprechen, nicht zu lachen.«

»Ich verspreche nichts dergleichen.«

Er verdreht die Augen, dann holt er tief Luft. »Sie … sie hat gesagt, ich sei nicht authentisch, und es sei so, als würde ich eine Rolle in einem Film spielen, anstatt ich selbst zu sein.«

Ich presse die Lippen zusammen und unterdrücke ein Kichern. »Dann passte die Idee mit dem vorgetäuschten Date … ja wie die Faust aufs Auge, oder?«

»Nein!« Jetzt wird er noch röter. »Oder na ja … vielleicht schon.«

Jetzt lache ich wirklich, und er stimmt ein und schüttelt über sich selber den Kopf.

»Aber was heißt das konkret?«, frage ich. »Was hast du gemacht?«

»Ich weiß nicht, was man eben so macht.« Er zuckt die Achseln und trinkt einen großen Schluck von seinem Milchshake. »Ich habe ihr Zettel in ihren Spind gelegt und ihr geschrieben, was ich an ihr mag. Ich hab sie zu ihren Kursen begleitet, mich in der Mittagspause zu ihr und ihren Freundinnen an den Tisch gesetzt, auch wenn ich dafür manchmal Michael versetzen musste. Ich hab an jedem Woman Crush Wednesday etwas über sie gepostet …«

Es versetzt mir einen Stich der Eifersucht, aber ich unterdrücke das Gefühl. Bescheuert.

»Ich hab, na ja, ich hab gemacht, was eben so erwartet wird.« Er nickt mit zusammengebissenen Zähnen.

»Hm, das klingt aber nicht sehr romantisch«, sage ich.

»Wie meinst du das?« Er hebt die Hände.

»Ich hab getan, was ich tun musste.« Ich stemme die Fäuste in die Seiten und imitiere seinen ernsten Ton. »Das klingt so, als würdest du Punkte auf einer To-do-Liste abhaken, nicht so, als würdest du wirklich etwas für sie empfinden. Wenn du einfach nur das machst, was von dir erwartet wird … ich glaube nicht, dass eine Beziehung so funktioniert.«

Sagt die, die Münzen in den Trevi-Brunnen geworfen hat.

Er schüttelt den Kopf und sieht mich fassungslos an. »Dann bist du auf ihrer Seite?«

»Hm, ich bin auf jeden Fall auf der richtigen Seite.« Er schneidet eine Grimasse, aber dann grinst er.

»Und was war der Tropfen, der das Fass zum Überlaufen brachte?«, frage ich.

»Es war im Frühling …«

»O nein«, falle ich ihm ins Wort. »Sag jetzt nicht, du hast sie mit einem pompösen Auftritt zum Abschlussball eingeladen!«

»Was ist so verkehrt daran?«, murmelt er und schaut auf den Tisch. »Nicht, dass ich das gemacht hätte. Ich frage nur so, aus Interesse.«

»Dann hat sie dich also wegen des pompösen Auftritts verlassen.«

Er sieht mich an, atmet hörbar aus und nickt. »Sie hat mich wegen des pompösen Auftritts verlassen.«

»Was hast du gemacht?!«

»Kennst du diesen uralten Film, *10 Dinge, die ich an dir hasse*?«

»Lass uns auf Heath Ledger trinken«, sage ich und nehme einen Schluck von meinem Milchshake.

»Na ja, der hat mich auf die Idee gebracht. Die Szene auf der Tribüne, wo er für sie *Can't take my eyes off you* singt. Sie hatte Fußballtraining, und ich hab meinen Freund, der in einer Jazz-Band ist, gebeten, mit der Band den Song zu spielen. Ich hab nicht gesungen, so wie Heath Ledger in dem Film, das wäre für alle Beteiligten zu qualvoll gewesen, aber ich hab ein großes Schild hochgehalten …« Er verstummt, als er meinen Seitenblick bemerkt. »Ja, es war vielleicht ein bisschen albern, aber ich dachte … Mädchen stehen auf so was. Aber Natalia meinte, ich war nicht authentisch.«

»Eilmeldung«, sage ich und wackele mit den Fingern. »Nicht alle Mädchen sind gleich. Also, ich zum Beispiel hätte dich super gern in deiner Rolle als Heath Ledger gesehen. Kann ich vielleicht jetzt gleich eine Vorstellung kriegen? Ich begleite dich auch beim Gesang.« Er guckt mich fassungslos an. »Hey, das war Spaß! Ich kann mir schon vorstellen, dass jemand vielleicht nicht so viel Aufmerksamkeit haben will … vielleicht kanntest du sie nicht gut genug und hast nicht verstanden, was sie sich gewünscht hat.«

Ich habe Angst, dass ich zu weit gegangen bin, dass er verletzt ist und den Abend beendet, vielleicht sogar unsere ganze Freundschaft. Doch er nickt.

»Ja, du hast recht, ich weiß. Und deshalb bin ich Single.« Er lehnt sich auf der weichen Bank zurück. »Und jetzt wage ich mich mal ganz weit vor und gestehe dir, dass Natalia meine erste Freundin war. Ich bin da wohl ein bisschen spät dran. Wenn ich nicht gerade Hausaufgaben gemacht oder gejobbt habe, beschränkte sich mein Sozialleben weitgehend darauf, mit Michael Xbox zu spielen und Wiederholungen von *Law & Order* zu schauen. Als es dann mit Natalia endlich geklappt hat … da wollte ich sie nicht verlieren.«

»Und dann hast du sie doch verloren. Du Armer.« Ich verziehe das Gesicht. »Und bist du in diese Obama-Ohren inzwischen wirklich reingewachsen?«

Er prustet los und schüttelt den Kopf. »Okay, nachdem ich mich jetzt zum Affen gemacht habe, bist du dran, oder? Ich hab das Gefühl, dein Liebesleben hält auch ein paar gute Geschichten bereit.«

Ich zucke die Schultern. »Nee, lass man.«

»Du kannst dir nicht meine peinliche Geschichte anhören und dann nichts von dir preisgeben.«

»Kann ich nicht?«

Er schaut mir direkt in die Augen, herausfordernd. Ich schaue zurück, und so verharren wir eine Ewigkeit, ohne zu blinzeln. Bis er anfängt zu schielen und die Zunge rausstreckt und das albernste Gesicht der Welt macht. Da muss ich lachen und habe den Wettkampf verloren. Ich gebe mich geschlagen.

»Na gut. Na gut! Aber ich überspringe meine lange, unangenehme Geschichte mit kompletten Mistkerlen und ihren Erklärungen à la ›Ich hab nichts mit Schwarzen Mädchen‹. Oder, noch schlimmer ›Ich steh nur auf Schwarze Mädchen‹.«

Er zieht die Augenbrauen hoch. »Igitt.«

»Genau. Beginnen wir also einfach ganz am Ende mit dem aktuellen Arschloch, Jay. Er steht sinnbildlich für mein phänomenales Pech mit Jungs.«

Ich erzähle ihm von den Monaten, die ich mit Jay vergeudet habe, wie ich mich heimlich mit ihm getroffen habe, damit er keinen Ärger mit seinen Eltern bekam. Und dann erzähle ich von dem traumatischen Abschlussball, als ich dachte, wir wären verabredet, und ihn dann mit dem Mädchen sah, mit dem seine Eltern offensichtlich kein Problem hatten.

»Wow, was für ein mieser Typ«, sagt Alex.

»Ja, und das ist noch stark untertrieben.«

»Das hast du nicht verdient, Lenore.« Er schüttelt den Kopf. »So eine Scheiße.« Er verschränkt die Arme und sieht richtig sauer aus. Und ich bin … gerührt? Wir kennen uns erst ein paar Tage, aber ich spüre, dass ich ihm schon jetzt etwas bedeute. Das ist nicht geheuchelt.

»Hat er sich noch mal bei dir gemeldet?«

»Hm, keine Ahnung.« Ich versuche es beiläufig zu sagen, als hätte ich daran noch gar nicht gedacht, was ich aber natürlich habe. »Mein Handy funktioniert nicht, und ich hab meine Mails noch nicht gecheckt. Aber wie auch immer. Er interessiert mich nicht mehr.«

Er sieht mich mit seinen warmen braunen Augen an, und das ist etwas anderes als unser Wettkampf, wer als Erster lacht. Es ist ein Gefühl, als wäre ich auf einmal durchsichtig und er könnte mein Innerstes sehen. All die Peinlichkeiten, die ich vor allen verborgen halte.

»Es ist in Ordnung, noch daran zu denken«, sagt er schließlich. »Es ist okay, verletzt zu sein.«

Ich beiße mir auf die Lippe und senke den Blick. Warum klingt das aus seinem Mund gar nicht so schwer? Ich strenge mich immer an, so zu sein, wie es von mir erwartet wird. Lasse alles an mir abperlen, selbstsicher und unerschütterlich. Aber ich bin nicht nur so. Das ist nur die Seite von mir, mit der man leicht klarkommt. Was würde passieren, wenn ich die andere Seite zeigen würde, die Lenore, die manchmal wütend und verletzt und nicht so einfach ist? Was würde passieren, wenn ich mich Alex so zeigen würde?

Als ich den Mut aufbringe, ihn wieder anzusehen, steckt er gerade eine kleine Kerze in das Sahnehäubchen meines Milchshakes und zündet sie mit einem Feuerzeug an, das er urplötzlich in der Hand hält. Die Kerze ist wacklig, na ja, sie steht in einem Milchshake, und er muss das Feuerzeug immer wieder neu anzünden, bevor der Docht endlich brennt.

»Hey, was machst du da? Du fackelst noch den Laden ab!«

Er nickt. »Du hast recht. Ich sage lieber der Kellnerin Bescheid, dass sie eine Torte bringen soll. Meinst du, sie kennen *Happy Birthday* von Stevie Wonder?« Er hebt die Hand. »Hallo?«

»Nein. Nein! Wehe!« Ich fasse seine Hand und ziehe sie herunter, und er verschränkt seine Finger mit meinen und drückt meine Hand einmal kurz, bevor er sie loslässt.

Meine Wangen, mein Hals und mein ganzer Körper brennen, und ich puste die Kerze aus in der Hoffnung, damit auslöschen zu können, was in meinem Innern los ist.

Als wir zurück aufs Oberdeck gehen, sind meine Lider schwer, und draußen merke ich, dass es viel später ist, als ich dachte. Wie viele Stunden haben wir heute Abend zusammen verbracht? Sie sind wie im Flug vergangen. Die Luft ist warm, und es ist, als würden der Sternenhimmel und das dunkle Meer uns in eine Decke einhüllen. Es ist schwer zu erkennen, wo das eine aufhört und das andere anfängt.

Alex sitzt in einem Liegestuhl und klopft auf den Platz neben sich. Also setze ich mich auch und lege mir den schrillen Pikachu wie ein Kopfkissen unter den Kopf. Ich sehe Alex an, dass er genauso müde ist wie ich, ihm fallen fast die Augen zu. Was kein Wunder ist nach dem vollen Tag in Athen und dem Abend mit Spielen und Essen und den seltsamen Gefühlen, die sich zwischen uns anbahnen.

»Magst du deinen Geburtstag immer noch nicht?«, fragt er und klappt die Lehne seines Stuhls nach hinten. Er verschränkt die Finger auf dem Bauch und dreht sich zu mir.

»Vielleicht schon ein bisschen lieber.«

»Nur ein bisschen? Mist. Wusste ich doch, dass ich noch Bingo am Pool hätte organisieren sollen.«

Ich schüttele den Kopf. »Du kannst nicht immer vollkommen sein.«

Er lacht und schließt die Augen, und ich mache es ihm nach.

Ich weiß, dass wir jetzt eigentlich aufstehen und in unsere Kabinen gehen müssten. Es ist nach Mitternacht, und mein Vater würde ausflippen, wenn er wüsste, dass ich so spät noch mit einem Jungen unterwegs bin. Aber ich will noch nicht weg. Der Abend soll noch nicht zu Ende sein.

»Dann bist du also Krebs. Mmmm.«

Ich schüttle den Kopf. »Fang bloß nicht damit an. Ich hasse es, wenn jemand dein Sternzeichen rauskriegt und dann so oberschlau tut, als wüsste er alles über dich oder so.«

Er guckt mich betroffen an, deshalb füge ich schnell hinzu: »Außerdem bist du doch ein Mann der Wissenschaft. Wie kannst du an so einen Quatsch glauben?«

»Wie kannst du nicht daran glauben, wenn es doch stimmt?« Er lächelt. »Ich bin Jungfrau, was bedeutet, dass ich unglaublich intelligent und gut organisiert bin. Ich habe gern einen Plan. Ich bin ein Problemlöser. Jetzt sag mir, dass das nicht stimmt!«

Ich verdrehe die Augen. »Ja, okay, ich bin also Krebs. Was verrät dir das über mich?«

»Du bist kreativ und leidenschaftlich.« Er schließt wieder die Augen. »Anfangs bist du vielleicht auf der Hut, sehr sogar in diesem Fall.« Ein Lächeln breitet sich auf seinem Gesicht aus, und ich mache die Augen zu, damit ich es nicht sehe. Sein dummes, wunderschönes Lächeln berührt mich zu sehr. »Aber im Innern«, fährt er fort, »empfindest du alles ganz intensiv. Du bist sensibel und weich. Aber das zeigst du nicht vielen Menschen.«

Er spricht nur von Astrologie, warum fühle ich mich trotzdem so durchschaut? Warum habe ich schon wieder das Gefühl, als würde er mich wirklich kennen? Irgendwo muss da doch ein Haken sein. Ich übersehe irgendwas, das nicht mit ihm stimmt. Denn das hier … das wäre zu schön, um wahr zu sein.

Ich sage nichts. Ich habe Angst, dass ich, wenn wir jetzt weiterreden, recht behalte. Dass dann irgendwas diesen Abend verdirbt, der so ganz anders ist als erwartet und mehr, als ich mir je erträumt hätte.

Also liegen wir schweigend da, und ich höre, wie sein Atem tief und gleichmäßig wird. Ich werde ganz ruhig, als der Schlaf mich zu sich heranzieht. Und während meine Gedanken sich vernebeln, frage ich unwillkürlich: »Und was sagen die Sterne über uns? Verstehen Jungfrau und Krebs sich gut miteinander?«

Er antwortet nicht gleich, und ich denke schon, er ist eingeschlafen. Soll ich ihn wach rütteln? Wir dürfen nicht so spät noch hier draußen sein. Doch nach einer Weile flüstert er: »O ja … aus ihnen kann etwas richtig Großes werden … etwas ganz Besonderes.«

»Siehst du? Das ist alles Quatsch.«

Sein leises Lachen vermischt sich mit den Wellen, die gegen das Schiff schlagen, und das Geräusch wiegt mich in den Schlaf.

Zwölftes Kapitel

Ich träume, dass ich auf etwas warte. Nein, auf jemanden. Eindeutig auf jemanden. Meine Hände sind verschwitzt und im Bauch habe ich dieses altbekannte Flattern. Und als er endlich kommt und ich sein warmes Lachen höre, schlage ich die Augen auf und sehe … Wally.

»Good morning sunshine.«

Ich springe von dem Plastikliegestuhl auf und werfe dabei mein Pikachu-Kissen zu Boden.

»Nein. Es ist noch nicht Morgen.«

»O doch, Schwesterherz.«

Panisch blinzele ich, langsam gewöhnen meine Augen sich an die Dämmerung. Die Sonne ist noch nicht aufgegangen, aber es ist definitiv Morgen. Mist.

»Wie spät haben wir?«

Etwas huscht über Wallys Gesicht, so schnell, dass ich es kaum bemerke, und er zuckt die Schultern. »Keine Ahnung.«

Ich schaue ihn an, er trägt dieselben Klamotten wie gestern beim Abendessen. Was macht er so früh hier draußen? Oder hat er gar nicht geschlafen? Das würde die tiefen Augenringe erklären, die irgendwie noch dunkler geworden sind. Sie stehen im scharfen

Kontrast zu dem Grinsen, das sich jetzt auf seinem Gesicht ausbreitet.

»Hattest du eine wilde Nacht mit Alex?« Er zeigt auf den Liegestuhl neben meinem, wo Alex mit einem Lächeln um die Lippen schläft. Sein Hemd ist hochgerutscht, und seine Hand liegt auf dem erstaunlich straffen Bauch. All die verwirrenden Gefühle von gestern Abend wirbeln in meiner Brust.

»So ist das nicht, Wally«, sage ich und klopfe Alex aufs Bein, damit er aufwacht und nicht mehr so furchtbar verlockend aussieht.

»Ja, klar.«

Alex gähnt und reckt langsam und süß die Arme, wie eine Märchenfigur, die aus einem Zauberschlaf erwacht, doch dann schlägt er die Augen auf, sieht meinen Bruder und fährt hoch.

»Ähm, hi, Wally.« Er geht in Habachtstellung, als rechnete er damit, dass Wally ihm eine reinhaut. Aber so eng sieht Wally das nicht, nicht mehr.

»Egal. Ich sag Mom und Dad nichts«, sagt Wally und sieht mich durchdringend an. »Aber macht euch jetzt mal lieber fertig. Ich decke euch nicht.«

Damit wendet er sich um und geht durch die Schiebetür ins Schiff, und ich bekomme keine Antwort auf meine Fragen zu seinem nächtlichen Umherstreifen.

»Puh, das ist ja glimpflich abgelaufen«, sagt Alex.

Ich seufze und schüttele den Kopf. »Kann man wohl sagen.«

»Hey, du schläfst mit überkreuzten Armen, wie ein Vampir«, fährt Alex fort. »Guck, so …« Er kreuzt die Arme über der Brust, macht die Augen zu und streckt die Zunge raus.

»Gar nicht wahr!« Ich haue ihm auf die Arme.

»Doch, echt.« Er schiebt die Lippen vor und nickt.

»Wieso hast du mich gesehen, wie ich schlafe? Wally hat uns doch geweckt!«

»Ich bin zwischendurch aufgewacht, als es noch dunkel war. Ein paar beschwipste Mütter haben so laut gejuchzt und getanzt. Ich hätte ein Video machen sollen. Es war echt sehenswert.«

»Und du hast mich nicht geweckt?«, sage ich empört. »Wir hätten in unsere Kabinen gehen sollen! Willst du, dass mein Vater mich umbringt? Oder nein, wahrscheinlich würde er nicht mich umbringen, sondern dich.«

»Ich weiß nicht.« Jetzt wirkt er etwas ernüchtert. »Du sahst so … friedlich aus. Das war schön.«

Mein Herz klopft schneller, und auf einmal denke ich daran, wie ich jetzt wohl aussehe. Meine Augen brennen, bestimmt sind meine Wimperntusche und der Eyeliner total verschmiert. Ich rieche meinen eigenen stinkenden Drachenatem, und wahrscheinlich ist meine Tönungscreme abgeblättert und ich sehe aus, als hätte ich eine seltsame ansteckende Hautkrankheit.

»Tja, jetzt sehe ich nicht mehr so friedlich aus.« Ich zeige auf mein Gesicht. »Wenn die Frauen im Film aufwachen, sehen sie immer aus wie aus dem Ei gepellt, das ist so ein Fake … nicht, dass wir zusammen aufwachen oder so, aber …«

Er fällt mir ins Wort. »Lenore, du siehst toll aus.«

Mein Herz klopft noch schneller, bis in den Hals. Ich schaue zu Boden.

»Na ja, wir machen uns jetzt besser mal fertig.« Ich zeige über die Reling, wo der Hafen von Mykonos mit den weißen Häusern auf dem Hügel näher kommt. »Ich weiß nicht, wie spät es ist, aber es sieht so aus, als wären wir bald da.«

»Ja, stimmt.«

»Danke«, sage ich und schaue ganz kurz zu ihm hin, bevor ich den Blick wieder aufs Wasser richte. Beim Anblick seiner Morgenlocken spielt mein Magen verrückt. »Für gestern Abend. Das war mein schönster Geburtstag seit … Langem.«

»Du brauchst mir nicht zu danken, Lenore. Freunde machen so etwas füreinander.«

Unsere Eltern haben keine großen Pläne für den heutigen Tag (zu Ettas großer Enttäuschung). Unser Fahrer bringt uns zur nördlichen Seite der Insel, an einer Taverne und einer hübschen kleinen Kirche vorbei, und setzt uns an einem goldenen Sandstrand mit funkelndem türkisfarbenen Wasser ab. Der Vorteil ist, dass der Strand nicht mit Liegen und Sonnenschirmen vollgestellt ist wie die anderen Strände, an denen wir vorbeigekommen sind und die näher an den Kreuzfahrtschiffen lagen. Der … na ja, ich will nicht sagen der Nachteil, aber jedenfalls die nackte Tatsache ist, dass hier offenbar keine Badebekleidung vorgeschrieben ist.

»Oh! O Gott!« Meine Mutter schlägt entgeistert die Hände vor den Mund, als ein Mann mit ledergegerbter Haut an uns vorbeistolziert und dabei alles hängen lässt, was normalerweise nicht in der Öffentlichkeit herumbaumelt.

Ich korrigiere: Es ist definitiv ein Nachteil.

Mein Vater hält Etta schnell eine Hand vor die Augen. »Vielleicht ist das nicht die beste Wahl für unseren Strandtag?«

Etta stößt seine Hände weg und verschränkt die Arme. »Dad, das hier ist auch nicht so viel anders als die Statuen und Gemälde, die wir bisher gesehen haben. Und ich hab gelesen, dass die Amerikaner im Vergleich zum Rest der Welt ziemlich prüde sind …«

»Bis du fünfundsechzig bist, hast du gefälligst prüde zu sein!«, sagt mein Vater und setzt ihr seine Piloten-Sonnenbrille auf. »Lenore, du auch! Guck gefälligst in den Sand!«

»Mach dich mal locker, Edward!« Dr. Lee lacht. »Vielleicht sollten wir alle mitmachen. Andere Länder, andere Sitten!« Sie stößt ihren Mann mit der Hüfte an, und er stimmt in ihr Kichern ein.

Sofort läuft Alex rot an. »Mom, echt nicht. Ich bin mir ziemlich sicher, dass das unter Kindesmissbrauch fällt.«

»Du bist achtzehn, Alex, kein Kind.« Sie grinst. »Und entspann dich. Ich mache nur Spaß. Weitgehend.«

Wir breiten unsere Handtücher möglichst weit entfernt von den Nackedeis aus. Und meine Eltern erholen sich ziemlich schnell von dem ersten Schreck, rennen zusammen mit den Lees ins Wasser, planschen, springen und kichern wie die Teenager. Wir vier dagegen bleiben auf dem Strand. Etta textet Alex über die Löwenterrasse in Delos zu, die sie heute gern besichtigt hätte, deshalb wende ich mich zu Wally, der mit dem Arm über den Augen auf dem Rücken liegt.

»Danke noch mal. Dafür, dass du nichts gesagt hast. Es ist nichts passiert. Aber Dad fände es wahrscheinlich nicht lustig.«

Er nimmt den Arm von den Augen. Er hat immer noch tiefe Augenringe, und seine Augen sind ganz rot.

»Das hab ich nicht dir zuliebe gemacht. Niemand von uns kann jetzt so ein Drama gebrauchen.«

»Okay.« Sein harscher Ton tut weh, und ich schlucke die Kränkung hinunter. »Hey, Wally, ich weiß, dass du nicht drüber reden willst, aber ich … ich mache mir Sorgen um dich. Seit wir hier sind, bist du total verändert, und du schläfst nicht …«

»Spar dir deine Worte.« Er erhebt sich und setzt die Sonnenbrille auf. »Ich hab keinen Bock auf den Scheiß hier. Ich komm später wieder. Werd mal gucken, ob ich was zu essen auftreibe.« Ohne sich noch einmal umzudrehen, marschiert er über den Strand davon.

»Wow«, sagt Alex hinter mir. Ich drehe mich um, er hat die

Augenbrauen hochgezogen. »Wow«, ruft es auch in meinem Kopf. Ein ganzer Chor sitzt da drin, stampft und ruft »Wow!!!!!«, die Hände zum Himmel erhoben. Nicht weil Wally so fies zu mir war, sondern weil Alex irgendwann währenddessen sein T-Shirt ausgezogen hat.

Und gut aussieht.

Verdammt gut.

So gut dürfte er überhaupt nicht aussehen. Schließlich ist er ein Nerd. Woher hat er so muskulöse Arme und einen so flachen Bauch – stemmt er Messbecher in seinem Labor oder was? Das ist ungerecht!

»Tut mir leid, dass er so mit dir geredet hat.« Er sieht mich mitfühlend an. Ach ja. Ich muss versuchen, mich ganz normal mit ihm zu unterhalten. Na gut.

»Ich weiß nicht, was mit ihm los ist.« Ich schaue auf meine Hände, damit ich mich konzentrieren kann. »Normalerweise ist er nicht so. Er … er hat sich von seinem langjährigen Freund getrennt, aber er will nicht darüber sprechen. Meine Eltern wissen anscheinend nichts davon. Und seit wir hier sind, war er jede Nacht wach, wirklich jede, und er ist so … so verdammt launisch. Wenn er doch mit mir reden würde. Wir waren immer so eng, und ich möchte ihm helfen.«

Meine Güte, ich plappere. Ich blicke auf, um zu sehen, ob Alex mir noch zuhört, doch er sieht mich konzentriert an. Daran muss ich mich immer noch gewöhnen.

»Vielleicht steht ihm der Herbst bevor«, sagt Alex. »Das Jurastudium ist bestimmt kein Spaziergang. Aber es ist nicht in Ordnung, dass er das an dir auslässt.« Jetzt holt er Sonnencreme aus seinem Rucksack und, o Mann, echt nicht. Das packe ich nicht. Schnell gucke ich wieder auf den Sand.

»Ja, das verstehe ich.« Ich muss mich bei jedem Atemzug daran erinnern, ihn nicht anzustarren. »Aber mir stehen all die Veränderungen auch bevor. Das könnte uns ja verbinden. Wenn er nur mit mir reden würde.« Aber wahrscheinlich ist das etwas völlig anderes. Er macht sich Sorgen wegen seines durchgeplanten Lebens. Ich dagegen habe überhaupt keinen Plan, und was Wally davon hält, hat er mir ja deutlich gesagt. Ich kneife die Augen zu und schüttele die Gedanken ab. »Und dann noch die Sache mit Kieran – das ist sein Freund. Oder jetzt wohl eher Exfreund. Sie wollten eigentlich in den drei Jahren, die Wallys Studium dauert, zusammenwohnen. Was hat Wally nur dazu getrieben, das alles wegzuwerfen?«

Ich mache den Fehler, Alex wieder anzusehen, der immer noch aufmerksam zuhört, jetzt aber Brust und Arme mit Sonnencreme eingerieben hat. Seine goldbraune Haut glänzt. Ich komme mir vor wie Aladin in der Zauberhöhle. Ich bin kurz davor, den Arm auszustrecken und ihn zu berühren, obwohl ich genau weiß, dass das AUSGESCHLOSSEN ist.

»Also. Hm. Ja.« Mein Hirn hat einen Kurzschluss erlitten. Die Sorge und die verletzten Gefühle wegen Wally einerseits, dieses verrückte Kribbeln im Bauch andererseits. Zu viele Gefühle auf einmal.

»Ich kenne mich da natürlich nicht so gut aus, als Einzelkind«, fährt Alex fort, als würde er nicht einfach atemberaubend aussehen. »Aber vielleicht lässt du ihm ein bisschen Zeit? Bis er auf dich zukommt? Eure Verbindung ist ja nicht plötzlich abgebrochen. Wahrscheinlich muss er erst mal alles verarbeiten.«

»Ja. Ja, du hast recht.« Ich seufze, reibe mir die Wange und werde langsam wieder ruhiger. »Es ist nur blöd, dass er das nicht mit mir zusammen tun kann.« Ich atme noch ein paar Mal tief durch. »Na ja, ich glaube, ich hab mich wieder eingekriegt.«

»Das musst du nicht. Wenn dir nicht danach ist.« Er stößt mich an, und ich erstarre. Da sind diese verdammten Schmetterlinge wieder. Ein ganzer Schwarm!

»Sollen wir schwimmen gehen?«, fragt er. »Damit du auf andere Gedanken kommst?«

Du meinst, ich soll diesen weiten, fließenden Kaftan ausziehen und quasi in Unterwäsche mit dir in den Wellen rumtollen? Ja, für mein Leben gern. Und gleichzeitig NEIN. Nein, auf keinen Fall.

»Nee, muss nicht sein«, sage ich und schaue über den Strand. Natürlich habe ich sofort Blickkontakt mit einem grauhaarigen Paar, das alles baumeln lässt. Das Schicksal meint es mal wieder gut mit mir.

»Ooooooohh«, sagt Alex viel zu begeistert. »Ich weiß, was du jetzt brauchst.«

Ich höre ihn in seinem Rucksack kramen, aber ich wage nicht hinzusehen. Seine Worte schicken meine Gedanken in alle möglichen verbotenen Richtungen. Aber nein, Etta ist ja noch hier. Und unsere Eltern sind im Wasser und geben sich Mühe, Lindsay Lohan in ihrem Tanzvideo am Strand zu imitieren. Reiß dich zusammen, Lenore!

»Was denn?«, frage ich zaghaft, und zur Antwort wirft er mir zwei Tüten Chips in den Schoß.

»Griechisches Knabberzeug! Guck dir an, was ich gefunden habe! In der grünen Tüte sind Oregano-Chips, in der blauen Zaziki-Chips.« Mit leuchtenden Augen redet er über seine Snacks, zum Schreien süß. »Und guck hier, dieser Schokoriegel! Der hat so komische Luftblasen, wie … von Außerirdischen oder so. Aber die Kassiererin hat gesagt, das sind die beliebtesten, also denke ich, wir müssen es riskieren.«

»Du hast mich überzeugt.« Lachend strecke ich die Hände aus. »Gib mir was von der außerirdischen Schokolade.«

Danach folgt wieder ein Tag auf See, und Alex und ich beschließen, dem Familienspaß am Pool zu entgehen und uns im Computerraum zu treffen und das WLAN dort zu nutzen. Seine Eltern haben ihm einen sauteuren unbegrenzten Zugang spendiert, den meine Eltern nicht einmal entfernt in Betracht gezogen haben. So ist das wohl, wenn man Einzelkind ist.

»Bist du nicht ein bisschen overdressed?«, fragt Alex grinsend, als ich in den Raum komme. Ich trage ein leuchtend rotes Kleid mit pinkfarbener Stickerei und Glockenärmeln.

Ich schmeiße mich in Pose, dann zucke ich die Achseln. »Das ist total in.«

»Mm-hmmmm.« Er lacht einmal laut auf, wie schön. Ich bin dankbar dafür, dass nur wir zwei im Raum sind, sodass ich mich ganz allein daran erfreuen darf.

»Und die Kamera?«, fragt er.

»Man muss immer vorbereitet sein.« Ich halte sie vors Auge, und er formt mit den Händen einen Rahmen um sein Gesicht und lächelt. »Nee, das ist den Film nicht wert«, sage ich, und er verdreht die Augen.

»Okay, und nur, damit du Bescheid weißt, auf die Nutzung meiner Internet-Privilegien steht eine Gebühr.« Lachend wendet er sich zum Computer und tippt etwas.

»Eine Gebühr? Was bist du, der Troll an der Brücke?« Ich setze mich auf den Stuhl neben ihm und schaue auf den Bildschirm. »Aha, ja, eindeutig trollmäßiges Verhalten.« Er hat den Fragebogen zum Studium aufgerufen, den er mir ausgedruckt hatte und den ich in Santorini abgebrochen habe. »Hey, ich dachte, das hätten wir hinter uns. Gerade haben wir so gute Fortschritte gemacht! Ich hab dich nur noch zu ungefähr dreizehn Prozent gehasst.«

»Dreizehnt Prozent? Und ich dachte, ich wäre schon runter auf fünf. Oder höchstens noch zehn.« Er lächelt, und ich schaue ihn mit meiner bösesten Miene an. »Pass auf, die besten Tests sind interaktiv; sie verändern sich mit deinen Antworten. Das konnte ich dir mit der Papierversion nicht bieten. Außerdem hat es nach Eselskacke gestunken und, noch schlimmer, du musstest meiner nervigen Stimme zuhören …« Er stößt mich mit der Schulter an. »Probierst du's mal aus? Schlimmstenfalls hast du fünf Minuten vergeudet, im besten Fall dein Problem gelöst.«

Ich will wütend sein, aber dann klimpert er so albern mit seinen langen Wimpern. Und das ist lustig gemeint, aber es hat den Effekt, dass ich ihm jeden Wunsch erfüllen will, für immer und ewig. Und wahrscheinlich hat er recht. Was kann schlimmstenfalls passieren, wenn ich den albernen Test mache?

Also schiebe ich ihn zur Seite und nehme ihm die Tastatur ab. Die ganze Zeit grummele ich vor mich hin, damit er merkt, dass es mir keinen Spaß macht, aber ich beantworte jede einzelne Frage ernsthaft und aufrichtig. Zum Teil sind es dieselben Fragen, die Alex mir auf der Treppe in Santorini gestellt hat. Aber als ich die letzte Frage beantworte, Nummer dreißig, bin ich sogar fast hoffnungsvoll. Als könnte dieses alberne Fragespiel meinen Studiengang und meinen Lebensweg für mich herausfinden. Vielleicht ist es wirklich so einfach.

Doch dann klicke ich auf »Absenden«, und das Ergebnis ploppt auf. »Du solltest Kunst studieren!« Kunst. Das war's. Und es folgt eine lange Liste möglicher Studienfächer, alles von Kunstgeschichte über Grafikdesign bis zu Fotografie. All das, was ich schon erwogen hatte.

Ich hatte ja wirklich keine hohen Erwartungen, aber Mann! Kannst du es nicht wenigstens ein bisschen eingrenzen, du dummer Test? Was würde mich ein Leben lang ausfüllen? Worin wäre ich am besten? Was macht meine Eltern – und mich – glücklich? Auf diese Fragen brauche ich Antworten.

Und zwar bald. Bis zum Ende der Kreuzfahrt und der Deadline meiner Eltern ist es nicht mal mehr eine Woche.

Alex schaut mir erwartungsvoll über die Schulter, doch als er sieht, was auf dem Bildschirm steht, ist er sichtlich ernüchtert.

»Puh … So ein Scheiß.«

»Ja, das kannst du laut sagen.« Schnaubend schließe ich das Fenster mit dem Test. »Darf ich jetzt dein Internet benutzen, eure Trollheit?«

»Jaja«, murmelt er. Und dann: »Tut mir leid.«

»Du kannst ja nichts dafür.« Ich zucke die Achseln und logge mich in meinen Mail-Account ein. »Und hey, meine Lage ist ja eigentlich nicht schlecht. Ich werde an die NYU gehen und Kunstgeschichte studieren. Viele würden sofort mit mir tauschen. Es ist kein Weltuntergang, wenn ich darüber nicht jubiliere.«

»Du hast es aber verdient, etwas zu machen, worüber du jubilierst.«

Ich drehe mich zu ihm um und zucke wieder die Achseln. »Aber in Sizilien hast du ja selber gesagt, dass es das vielleicht gar nicht braucht. Leidenschaft, meine ich. Vielleicht muss ich mich nur für irgendwas entscheiden, worin ich einigermaßen gut bin und was ich lange genug durchhalten kann. So, wie meine Eltern es mir immer predigen. Ich muss mein Studienfach nicht unbedingt lieben.«

»Ja, das hab ich gesagt.« Er runzelt die Stirn. »Aber vielleicht war das verkehrt. Das ist irgendwie … traurig, dass mein Pragmatismus auf dich abgefärbt hat. Für mich habe ich das so entschieden, aber so muss es ja nicht auch für dich sein.«

»Du hast mir das Leben als Roboter eben schmackhaft gemacht«, sage ich mit einem Augenzwinkern. Er lächelt, aber seine Augen lächeln nicht mit. »Und das Gespräch, das wir hier führen, zeigt doch, wie verwöhnt wir sind. Meine Vorfahren haben noch für das Recht gekämpft, überhaupt aufs College zu gehen, und ich jammere rum, weil das Fach, das ich mir ausgesucht habe, mich nicht umhaut! Ich muss mich einfach damit abfinden und mich auf den Hosenboden setzen.«

Sein Stirnrunzeln vertieft sich, doch er nickt langsam, als hätte ich ihn überzeugt. Fast überzeuge ich mich selbst.

Ich schaue wieder auf den Bildschirm und gehe die Mails durch, die ich bekommen habe, seit ich im Flugzeug das letzte Mal nachgesehen habe. Ich lösche die Summer-Sale-Mails von meinen Lieblingsläden, überfliege und beantworte ein paar Glückwunschkarten von entfernten Tanten und will gerade eine der vielen Nachrichten von Tessa öffnen, als ich einen Namen sehe, mit dem ich nicht gerechnet hatte.

Jay Parikh.

Ich versuche den Text zu verarbeiten, der mir in der Vorschau angezeigt wird.

Hi Lenore, wie geht's? Ich wollte mal hören, wann du zurückkommst. Wir müssen …

Das Herz hämmert in meiner Brust, während der Cursor über der Nachricht schwebt. Wir müssen was? Was!

Doch anstatt nachzusehen, was für ein Gesülz er absondert, um mich wieder einzufangen, klicke ich auf den kleinen Papierkorb. Und dann leere ich auch noch den Papierkorb.

Jay hat es nicht mehr verdient, sich in meine Gedanken oder

mein Herz zurück zu quatschen. Ich weiß nicht, wann diese Erkenntnis so richtig zu mir durchgedrungen ist, wann ich wusste, dass ich an dieses Arschloch keine weitere Energie verschwenden würde.

War es nach dem Abend mit Alex? Als er – einfach nur als Freund – so einen wunderschönen Abend für mich geplant hat, der über alles hinausging, was je irgendein Junge für mich getan hat?

Ich weiß es nicht. Aber es ist ein gutes Gefühl. Ich atme einmal tief durch.

»War das von dem Typ vom Abschlussball?«, fragt Alex. Ich habe gar nicht gemerkt, dass er mir immer noch über die Schulter schaut.

»Kümmer dich um deinen eigenen Kram!« Ich gebe ihm einen Klaps, und er lacht und setzt sich an seinen Computer.

Ich wende mich wieder meinen Mails zu und fange an, die von Tessa zu lesen. Sie hat mir tatsächlich jeden Tag etwas zu meiner »Liebesreise« geschrieben, darunter Tipps und Tricks aus ihren Lieblingsbüchern. Das sollte mich eigentlich nicht wundern.

Gerade will ich auf eine ihrer Mails antworten, die immer überdrehter werden, als eine Nachricht aufpoppt.

Tessa Johnson lädt dich zu einem Video-Chat ein.

Ich schaue mich im Computerraum um. Alex und ich sind immer noch die Einzigen hier, aber trotzdem. Ich weiß nicht recht, ob ich möchte, dass er alles mithört, und ich habe keine Kopfhörer.

Jetzt kommen weitere Nachrichten.

Ich sehe doch, dass du online bist!

Hallooo kleiner grüner Punkt, sprich zu mir.

Widerstand ist zwecklos.

Ich klicke auf »Annehmen«, und die beiden strahlenden Gesichter von Tessa und Sam erscheinen auf meinem Bildschirm, ziemlich verpixelt, aber es geht.

»Lenore!«, quiekt Tessa.

»Hey!«, sagt Sam.

»Hallo, ihr zwei«, sage ich, und Alex schaut zu mir herüber und zieht interessiert die Augenbrauen hoch.

Bevor ich auch nur eine Chance habe, Tessa zu erzählen, dass er hier ist, und sie dezent zu warnen, nicht über die »Liebesreise« zu sprechen, legt sie schon los. »Und, hast du meine Mails gelesen?? Ich hab SEIT TAGEN nichts von dir gehört! Ich hab sogar schon bei Etta nachgefragt, aber sie hat auch nicht geantwortet. Man sollte ja meinen, dass sie die Kontaktseite von ihrem Blog regelmäßig checkt …«

»Etta hat einen Blog? Was für einen?«

»Sie bespricht akademische Artikel, die sie auf JSTOR liest. Wusstest du, dass deine Schwester ein kleines Genie ist? Na ja, jedenfalls hatte ich schon Sorge, irgendein italienischer Don Juan hätte dich auf seinem Moped entführt. Aber das würde uns unserem Ziel ja vielleicht näherbringen, oder? Vielleicht ist er ein geläuterter Taschendieb, der sein Einsatzgebiet um den Trevi-Brunnen herum hatte, aber als er dich sah, wie du deine Münzen in den Brunnen warfst, hat das etwas in ihm ausgelöst …«

Mit großen Augen beugt Alex sich zu mir herüber, vermutlich will er sehen, wer diesen verrückten Monolog ablässt, und da sieht Tessa ihn.

»Moment mal, wer ist das denn?«

»Das ist Alex, ein Freund. Wir haben uns auf dem Schiff kennengelernt. Unsere Eltern verstehen sich super.« Ich gebe ihm ein Zeichen, näher zu kommen. Er winkt. »Hi, ihr beiden!«

Tessas Augen leuchten auf, und sofort bereue ich meine Entscheidung. »Aha. Aha. Wie ich sehe, bist du schon viel weiter, als ich dachte.«

Ich fahre mir mit der Hand über die Kehle, was doch ziemlich unmissverständlich als »Halt die Klappe, Tessa« rüberkommen müsste, aber sie plappert einfach weiter.

»Ich wusste, dass das mit den Münzen funktioniert!«, ruft sie triumphierend.

»Nein, so ist das nicht«, setze ich an, doch sie fällt mir ins Wort. »Gelobt seien Jasmine Guillory und Alyssa Cole und alles, was heilig ist, du steckst mitten in einer Ferienromanze!«

Ich reiße entsetzt die Augen auf und mein Hals fängt an zu brennen. Doch da ist auf einmal der Ton weg. Ihre Lippen bewegen sich weiter, aber Gott sei Dank können wir den Blödsinn, den sie da quasselt, nicht mehr hören. Am unteren Bildschirmrand steht: *Tessa Johnson hat das Mikrofon ausgeschaltet*. Und Sam neben ihr sieht mich an und hält den Daumen hoch. Lieber, diskreter Sam, du bist einfach der Beste.

»Komisch. Man hört sie nicht mehr«, sagt Alex.

»Echt komisch.«

»Was hat sie da überhaupt erzählt?«

»Ich weiß auch nicht.«

Sie redet noch eine Weile weiter, mit viel Bohei und wilden Gesten, ehe Sam unauffällig hinüberlangt und das Mikro wieder einschaltet.

»Jedenfalls, ich hab dich echt lieb, Lenore«, sagt sie lächelnd. »Ich freu mich so für dich.«

»Danke, Süße. Ich hab dich auch lieb.«

»Was macht ihr eigentlich in diesem … weißen Raum?«, fragt Sam, ganz offensichtlich, um das Thema zu wechseln. »Müsstet ihr nicht irgendwo draußen sein? Wo seid ihr jetzt, in Griechenland? Frankreich?«

»Heute sind wir nur auf See«, sage ich. »Griechenland haben wir gerade verlassen, als Nächstes fährt das Schiff zurück nach Italien. Was war noch mal der nächste Halt?«, frage ich Alex.

»Neapel«, sagt er. »Heute hab ich Lenore geärgert und sie gezwungen, einen Test zu machen, um ihre wahre Bestimmung herauszufinden.« Er lacht, doch als er Tessas und Sams verwirrte Blicke und mein angedeutetes Kopfschütteln sieht, verstummt er.

Noch ein Thema, das ich vermeiden will. Mein Gott, wann ist ein normales Gespräch mit Tessa zu einem Minenfeld geworden?

»O nein, ich sehe grad, dass unsere Internet-Zeit abläuft! Hier kostet jede Minute ungefähr eine Million Dollar. Absurd. Hey, ich hab euch lieb! Tschüs!«

»Meld dich noch mal, wenn du kannst. Wann ist denn …« Bevor Tessa ihre Frage beenden kann, habe ich das Fenster schon geschlossen.

Alex sieht mich belustigt, aber auch ein bisschen besorgt an.

»Sie wissen nichts von deinen Zweifeln, oder?«, sagt er langsam. »Und dass du gar nicht so gern nach New York möchtest? Oder von der Deadline, die deine Eltern dir gesetzt haben? Hast du mit … äh, Tessa darüber gesprochen? Über irgendwas davon?«

»Nein, aber das hat sich auch alles erst vor Kurzem so entwickelt.« Seine Augenbraue zuckt hoch zum Zeichen, dass er mir das nicht abkauft. »Es ist …« Ich versuche es noch mal. »Es ist zu viel, um darüber mit Tessa zu reden. Du hast ja gerade erlebt, was für eine Dampfwalze sie ist. Es ist leichter, einfach … locker zu sein.«

»Aber ist sie nicht deine beste Freundin? Ich meine, mir hast du das ja auch alles erzählt.«

Das stimmt. Ohne auch nur zu zögern. Wie kommt das?

»Ja, schon, aber …« Ich schaue wieder auf den Bildschirm. Logge mich aus. Fahre den Computer runter. »Ich weiß nicht. Mit dir ist das was anderes.«

»Ach ja?« Ich höre das Lächeln in seiner Stimme.

»Ja. Weil … na ja, wir sind hier wie in einer Blase. Wer weiß, ob wir uns nach dieser Reise überhaupt wiedersehen.«

Aber das ist nicht der einzige Grund, und das weiß ich. Auch wenn ich noch nicht so genau weiß, was es ist. Aber ich habe Angst davor, es zu analysieren – zu genau und zu lange hinzuschauen, bis der Glanz vielleicht verblasst.

Ich schaue Alex an, er beißt sich auf die Lippe. Doch als ich die Kamera vors Auge halte, grinst er wieder. Ich richte den Sucher auf ihn. Seine glänzenden Locken, die sein Lächeln einrahmen, seine braunen Augen, die leuchten wie immer bei unseren kleinen Sticheleien. Ich drücke auf den Auslöser und halte ihn so fest, wie er ist, genau jetzt.

Dreizehntes Kapitel

»… und dann sind wir alle durch den Körperscanner und sie haben mich abgetastet, weil sie das immer machen, klar? Aber unser Gepäck ist immer noch nicht da. Also schauen wir uns um, und da taucht der TSA-Mitarbeiter hinter mir auf und sagt ›Ich muss Sie bitten, mit uns zu kommen‹ und der andere Typ, der am Scanner, guckt so, als ob ihm jeden Moment die Augen aus dem Kopf fallen.« Alle am Tisch hören meinem Vater gebannt zu – sogar ich, obwohl ich die Geschichte schon kenne. »Und da sage ich«, erzählt er weiter, »ich sage: ›Wer? Ich? Bei allem Respekt, Sir, Ihr Kollege da drüben hat mich so gründlich abgetastet, wie meine Frau es seit Monaten nicht getan hat.‹« Er legt eine Pause ein, und alle lachen, er hat seine Zuhörer im Griff. Deshalb ist er so ein guter Anwalt.

»Aber da macht der Mann ein richtig ernstes Gesicht, und wir folgen ihm ganz schnell, denn wir wollen bei meinen Eltern in Florida landen, und nicht als Video bei Facebook. Und dann führen sie uns zu einem Tisch, und ich weiß ja nicht, was ich erwartet hatte, aber ganz sicher nicht Lenores My-Little-Pony-Rucksack.« Er zwinkert mir zu, und Alex schaut blitzschnell zu mir und wackelt mit den Augenbrauen, begeistert von dieser überraschenden Wendung. »›Ist das Ihr Rucksack?‹, fragt er mich, und ich sage:

›Na ja, der gehört meiner Tochter, ich stehe mehr auf Pinkie Pie als auf Rainbow Dash.‹ Aber der Kerl verzieht keine Miene. Stattdessen nimmt er mich in die Mangel, stellt Fragen wie: Wo wollen Sie hin? Sind das wirklich Ihre Kinder? Ich bin höflich geblieben, weil ich merkte, dass die Lage ernst war, aber am liebsten hätte ich gesagt: ›Sehen Sie ihre Froschfüße? Na klar sind das meine Kinder!‹«

Wieder schallendes Gelächter, und Alex guckt unter dem Tischtuch nach meinen Füßen. Ich schlage ihn weg und lasse meine Hände dabei länger auf seinen liegen als nötig.

»Aber dann zieht er Handschuhe über und holt das Zeug aus Lenores Rucksack. Und jetzt geht mir wirklich die Düse. Wir haben sie nämlich den Rucksack allein packen lassen. Etta war noch ganz klein, wir mussten uns erst dran gewöhnen, auf einmal drei von der Sorte zu haben, und dann die erste große Reise? Der Rucksack war ihre Verantwortung! Aber statt Buntstiften und Barbies holt der Kerl eine Zange und Alufolie und ein altes Ladegerät und eine Rolle Draht heraus, und ich glaube sogar einen Hammer …«

»Keinen Hammer, Dad«, falle ich ihm ins Wort, doch er winkt nur mit der Gabel ab.

»Eben hatte ich noch Witze gerissen, aber jetzt war ich sprachlos, denn wie soll ich erklären, wie das ganze Zeug in den Kinderrucksack unserer zehnjährigen Tochter kommt? Ehrlich, das hätte so oder so ausgehen können, zum Beispiel auch so, dass wir nicht zum runden Geburtstag meiner Mama geflogen wären. Aber dann!«

Die Spannung ist zum Greifen, und alle beugen sich vor, so wie die Geschworenen und die Zuschauer und sogar der Richter es tun, wenn mein Vater im Gerichtssaal das Wort hat.

»Da fängt Lenore an zu weinen und sagt, dass sie die Sachen für eine Mixed-Media-Skulptur braucht, an der sie arbeitet. Das haut sie einfach so raus, ›Mixed-Media-Skulptur‹! Mit zehn! Sie heult Rotz und Wasser, und dem Kerl – sämtlichen Mitarbeitern! – tut es richtig leid, alle haben sich bei uns entschuldigt und ihr zum Trost eine Handvoll Lollis mit der amerikanischen Flagge drauf geschenkt.«

»Durfte sie die Sachen behalten?«, fragt Dr. Lee.

»Oh, nein!« Mein Vater haut auf den Tisch. »Aber sie haben uns zu unserem Gate gefahren, und wir durften als Erste einsteigen. Unsere Plätze waren trotzdem in der Touristenklasse direkt bei den Toiletten, aber immerhin saßen wir als Erste!«

Er lacht sein raues Lachen, und der ganze Tisch stimmt mit ein. Ich verdrehe die Augen, aber ich muss auch lachen. Das ist eine seiner Lieblingsgeschichten, und er erzählt sie andauernd in größerer Runde. Ich weiß nicht so genau, wie ich mich dabei fühle – schließlich ist meine Kunst, mit der ich die ganze Familie in Schwierigkeiten gebracht habe, Zielscheibe des Spotts. Aber es gefällt mir auch, die ganze Aufmerksamkeit meines Vaters zu haben, was nicht so oft vorkommt, wenn man das Sandwich-Kind und dazu noch total durchschnittlich ist.

»Entschuldigt die Störung, aber ich muss einfach kurz Hallo sagen.« Ich blicke auf und sehe eine Frau mittleren Alters mit brauner Haut und schwarzen, federweichen Haaren. Sie kommt mir bekannt vor, und während ich noch versuche sie einzuordnen, taucht Natalia neben ihr auf.

»Mom …« Natalia schaut sich verlegen um. »Sie wollen essen.«

»Ach, ich werde doch nicht wegen eures kleinen Liebeszwists unsere Freunde ignorieren«, sagt ihre Mutter, und Natalia wird knallrot. Alex findet sein Steak plötzlich rasend interessant.

Dr. Lee wirft ihm einen mitfühlenden Blick zu und wendet sich dann an meine Eltern. »Marla, Edward, das sind Freundinnen von zu Hause. Jasmin Rodrigo-Hernandez und ihre Tochter Natalia.«

»Wow, die Welt ist klein! Freut mich, euch kennenzulernen.« Meine Mutter wirft ihnen ihr strahlendes Lächeln zu.

Mrs Rodrigo-Hernandez beugt sich vor und schüttelt meinen Eltern die Hand. »So klein ist die Welt gar nicht! Wir wollten diese Kreuzfahrt eigentlich zusammen machen, aber dann … na ja. Natalia und Alex waren auf derselben Schule. Sie kennen sich schon seit der ersten Klasse!«

Ich sehe meiner Mutter an, dass sie am liebsten nachhaken würde, was »aber dann« zu bedeuten hat, doch ich sehe sie mit einem Kopfschütteln an, und sie hält den Mund.

»Und im Herbst fangen sie beide an der UCLA an. Kannst du das glauben, Ronni?« Mrs Rodrigo-Hernandez fasst sich mit beiden Händen an die Brust. »Unsere Kinder sind erwachsen!«

Sie gehen im Herbst an dieselbe Uni? Hm … Das hat Alex mir wohlweislich verschwiegen. Ich spüre einen Anflug von … Ärger? Sorge? Aber das schüttele ich ab. Ich habe ja keinen Anspruch auf ihn. Wenn überhaupt, bin ich der Eindringling, weil sein Leben schon so lange mit ihrem verwoben ist.

»… Wally, unser Sohn, hat gerade seinen Abschluss gemacht«, sagt mein Vater da. Er strahlt, wie immer, wenn er mit Wally angeben kann. Doch anstatt sich, wie sonst, darin zu sonnen, starrt Wally auf seine Hände. »Was studierst du, Natalia?«

»Ich belege einen Doppelstudiengang in Politologie und Soziologie«, sagt sie. »Und ich hoffe, dass ich nach dem Bachelor Jura studieren kann.«

Natürlich hat sie die für meinen Vater bestmögliche Antwort gegeben. Er klatscht entzückt in die Hände.

»Das ist ja großartig! Wally fängt dort im Herbst mit Jura an.« Stolz schaut er zu Wally. So hat er mich garantiert noch nie angesehen. »Und ich bin bei Sidley & Jones. Hier, ich gebe dir meine Karte – falls du mal ein Praktikum brauchst.« Er reicht sie ihr, und ich sehe ihr an, wie es sie beeindruckt, dass mein Vater für so eine große Kanzlei arbeitet.

»Vielen, vielen Dank.« Sie strahlt über das ganze Gesicht. Kein Wunder, dass Alex alles versucht hat, um sie zu halten. Sie ist eine Schönheit und dazu noch intelligent – das wissen Jungs zu schätzen.

»Sehr gern.« Mein Vater schüttelt ihr die Hand. »Ich freue mich, wenn junge People of Color Erfolg haben. Ich bin mir sicher, dass dir eine strahlende Zukunft bevorsteht.«

Und obwohl er es sicher nicht so meint, fühlt es sich so an, als hätte er einen Torpedo in meine Richtung abgefeuert. Denn wenn er über meine Zukunft spricht, klingt er immer nur besorgt. Für Natalia dagegen sieht alles glänzend aus. Ich schlucke einen Kloß herunter, der in meiner Kehle steckt.

»Wir gehen dann mal zurück an unseren Tisch, bevor das Dessert kommt. Sonst lässt mir meine Frau nichts vom Tiramisu übrig!« Mrs Rodrigo-Hernandez lacht. »Ich zähle darauf, dass du bei dem großen Dinner übermorgen einen Tanz für mich reservierst, David. Ich weiß doch, wie gut du tanzt!«

Mr Lee macht wilde Verrenkungen auf seinem Stuhl, und alle lachen. Mrs Rodrigo-Hernandez und Natalia winken, dann gehen sie zu ihrem Tisch auf der anderen Seite des Speisesaals.

Ich gucke zu Alex und rechne damit, dass er seiner verlorenen Liebe hinterherschmachtet, aber er schaut zu mir.

»Alles gut bei dir?«, formt er stumm mit den Lippen und macht eine Kopfbewegung zu meinem Vater. Ich bin erschrocken und ein bisschen beschämt, weil er das mitbekommen hat. Anscheinend hatte ich meine Gesichtszüge nicht ganz unter Kontrolle.

Schnell nicke ich und mache eine wegwerfende Handbewegung. »Ja, schon okay.«

»Vielleicht kann sie dich mal einen Tag an der Uni begleiten, Wally«, sagt mein Vater.

»Ich weiß nicht, ich werde ziemlich viel zu tun haben«, sagt Wally abweisend. Ich bin echt nicht neidisch auf das, was Wally bis jetzt erreicht hat – ich möchte keine Rechtsanwältin werden. Aber ich bin neidisch darauf, dass er die Aufmerksamkeit und den Stolz unseres Vaters, der ihn die ganze Zeit wie ein Emoji mit Sternchenaugen ansieht, einfach so abtun kann, als wäre es nichts. Für ihn ist das ganz alltäglich.

»Ja, klar, natürlich«, sagt mein Vater. »Das erste Jahr Jura ist kein Pappenstiel, und danach wird es nur noch härter. Und wenn Kieran erst wieder in der Stadt ist … – das ist sein Freund. Sie sind seit der Highschool zusammen«, erklärt er den Lees. »Da wirst du eine Menge um die Ohren haben. Zehnmal so viel wie im letzten Bachelor-Jahr. Aber bekanntlich wächst man ja mit seinen Aufgaben. Du schaffst das, wie du bisher alles geschafft hast.«

»Er ist gar nicht mehr mit Kieran zusammen.« Es platzt einfach so aus mir heraus, ohne dass ich darüber nachgedacht hätte. Als hätten der ganze Groll und Neid in meinem Inneren gebrodelt und wären jetzt plötzlich übergekocht.

Meine Mutter runzelt die Stirn, mein Vater legt den Kopf schief, als hätte er nicht richtig gehört.

»Lenore, was soll der Scheiß?« Wally feuert tödliche Blicke auf mich ab.

»Es ist die Wahrheit. Ich verstehe nicht, warum du nicht einfach ehrlich zu uns sein kannst.« Und vielleicht möchte ich auch, dass du in den Augen unserer Eltern mal eine Stufe tiefer sinkst und sie merken, dass ihr vorbildlicher Sohn auch nur ein Mensch ist. Aber das würde ich natürlich nie zugeben.

»Nie kannst du was für dich behalten. Es geht dich einen Dreck an …«

»Schluss jetzt«, sagt meine Mutter leise, aber schneidend. »Wir reden später darüber.« Nichts ist meinen Eltern mehr zuwider, als unangenehm aufzufallen – und den Weißen eine Gelegenheit zu geben, uns anzugaffen und ihre Vorurteile bestätigt zu sehen –, und ich brauche ihr nicht ins Gesicht zu schauen, um zu merken, dass sie sauer ist. Aber ehrlich gesagt verschafft es mir auch eine gewisse Genugtuung, dass sie ausnahmsweise mal sauer auf Wally sein könnte.

Doch zu meinem Entsetzen gilt ihr eisiger Blick nicht Wally, sondern mir.

»Lenore, ich bin enttäuscht von dir«, sagt sie kaum hörbar. Und mein Vater braucht gar nichts zu sagen. Seine gefährlich hochgezogenen Augenbrauen sprechen eine deutliche Sprache.

Mir schnürt sich die Brust zusammen, und am liebsten würde ich wegrennen. Stattdessen murmele ich nur »Entschuldigung« und schaue auf meinen Teller. Wie konnte ich mir einbilden, es könnte anders ablaufen? Ich hätte einfach die Klappe halten und die Lobeshymne auf Wally vorüberziehen lassen sollen. Ich spüre Alex' Blick auf mir, doch ich schaue nicht hoch.

Die Unterhaltung geht weiter, erst ein bisschen gezwungen, dann wieder ganz entspannt. Das Dessert und weitere Getränke werden gebracht. Etta erzählt mit Blick auf unser morgiges Ziel allen die Geschichte der neapolitanischen Pizza, und unsere Eltern diskutieren angeregt die umstrittene Gouverneurswahl im kommenden Herbst. Wally bleibt stumm und starrt böse auf sein Tiramisu. Wahrscheinlich erkennt er darin mein Gesicht.

»Die würde ich zu gern sehen«, sagt Dr. Lee, und der ganze Tisch verstummt, woraufhin ich schließlich doch den Blick hebe. Alle schauen mich an, also galt die Bemerkung offenbar mir.

»Entschuldigung, ich ... ich habe kurz nicht zugehört, Dr. Lee«, sage ich.

»Das macht doch nichts!« Sie strahlt mich an und überschlägt sich geradezu, um die Spannungen von vorhin vergessen zu machen. »Ich sagte gerade, dass es so schön ist, dir dabei zuzusehen, wie du mit deiner Kamera fotografierst. Es ist so eine besondere Kamera, und man merkt, dass du ein gutes Auge hast. Ich würde zu gern irgendwann diese Woche deine Fotos sehen.«

»Danke. Das macht mir wirklich Spaß.«

»Halt dich lieber ran«, sagt mein Vater leise lachend zu Dr. Lee. »Bevor sie das nächste Projekt in Angriff nimmt! Wie lange hat deine letzte Foto-Phase angehalten? Zwei Monate? Es dauert nie lange, bis Lenore sich langweilt und etwas Neues anfängt.«

Mein Hals wird flammend rot, und etwas frisst sich wie Säure in meinen Magen. Er hat es nicht gehässig gesagt, und alle lachen gutmütig. Doch für mich fühlt es sich an wie ein weiterer heimtückischer Torpedo an meine Adresse. Und diesmal versinkt mein Schiff.

Ich ringe mir ein Lächeln ab und versuche alle Gefühle und Rechtfertigungen, die mir auf der Zunge liegen, für mich zu behalten. Das Abendessen ist fast überstanden, ich muss nur noch ein bisschen durchhalten.

»Bei allem Respekt«, sagt Alex zu meinem Vater, »ich glaube, damit werden Sie Lenore nicht ganz gerecht. Ich kenne sie ja erst seit einer Woche, aber ich bewundere ihre vielen verschiedenen

Talente schon jetzt. Ich sehe das eher als Zeichen für Originalität, nicht für mangelndes Durchhaltevermögen.«

Jetzt denkt Alex bestimmt, ich müsste mich vor Dankbarkeit überschlagen, stattdessen ärgert es mich. Er macht es nur noch schlimmer. Und es erinnert mich an den Alex, den ich zuerst kennengelernt habe – den Besserwisser, der auf alles eine Antwort hat.

»Lass das«, flüstere ich giftig. »Das war jetzt echt unnötig.«

Er guckt mich an, erst verwirrt, dann erschrocken.

»Es … es tut mir leid, ich wollte … ich wollte nur helfen«, stammelt er. Sein Blick wird ganz weich und seine Wangen werden rot. Auf einmal verpufft meine Wut, und ich fühle mich mies. War es so schlimm, was er gesagt hat? Oder suche ich nur jemanden, an dem ich meinen Ärger auslassen kann, weil ich mit meiner Familie nicht offen reden kann?

»Es tut mir leid«, sagt er wieder, dann wendet er sich an meinen Vater. »Entschuldigen Sie, Mr Bennett.«

Alex steht auf. »Ich geh mal kurz an die frische Luft.«

Ich sehe ihm nach, wie er sich zwischen den Tischen hindurchschlängelt und hinausgeht, und als ich mich wieder umdrehe, schauen mich alle am Tisch mit großen Augen und offenem Mund an.

Er sitzt auf einem Liegestuhl am verlassenen Wasserspielplatz, den Kopf in die Hände gestützt.

»Du musst nicht für mich in den Kampf ziehen«, sage ich und setze mich neben ihn.

Er fährt sich mit den Fingern durchs Haar und blickt auf, seine Locken sehen wild aus. Er beißt sich auf die Lippe und nickt gequält. »Ich weiß. Das hast du mir ja deutlich zu verstehen gegeben.«

»Aber trotzdem … danke.« Er starrt mich an. Ich lächele. »Ich weiß, dass das nicht leicht war. Und ich weiß es zu schätzen, dass du … hm, überhaupt daran gedacht hast, etwas zu sagen.«

Seufzend schüttelt er den Kopf. »Ich kann schlecht einfach dasitzen und nichts sagen, wenn es dir nicht gut geht, Lenore.«

»Das war gar kein Problem. Alles okay.« Das sage ich ganz automatisch, ohne nachzudenken.

»Wir wissen beide, dass das nicht stimmt.« Er legt seine Hand auf meine. Sie ist warm, und die Wärme breitet sich in meinem ganzen Körper aus. »Du musst mich nicht davon überzeugen. Es ist in Ordnung, verletzt zu sein. Du darfst … empfinden, was du willst. Vor mir musst du das nicht alles verbergen.«

Er sieht mich mit seinen braunen Augen an, und all die Spannung und Kränkung von vorhin lösen sich auf. Und ich weiß, dass wir uns erst ganz kurz kennen. Ich weiß, dass es völlig verrückt ist. Aber wenn er mich so anschaut, fühle ich mich gesehen. Ich fühle mich auf überwältigende Weise angenommen. Und ich bin mir sicher, vom Scheitel bis zu den kleinen Zehen, dass mich noch nie zuvor jemand so verstanden hat.

Und Mann. Das macht mir richtig Angst.

Trotzdem drehe ich meine Hand um, verflechte meine Finger mit seinen und drücke sie fest.

Er guckt erst perplex, dann strahlt er. Er erwidert den Druck, dann nimmt er meine Hand in seine beiden Hände. Das ist ja nun echt harmlos. Ich meine, wir halten Händchen! Ich bin mir ziemlich sicher, dass ich diesen Schritt mit Jay und den anderen Jungs übersprungen habe. Und doch ist es vielleicht die intimste Berührung, die ich je erlebt habe. Ich bin zum Zerreißen gespannt, mein Bauch zieht sich erwartungsvoll zusammen.

»War dein Vater sauer?«, fragt er und streicht mit dem Daumen über meinen Handrücken.

»Hm, schon … aber nicht so sauer, wie ich erwartet hätte.« Ich schließe die Augen und atme tief durch, damit ich mich konzentrieren kann. Was superschwer ist, weil ich Alex am liebsten an mich ziehen und seinen Geruch einatmen möchte, wie in einer Waschmittelwerbung oder so. »Ehrlich gesagt glaube ich, es war ihm ein bisschen peinlich.« Ich schaue zu einem einsamen rosa Glitzer-Flip-Flop am Wasserspielplatz. Anstatt auf unsere verschlungenen Finger. Oder seine glatte braune Haut. Oder seine wunderschönen vollen Lippen. »Er fing an abzuwiegeln mit so Sprüchen wie: ›Du weißt doch, wie ich es gemeint habe, Lenore. Los, erklär ihm das.‹«

Alex grinst. »Du hast ihn ziemlich gut getroffen.«

»Danke. Ich hatte auch viel Gelegenheit zu üben, wenn ich mich in der Schule entschuldigen musste.«

»Du hast nicht mit verstellter Stimme in der Schule angerufen.« Er legt den Kopf in den Nacken und lacht. »Ich meine, so gut bist du nun auch wieder nicht.«

»Nee. Aber ich wäre bestimmt damit durchgekommen.«

Ein Schatten huscht über sein Gesicht. »Glaubst du, dein Vater kann mich jetzt nicht mehr leiden? Werden die Mahlzeiten und die Ausflüge jetzt total unangenehm? Hab ich alles kaputt gemacht?«

»Ja, du kannst jetzt genauso gut vom Schiff springen. Bevor er sich heute Nacht auf die Suche nach dir macht.« Alex guckt mich verunsichert an. »Hey, ich mache doch nur Spaß! Er wartet auf jeden Fall, bis wir morgen in Neapel anlegen, und erst dann lässt er dich verschwinden!«

Lachend stoße ich ihn mit der Schulter an, ohne seine Hand loszulassen.

»Es tut mir echt leid, dass ich dich in Verlegenheit gebracht habe. Ich weiß, dass du für dich selbst sprechen kannst. Aber weißt du, ich … ich ertrage es nicht, wenn sie über dich reden, als müsstest du noch verbessert werden. Als könntest du Wally nicht das Wasser reichen, nur weil du die Dinge anders angehst als er. Oder, na ja, auch anders als ich.« Er dreht sich zu mir, unsere Knie sind ganz nah aneinander. »Du bist bereit, etwas zu riskieren und neue Sachen auszuprobieren. Das ist eine Stärke, keine Schwäche. Ich glaube, nichts an dir ist verkehrt, Lenore. Du bist genau richtig so, wie du bist.«

Ich suche nach einem Anzeichen dafür, dass das ein Witz ist oder der Anfang eines neuen sarkastischen Schlagabtauschs.

Aber er meint es wirklich ernst.

Sanft umfasst er mein Kinn und hebt es an. Dann beugt er sich vor, und unsere Nasen berühren sich, unser Atem vermischt sich. Und obwohl ich sitze, bekomme ich weiche Knie wie die Mädchen in Tessas Geschichten. Mein ganzer Körper scheint vor Verlangen zu beben.

Ich beuge mich vor.

Mühelos, drängend finden sich unsere Lippen. Genau dazu waren sie immer schon bestimmt. Mein Herz pocht in meiner Brust und gibt den Rhythmus für meine Bewegungen vor, für jeden Kuss. Er lässt seine Finger zu meinem Nacken wandern, fährt mir durchs Haar, berührt meine Kopfhaut. Er umfasst meine Taille und zieht mich an sich.

»Oh, Lenore«, haucht er an meinen Lippen, und es ist das Schönste, was ich je gehört habe.

Ist das ein Traum?

Nein, das kann nicht sein. Denn wenn man träumt, fühlt es sich real an. Erst wenn man aufwacht, fragt man sich, warum keiner Hosen anhat oder warum man sich mit einem lebendigen Cheeseburger unterhält. Wenn es sich wie ein Traum anfühlt, kann es kein Traum sein. Es ist Wirklichkeit.

Ich küsse einen Jungen, der mich sieht, mich wirklich sieht und mich trotzdem will. Ich küsse einen Jungen, der mich so, wie ich bin, genau richtig findet. Ich küsse einen Jungen, der seine Gefühle für mich nicht verbergen will. Ich küsse Alex. Meinen Alex.

Schließlich lösen wir uns widerstrebend voneinander, denn so ganz ohne Sauerstoff geht es wohl doch nicht. Alex' Lippen sind geschwollen, seine Augen leuchten. Er hält mich so fest, als wollte er mich nie mehr loslassen. Ich glaube, so hat mich noch nie jemand gehalten. Mit ihm fühlt sich alles ganz neu an.

»Wir werden uns wiedersehen«, flüstert er. »Nach der Kreuzfahrt. Heute im Computerraum hast du gesagt, dass wir uns vielleicht nicht wiedersehen. Aber … das werden wir. Ich weiß es genau.«

Ich lächele ihn an und schlage ihm aufs Knie. »Ooooh Mann, jetzt sülz mal nicht so rum hier!«

»Ich gebe mein Bestes, um das zu vermeiden, Lenore, aber ich kann nichts versprechen.« Er küsst mich auf die Nase, auf die Wange. »Irgendwie löst du bei mir maximales Gesülze aus.« Er küsst mich auf den Hals, dann wieder auf die Lippen. »Schrecklich peinliches Gesülze.«

Danach reden wir nicht mehr viel.

Vierzehntes Kapitel

Wenn die Lenore aus der Zukunft zurückgekommen wäre, um der Abschlussball-Lenore zu erzählen, dass sie schon bald mit einem *gelato* in der Hand und dem Arm eines süßen Jungen um die Schultern bei strahlendem Sonnenschein am Dom von Neapel sitzen würde, hätte ich 1) an ihrem Urteilsvermögen gezweifelt, denn hey, du kannst durch die Zeit reisen und entscheidest dich für so was? Anstatt beispielsweise ein Attentat zu verhindern? Und 2) hätte ich sie eine Lügnerin genannt, denn es war völlig ausgeschlossen, dass mein Leben je so wunderbar und so malerisch sein könnte.

Aber so ist es. Ich habe mir in den Arm gekniffen, ich habe geguckt, ob ich vielleicht plötzlich nackt bin, ich habe es zwei-, dreimal überprüft, aber nein, ich träume nicht. Es passiert wirklich.

»Mein Gott, du bist so schön«, murmelt er, und sein warmer Atem streift mein Ohr.

»Redest du mit deinem *gelato*?«, schnaube ich.

»Nein, mit dir«, sagt er. »*Du* bist so schön.«

Ich lache und schlage mir aufs Knie.

»So reagierst du auf meine aufrichtigen Komplimente? Mit

spöttischem Lachen?« Er liebkost mich mit der Nase, und ich spüre das Lächeln auf seinem Gesicht. »Dann nehme ich alles zurück!«

»Nein, nein, es ist ja nett«, sage ich, und er schneidet eine Grimasse. »Ehrlich! Ich bin nur nicht daran gewöhnt ... ich meine, authentisch zu sein. Es ist wie so eine Art Reflex oder ein Abwehrmechanismus oder so. Das habe ich mir in den Jahren angewöhnt, in denen die Typen mir so etwas erzählt haben, ohne es ernst zu meinen. Ich muss mich erst mal umstellen.«

»Tja, du wirst dich wohl dran gewöhnen müssen, denn ich weiß nicht, ob ich aufhören kann dir zu sagen, wie schön du bist.« Er nimmt den Arm von meinen Schultern und streicht mir mit dem Daumen über die Wange.

Ich halte nach den Warnzeichen Ausschau. Marcus konnte mir nie richtig in die Augen sehen. Jay erwartete immer eine körperliche Gegenleistung.

Aber Alex schaut nicht weg. Und er behandelt unsere Küsse, als wären sie etwas ganz Besonderes, nicht nur der Auftakt zu mehr.

Ich suche nach Rissen in der Fassade, denn bestimmt hat das Schicksal mir nicht so eine Liebesgeschichte zugedacht. Da mache ich mir nichts vor. Aber wenn irgendjemand da oben sich vertan hat, dann greife ich zu und genieße es so lange wie möglich.

Ich schlinge die Arme um seinen Hals, ziehe ihn an mich und küsse ihn. Ich schmecke sein Haselnuss-*gelato*. Er legt mir einen Arm um den Rücken, seine Finger wandern unter die Spitzenborte meines Tops. Hitze durchströmt meine Brust, mein Bauch zieht sich zusammen.

Ich löse mich von ihm, nehme die Kamera und drücke auf den Auslöser, bevor er ein Fotogesicht aufsetzen kann.

»Hey!« Er lacht.

»Das wird gut«, versichere ich ihm. Und ich behalte recht. Hinter ihm der klare blaue Himmel und die strahlend weiße Kirche, seine halb geschlossenen Augen von dichten Wimpern beschattet. Seine Lippen sind voll und rosig. Zum Verlieben. Das Foto. Ich meine natürlich das Foto.

»Okay, machst du jetzt eins von uns?«, fragt er. Er zeigt auf die Kamera. »Kann man mit dem antiken Teil auch Selfies machen?«

»Damit ich dich nicht vergesse?« Lächelnd schmiege ich mich in die Stelle zwischen seinem Hals und seiner Schulter, die wie für mich gemacht ist.

»Klar, aber wie gesagt, ich werde auch nach der Kreuzfahrt noch da sein. So leicht wirst du mich nicht los.« Er kratzt sich am Kopf und verzieht den Mund. »Aber das meine ich ganz romantisch. Ich weiß nicht, warum es so rauskam … so stalkermäßig, wie die Typen, die Mariska Hargitay immer in *Law & Order* zur Strecke bringt.«

»Ja, ja, ja«, sage ich und wische das beiseite. Ich drehe die Kamera herum und hoffe, dass wir später beide auf dem Bild sind. In dem Moment, als der Blitz losgeht, küsst er mich auf die Wange.

Aneinandergekuschelt sitzen wir da und warten schweigend, bis das Foto fertig ist. Und ich spüre die gespannte Erwartung, fast als sollte uns das Foto, wenn wir es gemeinsam anschauen, verraten, was da zwischen uns ist.

Es hält sein Versprechen. Alex' friedlicher Blick, als er mich auf die Wange küsst. Seine glänzenden Locken, die sich mit meinen Dreads vermischen. Meine Augen, die fast schielen vor Glück. Es ist umwerfend.

»Oh, das ist richtig gut. Ich glaube, das muss ich haben.«

»Ja, alles klar. Wir hatten schon geklärt, dass es meins ist. Obwohl ich dir vielleicht doch weitere Fotos geben sollte, um die Suche nach dem gruseligen mordlustigen Freund zu erleichtern.«

Er legt den Kopf in den Nacken und lacht. Davon würde ich auch gern ein Foto machen, aber ich beherrsche mich. Ich habe nicht mehr viele übrig, und wenn ich alles festhalten würde, was ich an ihm mag, hätte ich bis zum Ende des Tages alle verschossen.

»Bin ich das jetzt … dein Freund?« Er guckt mich immer noch neckisch an, als wäre es ein Scherz, aber ich sehe, dass auch ein Funken Ernst darin liegt.

Und das macht mich, ehrlich gesagt, ein bisschen nervös. Ich hab es noch nie erlebt, dass ein Junge so schnell mit mir zusammen sein wollte. Das ist das glatte Gegenteil von der Geschichte mit Jay, der mich monatelang hingehalten hat und mir immer nur kleine Bröckchen der Zuneigung hinwarf. Und zum hunderttausendsten Mal frage ich mich: Wie kann dieser Junge echt sein?

»Okay, jetzt hab ich dich verschreckt, ich ziehe die Frage zurück«, sagt er. Er gibt ein merkwürdiges Geräusch von sich.

»Was war das denn?«

»Ich hab zurückgespult.« Er lacht. »Jetzt ist wieder der Moment, bevor ich dir diese peinliche Anfängerfrage gestellt habe …«

»So schlimm war es nun auch wieder nicht.«

Er schleckt an seinem Eis und macht eine abwehrende Geste. »Stattdessen stelle ich dir jetzt eine ganz normale Frage. Kann ich die Fotos sehen, die du heute gemacht hast?«

Dankbar für den Themawechsel lache ich. »Klar.«

Heute Morgen hat das Schiff in Neapel angelegt, und wir sind eine halbe Stunde mit dem Zug nach Pompeji gefahren. Na ja, nicht alle. Wally ist an Bord geblieben, was meine Eltern empörenderweise mit keiner Silbe kommentiert haben. Ich habe gemerkt, dass sie sauer waren, aber vor den Lees haben sie sich natürlich nichts anmerken lassen.

Ehrlich gesagt fand ich die Vorstellung, diese Ruinen zu besichtigen, wo so viele Menschen bei einem Vulkanausbruch gestorben sind, etwas gruselig, aber Etta hat darauf bestanden. Es war traurig, die Gipsabdrücke der Leichen zu sehen. Aber zugegeben, es hatte schon was, durch die antike Stadt zu laufen, die wegen dieser Tragödie erhalten wurde. Ich habe dort viele Fotos gemacht.

Ich breite sie vor Alex aus: Meine Mutter, die staunend vor gewaltigen Säulen steht. Etta, die im Forum begeistert ihren dicken Reiseführer studiert, während sich Touristenströme an ihr vorbeischlängeln. Dr. Lee, die über ein versautes Bild an der Wand des Lupanar lacht, des Bordells von Pompeji – das gleiche Lachen mit zurückgelegtem Kopf, das ich an Alex so liebe.

»Die sind echt cool«, sagt Alex, während er sie durchblättert. »Ich meine, ich bin ja nur ein leidenschaftsloser Roboter, also ist mein Urteil mit Vorsicht zu genießen ...«

»Hey, der kann sogar Witze machen!«

»... aber ich mag deinen besonderen Blick auf die Welt. Deine Bilder verraten so viel Neugier. Wenn du verstehst, was ich meine. Die Bilder machen mir richtig Lust, noch mehr von deiner Kunst zu sehen, denn bestimmt zeigt sich da auch deine spezielle Perspektive.«

Und schon wieder ist er einfach nur ein Traumtyp. Ich beuge mich vor und küsse ihn sanft und zärtlich. Wir verschmelzen miteinander, während uns das Eis in den Händen schmilzt.

»Machen wir jetzt die nächste Stunde so weiter, bis wir uns wieder mit den anderen treffen?«, frage ich, als wir uns voneinander lösen. »Ich hätte nichts dagegen.«

»Eigentlich wollte ich mir mit dir etwas anschauen.« Er küsst mich noch einmal schnell. »Etta hat mir einen ihrer Reiseführer geliehen.«

»O nein! Gehen wir zu einem Grab? Oder in ein Museum mit Audioguide? Ich traue den Dingern nicht! Man weiß nie, ob noch Ohrenschmalz vom Vorgänger dran ist.«

»Tatsächlich war das die erste Option, aber die Sache mit dem Ohrenschmalz fand ich auch nicht so toll.« Er steht auf und zieht mich hoch. »Na komm. Ich glaube, das wird dir gefallen.«

Er schaut auf sein Handy, dann gehen wir eine Straße entlang, die bergauf von der Kirche wegführt, vorbei an Souvenirshops, wo man Bandanas mit der italienischen Flagge drauf und glitzernden Pizza-Weihnachtsschmuck kaufen kann. Wir kommen zu einem Laden an der Ecke, und ich bin mir schon sicher, dass wir dort nach den Carbonara-Chips Ausschau halten, die Alex sucht, doch er führt mich in eine dunkle Gasse. Hier ist niemand, und ich ahne, was er vorhat, also bleibe ich an einer mit Graffiti besprühten Wand stehen und ziehe ihn an mich.

»Ah, Plot-Twist, du hast mich reingelegt und wir knutschen doch, bis wir die anderen treffen«, sage ich und küsse ihn auf den Hals. »Sehr gut.«

Er erwidert meinen Kuss und stöhnt leise, als wir uns voneinander lösen und unsere Nasenspitzen sich berühren. »Nein, ich hab dich nicht reingelegt, und ich gebe es nur ungern zu, aber es ist gleich hier.«

Er zeigt auf einen kleinen Laden in der Nähe, und ich schäme mich ein wenig, als mir klar wird, dass wir für alle in dem Laden wie auf dem Präsentierteller stehen.

»Und was ist das genau?«

»Der Laden gehört einer Frau, die für ihre riesigen gestickten Selbstporträts bekannt ist. Die gefallen dir bestimmt, sie sind echt schön«, sagt er. »In ganz Neapel gibt es solche versteckten kleinen Künstlerateliers. Ich hab in Ettas Buch davon gelesen und ein paar

Adressen rausgesucht. Ich dachte mir, du hast vielleicht Lust, sie anzuschauen.«

Ich bin baff, denn es gibt wirklich nichts, was ich lieber täte (außer natürlich mit Alex zu knutschen). Wie kommt er auf etwas, das haargenau richtig für mich ist? Wie hat er das in so kurzer Zeit erkannt?

»Oh, das ist echt eine tolle Idee«, sage ich, und er strahlt voller Stolz. Er ist so süß, ich würde ihn am liebsten in die Wangen kneifen.

Die nächste Stunde laufen wir durch windige Straßen und verschwinden immer wieder in winzigen Geschäften und Ateliers. In einem Laden hängen lauter goldene Masken an den Wänden, und eine Frau macht ausgefallene Ohrringe und Kopfschmuck aus leuchtenden Steinen. In einem Keramikladen bewundern wir glänzende Ballons in kunterbunten Pastellfarben. Alex drückt meine Hand und legt das Kinn auf meine Schulter.

»Vielleicht könntest du eines Tages auch so etwas haben«, flüstert er. »So einen Laden mit einer kleinen Werkstatt.«

Ich zucke die Schultern. »Die sind ganz anders als ich.«

Er guckt mich verständnislos an. »Wieso, das sind Künstler, und du bist eine Künstlerin.«

»Ja, das weiß ich. Bin ich immer gewesen. Ich brauche niemanden, der mir das bestätigt.«

Er nickt. »Da hast du recht. Entschuldige.«

»Aber bei ihnen ist das anders. Sie … haben sich bewährt. Haben sich spezialisiert. Sie haben … ich weiß nicht, wahrscheinlich einen langfristigen Pachtvertrag. Ihr ganzes Leben ist auf diese eine Sache ausgerichtet, und wie meine Eltern deutlich gemacht haben, fehlt es mir einfach an Engagement.«

»Du hast von klein auf Kunst gemacht. Du schaffst das schon.«

Er macht eine Geste, die den ganzen Laden umfasst. »Und auch wenn du nicht nur eine Sache machst, dann ist das deine Sache! Hauptsache es passt für dich, ganz gleich, was deine Eltern sagen.«

Und wieder findet er genau die richtigen Worte, und mein Herz schwillt auf das Dreifache an, als wäre ich der Liebes-Grinch.

Ich klopfe ihm auf den Rücken, umfasse sein Gesicht mit den Händen, bewege seinen Kopf hin und her und untersuche seinen Hals.

»Was machst du da?« Er guckt mich leicht erschrocken an.

»Ich suche den Ein-und-Aus-Schalter oder vielleicht ein paar Schrauben am Hals wie bei dem guten alten Frankenstein.«

»Und warum machst du das? Übrigens war Frankenstein der Arzt, nicht das Monster.«

»Siehst du, zu vollkommen. Du musst ein Roboter sein.« Lachend zieht er mich an sich, und wir küssen uns, bis die Frau an der Kasse sich räuspert.

Wir gehen zu der Pizzeria, wo wir uns mit den anderen zu einem späten Mittagessen treffen, aber an der Ecke drückt er meine Hand.

»Ich bin überhaupt nicht vollkommen«, sagt er mit kleiner Stimme. »Aber für dich versuche ich, es zu sein. Ich möchte das mit dir einfach nicht vermasseln.«

Ich beuge mich vor und streiche ihm mit dem Daumen über die Wange. Sein Blick ist ernst und verletzlich.

»Du brauchst nicht vollkommen zu sein«, flüstere ich zurück. »Sei einfach wahrhaftig, mehr will ich gar nicht.«

»Mach ich«, sagt er. »Du auch?«

Ich frage mich, ob er hinter meine Fassade blicken kann. Aber ich habe ihm schon mehr Einblick gewährt als jedem anderen in der letzten Zeit.

Zur Antwort ziehe ich ihn an mich und drücke meine Lippen fest auf seine.

Wie gehen die letzten Schritte bis zur Pizzeria, doch kurz davor lösen wir die Hände voneinander.

»Noch einen letzten«, sagt er und beugt sich für einen schnellen Kuss zu mir.

Wir haben nicht ausdrücklich besprochen, unsere Beziehung vor unseren Eltern geheim zu halten, aber wir wissen beide, dass es besser so ist. »Was macht ihr da?«, höre ich Ettas unverkennbare Stimme, und wir springen schnell auseinander. »Bei einem durchschnittlichen Kuss werden ungefähr achtzig Millionen Bakterien übertragen«, sagt sie und seufzt schwer. »Nur, dass ihr Bescheid wisst.«

Fünf Sekunden später kommen unsere Eltern, sie kichern und reden laut mit dem Fremdenführer.

»Hallo, ihr zwei!«, ruft meine Mutter breit lächelnd.

»Und, freut ihr euch auch schon auf die berühmte Pizza hier?« Mr Lee geht allen voran ins Restaurant.

»Meinst du, sie haben uns gesehen?«, flüstert Alex, während wir hinterhergehen.

Ich wische ihm ein bisschen rosa Lippenstift vom Mundwinkel. »Tja, selbst wenn nicht, *das* haben sie garantiert gesehen.«

Fünfzehntes Kapitel

Sie haben es gesehen. Aber so was von.

Und als wir wieder zurück aufs Schiff gehen, gibt es ganz neue Regeln, als absolute Krönung das Verbot, allein in Alex' Kabine zu sein.

Und das ist richtig unpraktisch, denn jetzt, wo wir einander endlich unsere Gefühle gestanden haben, können wir nicht die Finger voneinander lassen. Und ich hatte mich schon darauf gefreut, das in seiner Kabine – ohne Wally und mit Meeresblick – so richtig auszunutzen.

Doch nach dem Abendessen bringen unsere Eltern uns zu unseren Kabinen, und als ich mich gegen Mitternacht rausschleichen will, klingelt das Telefon. Wally grunzt und zieht sich das Kissen über den Kopf.

»Hallo?«, flüstere ich und halte zögernd den Hörer ans Ohr.

»Ach, hallo, Lenore, bist du immer noch wach?« Ich höre förmlich das Grinsen in der Stimme meiner Mutter.

»Was ist das denn für eine gruselige Mutter-Magie?«

»Ich weiß nicht, was du meinst«, sagt sie. »Aber ich weiß, dass du deinen Hintern jetzt mal besser wieder ins Bett bewegst und ihn bis morgen früh dort lässt.«

»Ich … hm …« Ich durchforste mein Hirn nach einer Ausrede, vielleicht auch nach Widerspruch, denn schließlich konnte Wally nächtelang ungestört auf dem Schiff herumgeistern. Aber davon will sie bestimmt nichts hören.

»Ich hab dich lieb. Gute Nacht, Schatz«, säuselt sie.

»Hab dich auch lieb«, grummele ich.

Also sehe ich Alex erst am nächsten Morgen, als wir in Sardinien anlegen, und unsere Eltern bestehen darauf, dass wir auf den gemeinsamen Ausflug ins Castello-Viertel mitkommen, anstatt uns allein losziehen zu lassen, was bisher überhaupt kein Problem war.

»Ist es nicht verrückt«, sagt Alex, als wir uns im Museo Archeologico Nazionale in eine stille Ecke verziehen, »dass wir uns auf der anderen Seite der Welt gefunden haben? Obwohl wir zu Hause nur fünf Minuten die 605 runter voneinander entfernt wohnen.«

»Hm, in was für einer staulosen Utopie lebst du denn?« Ich lache und schlinge die Arme um seine Mitte.

»Na gut, dann eben fünfundzwanzig Minuten. Trotzdem. Das ist … Schicksal.« Er sieht mich mit diesem wunderschönen weichen Lächeln an, das alles in meinem Innern zum Schmelzen bringt.

Ich haue ihm auf die Brust. »Mann, du bist so kitschig.«

»Stimmt«, sagt mein Vater, der plötzlich aus dem Nichts auftaucht. Schnell lasse ich die Hände von Alex.

»Ja, mein Sohn, das hab ich dir doch besser beigebracht«, sagt Mr Lee direkt hinter ihm. Und dann sind auf einmal auch meine Mutter, Dr. Lee und Etta da. Wally ist zum Glück nirgends zu sehen.

»Lasst sie doch. Das ist süß«, sagt Dr. Lee.

»Bei mir hat es in dem Alter bestimmt viel weniger gebraucht, um mich zu einem Kuss zu überreden«, sagt meine Mutter, und augenblicklich tut sich ein Spalt im Boden auf, und ich falle hinein bis in das glühende Zentrum der Erde. Und bin mausetot.

An diesem Abend ist das große Dinner mit Tanz, das in der Broschüre der Kreuzfahrt als »Highlight der Reise« angepriesen wurde. Und ja, es ist eine ziemlich spießige Veranstaltung, aber wir haben ja nichts Besseres zu tun. Und ich genieße es, dass es kein großes Hin und Her darüber gibt, ob Alex und ich zusammen hingehen oder nicht. Als wir zurück zum Schiff kommen, gibt er mir ganz mutig vor unseren Eltern einen Kuss auf die Wange und sagt, er würde mich um sieben an meiner Kabine abholen.

Wally geht wieder ins Bett und verkündet, dass er nicht mitkommt, und daran ändert selbst ein langes, ernstes Gespräch mit meiner Mutter nichts. Ich ärgere mich über ihn, bin aber auch froh darüber, dass ich mich in der winzigen Kabine frei bewegen kann, um mich fertig zu machen, ohne mit ihm zusammenzustoßen oder mich mit ihm um das Bad zu zanken. Ich stecke meine Dreads zu einem großen Dutt hoch und verziere ihn mit funkelnden goldenen Haarschellen. Ich wähle einen Eyeliner in hellem Seegrün und trage farblosen Lipgloss auf. Und dann ziehe ich das hellblaue fluffige Tüllkeid an, das ich vor ein paar Jahren geschneidert habe. Wie gut, dass ich das noch in letzter Minute in den Koffer gepackt habe. Das i-Tüpfelchen bilden die Sandalen mit den Goldperlen und meine schwarze Clutch.

Ich sehe aus wie Cinderella. Nicht wie die aus dem Zeichentrickfilm oder einem der vielen Remakes. Nein, wie Brandy in dem guten alten Film, den meine Tante Stacy immer in den DVD-Player ihres alten Honda Odyssey eingelegt hat. Einfach umwerfend.

Alex klopft an, pünktlich auf die Minute. Ich mache die Tür auf, und das Herz flattert in meiner Brust, als ich ihn da stehen sehe in seinem schwarzen Smoking mit glänzenden Revers, dazu eine Fliege. Eine Fliege! Bisher wusste ich gar nicht, dass ich auf Fliegen stehe, aber offenbar stehe ich total darauf.

»Du hast allen Ernstes einen Smoking für alle Fälle dabei?«

Er zuckt die Achseln und wird knallrot. »Den hatte ich noch vom Abschlussball. Ich hab mir einen gekauft, anstatt ihn zu leihen.«

Klar. Der Abschlussball, zu dem er mit Natalia gehen wollte. Zu dem er mit ihr gegangen wäre, hätte sie nicht vorher Schluss gemacht. Beim Gedanken daran wird mir elend.

Aber jetzt ist er hier mit mir, sage ich mir. Und er schaut mich völlig verzückt an, als wäre ich das hinreißendste Mädchen der Welt. Hat mich schon jemals irgendwer so angesehen?

Ich muss den ganzen Ballast loslassen, der mich zurückhält. Ich muss mich einfach voll und ganz darauf einlassen.

Alex schüttelt den Kopf, als erwachte er aus einer Trance. »Oh, ich hab dir was mitgebracht.« Er hält eine durchsichtige Schachtel hoch, die ich vor lauter Faszination für seine Fliege noch gar nicht bemerkt hatte. Darin ist eine weiße Anemone in einem Sträußchen Schleierkraut an einem zarten Goldband.

»Ist das …?«

»Ein Blumenarmband. Und ja, ich weiß, dass es kitschig ist« – er lacht und hält eine Hand hoch – »aber wir sind uns ja inzwischen einig, dass das mein Markenzeichen ist.«

Ich bin so überrascht, so gerührt, dass ich kein Wort über die Lippen bringe, was er offenbar als schlechtes Zeichen nimmt, denn er beeilt sich zu sagen: »Ich dachte – wegen der Geschichte mit deinem Abschlussball –, dass wir das jetzt einfach nachholen. Denn du bist … du bist so wundervoll, Lenore, und du hast den allerschönsten Abschlussball verdient. Und ich kann dir zwar keine Limo und kein schickes Restaurant bieten, aber immerhin das hier hab ich besorgt. Wenn dir die Blumen nicht gefallen, können wir noch mal bei der Floristin auf dem dritten Deck vorbeigehen, sie könnte das bestimmt gegen andere Blumen …«

Ich verschließe ihm den Mund mit einem Kuss. »Es ist wunderschön. Danke.«

Er strahlt mich an. »Ah, na dann. Gut.«

Seine Hände zittern ein wenig, als er mir das Armband über die Hand streift. Ich werfe die leere Schachtel hinter mich in die Kabine.

»Hey, Wally!«, rufe ich. »Kannst du kurz aufstehen und ein Foto von uns machen?«

Er stöhnt protestierend, schlägt jedoch die Bettdecke zurück und kommt mit den Händen auf den Hüften an die Tür. Ich reiche ihm meine klobige Kamera und mein Handy. »Mit beiden, bitte.«

Alex stellt sich hinter mich und legt mir die Hände um die Taille. Das Blitzlicht blendet uns, und wieder kommt mir alles vor wie ein Traum. Und war das nicht noch vor wenigen Wochen mein Traum? Als ich auf dem Abschlussball Fotos mit meinen Freunden gemacht habe und mir wie das fünfte Rad am Wagen vorkam?

Hand in Hand gehen wir zum Abendessen, und unweigerlich vergleiche ich diesen Moment damit, wie ich mich beim Abschlussball gefühlt habe. Wie nervös und angespannt ich war, hoffend auf vielleicht zwei Tänze und ein paar heimliche Küsse mit einem Jungen, der nicht mal offiziell mit mir zum Ball gehen wollte. Bei Alex bin ich ganz ruhig. Und das nicht nur, weil ich mir seiner Gefühle sicher sein kann, sondern auch, weil ich bei ihm nichts darstellen muss, wie so oft zu Hause, bei meinen Freunden und auf der Chrysalis. Seit Tagen bin ich ununterbrochen mit ihm zusammen, aber das laugt mich nicht aus wie das Zusammensein mit allen anderen. Ich kann einfach sein. Ohne groß darüber nachzudenken, wie ich bin.

Ich hätte nie gedacht, dass ich je so einen Frieden bei jemandem finden könnte. Und das bringt mich auf verwegene Gedanken. Auf den Gedanken, dass ich vielleicht meinen Menschen gefunden habe. Die eine große … na ja, egal.

Der Kronensaal, wo wir immer frühstücken und zu Abend essen, ist völlig verwandelt. Das Licht ist gedämpft bis auf pinkfarbene Scheinwerfer, die den Raum in ein rosiges Licht tauchen. Die Tische, auf denen schwere Tafelaufsätze mit rosa und roten Rosen stehen, sind näher an die Wände geschoben worden und machen Raum für den weiß glitzernden Tanzboden. Und der ist schon voll mit Leuten, die mit mehr oder weniger Talent losgrooven.

Mr Lee tanzt so ähnlich wie Carlton in der alten Sitcom *Der Prinz von Bel-Air*, während Dr. Lee begeistert zuschaut. Ich stoße Alex an und zeige es ihm.

»Ist wohl besser, dass du das jetzt siehst. Das ist die Zukunft, auf die du dich freuen darfst.« Er lächelt und hat keine Ahnung, was diese Worte bei mir auslösen.

Ich küsse ihn auf die Wange und nehme ihn fest in den Arm. »Ach ja?«

Der Abend ist einfach magisch. Kellner im weißen Smoking tragen einen Gang nach dem anderen auf. Wir tanzen mit unseren Eltern zu *Cupid Shuffle*, das sie sich garantiert vom DJ gewünscht haben.

Den ganzen Abend sehen wir weder Natalia noch ihre Familie. Ich weiß, dass Alex mich mag und mit mir zusammen sein will – trotzdem wäre es unangenehm. Und als wir verschwitzt und taumelig sind und überdreht von den zuckrigen Crêpes, die es zum Nachtisch gab, läuft der erste langsame Song des Abends.

Es ist einer von Leon Bridges, den ich schon mal gehört habe, schnulzigste Musik aus den Achtzigern, doch als Alex meine Hand nimmt, mich in die Mitte der Tanzfläche führt und mir tief in die

Augen schaut, als wäre ich die Einzige im Saal, fühlt es sich so an, als wäre das Lied nur für uns geschrieben.

Er legt die Hände um meine Hüften und seine Stirn an meine und wiegt mich zur Musik hin und her. Er singt leise den Text mit und schaut mir die ganze Zeit in die Augen.

Mein Herz rast. Ich weiß, dass er es spürt, so nah, wie wir uns sind. Und Worte tauchen in meinen Gedanken auf, ein Echo auf den Beat: Was wenn? Was wenn? Was wenn?

Was, wenn mein Leben ganz anders verlaufen kann als gedacht? Wenn das, woran ich nicht mehr geglaubt habe, doch möglich ist?

Ich hätte nie gehofft, dass ich so etwas … was auch immer es ist … mit Alex finden würde.

Und wenn das hier möglich ist, was, wenn dann alles andere – alles, was ich nicht mal in Betracht gezogen habe – auch möglich wäre? Wenn ich die Freiheit haben könnte, meinen Weg zu finden? Mir Zeit zu lassen, mich wirklich in etwas zu vertiefen. Ohne die Sorge, die Beste sein zu müssen oder es zu vermasseln, weil ich es einfach noch mal versuchen könnte.

Denn meine Eltern haben recht, ich weiß nicht, was ich will. Ich weiß nicht, welchen Weg ich einschlagen soll.

Aber ich möchte, dass das okay ist. Vorerst.

»Was hast du, Lenore?«, fragt Alex. Anscheinend gucke ich verwirrt, denn er erklärt: »Du hast so ausgesehen, als hättest du an etwas anderes gedacht. Kein Stress, aber wenn du reden willst … dann bin ich da.«

Und ich habe das überwältigende Bedürfnis, ihm alles zu erzählen. Denn ich weiß, dass er zuhört. Ich weiß, dass er nur das Beste von mir annimmt. Das hat er jedenfalls bisher getan.

Die Musik hat wieder zu einem schnellen Motown-Song gewechselt. Ich schaue mich nach unseren Eltern um und sehe, dass sie zusammen mit anderen Tänzern zwei Reihen gebildet haben, und sie rufen und juchzen, wenn ein Paar durch das Spalier tanzt. Sie sind gut beschäftigt und werden es noch eine Weile sein.

»Ja, lass uns reden. Vielleicht … in deiner Kabine?«

Er verflicht seine Finger mit meinen und geht voran.

In Alex' Kabine ist es dunkel, aber die Spiegelung des Mondes auf dem Wasser scheint durch die offenen Vorhänge herein. Alex zieht sein Jackett aus, legt es über das kleine Sofa und schaltet die Lampe neben seinem Bett ein. Wir setzen uns, während wir uns immer noch an den Händen halten, und ich denke an das letzte Mal, als wir hier waren, auf seinem Bett saßen und einander nur mit Mühe ertrugen. Alles hat sich so schnell verändert, doch so schnell fühlt es sich gar nicht an. Mit Alex fühlt sich alles genau richtig an.

Er streift meine Schläfe mit seinen Lippen, und ich denke schon, dass wir das Gespräch vielleicht einfach sausen lassen und uns schöneren Dingen zuwenden. Doch er schaut mir prüfend in die Augen und fragt: »Also, was ist los? Du hast ein Gesicht wie eine Disney-Prinzessin. Du kannst deine Gefühle einfach nicht verbergen.«

»Na ja, erstens ist die einzige Schwarze Disney-Prinzessin die meiste Zeit des Films ein Frosch, also …«

Er fällt mir ins Wort. »Jetzt sei mal ernst. Erzähl es mir einfach.«

Und das tue ich. Ich erzähle ihm, dass ich überlege, in diesem Sommer vor dem Unistart mein ganzes Leben in die Luft zu sprengen. Dass ich glaube, die Lösung für die Entscheidung, die meine Eltern von mir verlangen, liegt darin, keine Entscheidung zu treffen.

»Ich möchte mit der Kunst weitermachen«, sage ich, und er nickt ermutigend. »Vielleicht Fotografie, vielleicht Mode, vielleicht auch etwas ganz anderes, was ich noch nicht entdeckt habe. Aber ich glaube … ich weiß, dass ich das erst mal nur für mich machen möchte. Und wenn ich … wenn ich nicht den Druck habe, die Beste zu sein, mache ich mich vielleicht auch nicht so verrückt und breche alles ab, bevor ich herausfinde, was ich wirklich draufhab. Ich weiß es nicht. ICH WEIß ES NICHT. Wirst du aus dem, was ich sage, irgendwie schlau?«

Er hat den Arm um meine Taille gelegt und zieht mich näher an sich.

»Absolut«, sagt er. »Aber willst du das alles an der NYU machen? Als ich dir ein Gap Year vorgeschlagen habe, hast du zwar gelacht, aber ich finde, du solltest noch mal drüber nachdenken. Du solltest nicht nach New York ziehen, wenn du nicht willst … und du darfst mir gern widersprechen, Lenore, aber ich glaube nicht, dass du es willst.«

Will ich nach New York? Wo ich glaubte hinzumüssen? In die Stadt, die ich meinte lieben zu müssen?

Nein. Ganz und gar nicht.

Ich möchte in Long Beach bleiben, das ich schon liebe.

»Ich will nicht nach New York.« Es ist so eine Erleichterung, ehrlich zu sein. »Ich will nicht wegziehen. Ich … ich weiß, dass ich im Herbst nicht aufs College möchte. Noch nicht. Ich möchte in Long Beach bleiben und … Kunst machen. Auf meine Art.«

Während ich die Worte ausspreche, machen sie mir Angst, und ich schaue mich im Zimmer um, als könnten meine Eltern aus dem Schatten auftauchen und mir meine Schwarze Exzellenz absprechen.

»Okay«, sagt Alex. »Dann wirst du das eben so machen.«

»Moment mal«, sage ich und schaue ihn von der Seite an. »Unterstützt du mich jetzt nur, damit ich in Kalifornien und in deiner Nähe bleibe?«

»Na ja … das ist jedenfalls kein Grund, dich nicht zu unterstützen.« Er lacht und seine Augen funkeln. »Long Beach und Brentwood liegen ziemlich nah beieinander!«

»Du schon wieder mit deiner utopischen Einschätzung des Straßenverkehrs. An einem Freitagnachmittag, wenn die Uni aus ist, liegen Long Beach und Brentwood zwei Stunden auseinander. Bist du die 405 je gefahren?«

»Dann kommst du eben donnerstagabends hoch.«

»Aha, ich soll also immer zu dir kommen?« Ich stoße ihn mit der Schulter an und grinse so breit, dass mir die Wangen wehtun.

»Aber nee, jetzt mal ohne Quatsch«, sagt er etwas ernster. Er zeichnet mit dem Finger die Linien meiner Hand nach und sagt: »Ich möchte einfach, dass du das tust, was dich glücklich macht. Du hast es verdient, glücklich zu sein. Und du hast eine bessere Vorstellung davon, was du mal machen willst, als alle anderen – besser als ich, besser als deine Freunde und deine Familie. Du bist so ein … so ein geniales, lebendiges, wunderschönes Mädchen. Und wenn der Weg, den du einschlägst, ein anderer ist, heißt das noch lange nicht, dass er verkehrt sein muss.«

»Glaubst du das wirklich?«, frage ich. »Mr Zwanzigjahresplan? Doktor in spe?«

»Natürlich. Ich glaube an dich.«

Die Worte treffen mich wie ein Pfeil in die Brust, und mir stockt der Atem. Hat das schon jemals irgendwer zu mir gesagt? Normalerweise sage ich das zu meinen Freunden, um sie aufzumuntern. Meine Eltern? Vielleicht. Aber selbst wenn, kam bestimmt gleich darauf ein Tipp, wie ich mich verbessern könnte, eine Kritik daran, was ich alles nicht so gut hinkriege.

»Danke«, sage ich leise. Ich lasse den Kopf an seine Brust sinken, damit er die Gefühle nicht sieht, die sich ja anscheinend alle auf meinem Disney-Prinzessinnen-Gesicht spiegeln.

»O Mann, aber ich mache mir was vor, oder?« Ich seufze. »Dir davon zu erzählen ist leicht. Aber es meinen Eltern zu erzählen ist eine ganz andere Geschichte. Wie soll ich ihnen erklären, dass ich das College schmeißen will, wofür sie so hart gekämpft haben, diese Chance, die sie mir quasi auf dem Silbertablett servieren!«

»Du schmeißt es ja nicht. Du drückst nur mal kurz die Pausetaste, es ist nicht so, dass du die Chance vertust …«

»Und was ist mit dem Geld? Die Studiengebühren können sie vielleicht zurückbekommen, aber sie verlieren bestimmt einen Teil der Miete für das Zimmer. Das ist nicht billig. Mann, ich muss mir einen Job suchen. Und zwar sofort. Meine Eltern werden auf keinen Fall erlauben, dass ich zu Hause bleibe, ohne zu arbeiten. Aber will ich überhaupt zu Hause bleiben? Eine eigene Wohnung werde ich mir kaum leisten können, und ich will nicht in so eine räudige WG …«

Alex drückt mich fest. »Ich will ja nicht einer dieser nervigen Typen sein, die einer Frau sagen, sie soll sich mal entspannen, aber … Lenore, du musst dich mal entspannen.« Er legt seine Stirn an meine, und ich spüre, wie mein Herz an seiner Brust rast.

»Wir machen einen Plan. Gemeinsam«, flüstert er. »Du weißt ja, dass das genau mein Ding ist.«

»Mr Zwanzigjahresplan.«

Er rahmt sein Gesicht mit einer Hand ein. »Jaha, so heiße ich. Übertreib's nicht.«

Ich atme tief durch. »Okay.«

Eine ungewisse Zeit steht mir bevor, aber ich spüre auch, wie mein Mut wächst. Denn ich muss diesen Weg nicht allein gehen. Ich muss niemandem etwas vorspielen. Und das macht diese umwälzenden Entscheidungen ein bisschen weniger beängstigend. Wenigstens sage ich mir das und lasse alle Sorgen erst einmal fahren, bis nur noch Alex und ich im Hier und Jetzt übrig bleiben.

»Ich glaube auch an dich«, sage ich. »Nur, dass du das weißt.«

»Danke.«

Wir sind einander so nah, dass ich seinen Atem an der Wange spüre. Wir sind in seiner Kabine, auf seinem Bett. Allein.

Keiner weiß, wo wir sind, keiner kann uns stören.

Anscheinend fällt ihm das im selben Moment auf wie mir, denn er umfasst sanft mein Gesicht und küsst mich so langsam und tief, wie er es bisher noch nicht getan hat. Ich schlinge die Arme um seinen Nacken und ziehe ihn enger an mich, hinunter aufs Bett, und spüre seine Wärme auf mir. Ohne die Lippen von meinen zu lösen, hebt er meine Hüfte an und zieht mich hoch, sodass ich mit dem Kopf auf seinem Kissen liege. Es ist, als berührte ich mit jedem Zentimeter meines Körpers jeden Zentimeter seines Körpers. Ein gutes Gefühl.

»Hey«, sage ich zwischen zwei Küssen. »Ich hab eine Antwort auf deine Frage von gestern.«

Er sieht mich verwirrt und mit geschwollenen Lippen an.

»Tut mir leid, aber ich kann mich gerade an nichts erinnern, was länger als zwei Sekunden her ist.«

Ich lache und spiele an seiner Fliege herum. Ich ziehe an einem Ende, bis sie sich löst, und nehme sie ab. »Du hast gefragt, ob du mein Freund bist.«

Er beißt sich auf die Lippe und nickt. »Stimmt.«

»Und ich hab beschlossen, dass … ja!« Ich zucke die Schultern. »Du bist jetzt wohl mein Freund.«

»Echt?« Seine Augen leuchten, und langsam knöpfe ich ihm das Hemd auf.

»Echt.«

Sechzehntes Kapitel

Irgendwann nach Mitternacht verlasse ich Alex' Kabine. Er möchte mich begleiten, aber das ist mir zu riskant. Wer weiß, wo unsere Eltern lauern, und da ist es besser, wir sind getrennt und können alles glaubhaft abstreiten. Also legt er mir nur sein Jackett um die Schultern, küsst mich auf die Wangen und schaut mir mit müden Augen nach.

Leise öffne ich die Tür zu unserer Kabine und gehe auf Zehenspitzen durch den dunklen Raum, um Wally nicht zu wecken. Bis ich sein unberührtes, leeres Bett sehe. Also schätze ich, dass er mal wieder auf dem Schiff herumgeistert und zum Spaß in seinem Lehrbuch über englische Literatur liest. Ich müsste mir Sorgen machen, aber er hat ja sehr deutlich gemacht, dass es mich einen Scheiß angeht. Also schlüpfe ich in meinen Schlafanzug, lege mich hin und überlasse Wally sich selbst, was auch immer er treibt.

Als ich am nächsten Morgen aufwache, höre ich die Dusche, und Wasserdampf quillt unter der Tür hervor, also scheint alles okay zu sein. Jedenfalls ist er nicht über Bord gegangen.

Schnell mache ich mich an dem kleinen Waschbecken frisch, ziehe meinen königsblauen Bikini und darüber ein grün gestreiftes Kleid an und verschwinde zur Tür hinaus, bevor Wally und ich uns in die Quere kommen können. Wir haben heute in La Spezia angelegt, und Alex und ich haben große Pläne, in Cinque Terre ins Meer zu springen. Ich habe schon so viele Bilder von den bunten Häusern gesehen, die an den Rand der Klippen gebaut sind, und kann es gar nicht erwarten, sie in echt zu sehen. Und mit Alex im Sand zu kuscheln. Aber erst habe ich noch etwas anderes vor.

Als ich zum Computerraum komme, ist er nicht verlassen wie beim letzten Mal. Da sitzt ein älterer weißer Mann im Hawaiihemd à la Jimmy Buffett und tippt wild vor sich hin, vermutlich hat er einen ernsthaften Grund, im Computerraum zu sein. Dann noch ein Junge in meinem Alter, der garantiert nur mal schnell seine Nachrichten checkt. Ich setze mich möglichst weit entfernt von den beiden und logge mich mit der Internet-Karte, die Alex mir geliehen hat, in meinen Mail-Account ein.

Ich habe eine Nachricht von Theo:

Tessa hat mich darüber informiert, dass sie mit dir gesprochen hat, und ich bin zutiefst gekränkt. Du erinnerst dich vielleicht noch daran, dass wir beide zuerst befreundet waren. Du könntest mir wenigstens einige Fotos zukommen lassen, während du das bel paese *erkundest.*

Hochachtungsvoll,

Theodore

PS: Tessa erwähnte auch, dass du einen Verehrer gefunden hast. Bitte nimm seinen Pass in Augenschein und überprüfe, ob er der ist, der er zu sein vorgibt. Lavon hat mich gezwungen, mit ihm zu viele Folgen Unsolved Mysteries *auf Netflix zu schauen, und du bist genau der Typ für eine internationale Entführung.*

PPS: Ich vermisse dich zwar, aber falls du das irgendwem erzählst, werde ich es abstreiten.

Ich pruste los und ernte einen bösen Blick von dem Mann im Haiwaiihemd. Ich gucke genauso böse zurück.

Die übrigen Mails sind von Tessa, die mich um Neuigkeiten über Alex anbettelt, und als ich mein Handy mit einem USB-Kabel an den Rechner anschließe und ihr die Fotos von gestern Abend schicke, wird mir fast schwindelig.

Zwei Sekunden später kommt ein Videocall herein, und ich zucke zusammen.

Was soll denn das jetzt? Es muss zu Hause doch – ich schaue auf die Uhr – schon nach Mitternacht sein. Hat sie einen Meldedienst eingerichtet oder so? Wie ich Tessa kenne, hat sie wahrscheinlich gleich drei davon am Start.

Ich will die Anfrage annehmen, aber es schlägt jedes Mal fehl. Deshalb eröffne ich einen Chat.

Ich: *Sorry, ich bin heute nicht die Einzige im Computerraum. Die Verbindung klappt nicht.*

Tessa: *ERZÄHL MIR AUF DER STELLE, WAS DIESE SÜSSEN FOTOS ZU BEDEUTEN HABEN!*

Ich: *Gestern gab es auf dem Schiff ein Festessen mit Tanz, da sind wir zusammen hingegangen.*

Ich: *Außerdem ist er jetzt wohl mein Freund.*

Tessa: *AHHHHHHHHHHHHHHHHHHHHHH*

Tessa: *!!!!!!!!!!!!!!!!!!!!!!*

Tessa: 💃🎉👏😍

Ich lache wieder. Ich wusste, dass sie so reagieren würde, und irgendwie finde ich es schön.

Ich: *Und, freust du dich? Das kam jetzt nicht so gut rüber.*

Tessa: *All meine Träume werden wahr!*

Ich: *Hey, du musst an deinen Träumen arbeiten.*

Tessa: *Ich wusste, dass es so kommen würde! Genau so was brauchst du nach diesem Arsch von Jay.*

Tessa: *Ein kleiner Ferienflirt. DAS HAST DU ECHT VERDIENT.*

Bei dem Wort »Ferienflirt« sträubt sich etwas in mir. Ich glaube, das, was Alex und ich miteinander haben, ist … viel mehr.

Ich: *Das ist aber nicht nur ein Flirt.*

Drei Pünktchen erscheinen und verraten mir, dass sie eine Antwort tippt. Die Pünktchen sind ziemlich lange zu sehen, deshalb erwarte ich einen Roman. Doch schließlich steht da nur:

Tessa: *Natürlich!! Entschuldige!*

Ich: *Alles gut!*

Tessa: *Wo studiert er denn? In New York?*

Ich: *Nein, an der UCLA*

Ich möchte ihr jetzt nicht alles erzählen, was ich gestern Abend beschlossen habe. Noch nicht.

Tessa: *Na ja, eine Fernbeziehung kann auch sehr gut funktionieren!*

Tessa: *Ich kann gar nicht glauben, dass das alles in einer einzigen Woche passiert ist! Wow!*

Und ich weiß, dass in so einer Nachricht der Ton verloren geht und dass es etwas ausmacht, wenn ich ihr Gesicht nicht sehe und ihre Stimme nicht höre. Außerdem hat sie ja gar nicht alle Informationen. Wenn alles nach Plan läuft, werden Alex und ich eben keine Fernbeziehung führen. Trotzdem empfinde ich ihre Worte als … von oben herab. Ich komme mir klein und dumm vor. Was blöd ist, denn schließlich versucht sie ja immer, mir diese albernen Liebesgeschichten anzudienen Nicht, dass man bei Alex und mir schon von Liebe sprechen könnte … aber trotzdem.

Ich: *Hey, ich muss jetzt los. Wir fahren heute nach Cinque Terre.* 😎

Tessa: *OMG, WAS FÜR EIN LEBEN DU HAST.*

Tessa: *Bitte mach Fotos! Hab dich lieb!*

Ich schiebe die seltsamen Gefühle weg, die Tessas Kommentare in mir ausgelöst haben, und gehe zum Hauptdeck. Alex und ich wollten uns dort zwanzig Minuten vor unseren Familien treffen, um zu überlegen, wie wir uns ohne sie und ihre neugierigen Blicke zu einem der Dörfer von Cinque Terre davonschleichen können. Auf dem Deck ist viel los, deshalb dauert es eine Weile, bis ich ihn erspähe. Und dann rasen meine Gedanken, um zu verarbeiten, was ich sehe.

Da steht Alex in einer Seersucker-Badehose und einem blütenweißen T-Shirt, das seine braune Haut zum Leuchten bringt. Er sieht müde aus und seine Locken sind ganz verstrubbelt, als wäre er gerade erst aufgestanden, aber dadurch ist er nur noch schöner.

Doch er ist nicht allein. Dicht neben ihm steht ein Mädchen, und auf den zweiten Blick erkenne ich die glänzenden schwarzen Haare und die superdünne Figur. Natalia.

Natalia hat ihm einen Arm um die Schultern gelegt. Natalia sagt etwas, worauf er den Kopf in den Nacken legt und lacht, nur einmal, wie ich es liebe. Natalia nimmt ihn fest in die Arme und legt den Kopf auf seine Schulter. Natalia flüstert ihm etwas ins Ohr.

Es wäre jetzt besser, einfach zu gehen und das Elend zu beenden. Es ist so eindeutig, was da läuft.

Aber irgendetwas treibt mich dazu, einen auf Miss Marple zu machen und mich an die beiden heranzupirschen. Das, was ich herausfinden werde, wird mir nicht gefallen, aber ich brauche Gewissheit.

Es ist echt laut hier, Familien rufen einander etwas zu, und Mitarbeiter der *Mediterranean Majesty* versuchen ihre Reisegruppen zusammenzuhalten, deshalb kann ich kaum verstehen, was die beiden sagen. Doch als ich nur noch ein kleines Stück entfernt bin, versteckt hinter einem Paar mit identischen Bauchtaschen, höre ich Alex laut und deutlich »Lenore« sagen.

Aber er hat mich nicht gesehen, er spricht immer noch mit

Natalia. Und dann, ein paar Sekunden später: »... bis wir wieder zu Hause sind.«

Ich kneife die Augen zu und senke den Kopf. Mehr brauche ich nicht zu hören, um zu kapieren, was hier gespielt wird.

Meine Kehle ist wie zugeschnürt. Mein Gesicht brennt.

Ich bin geschockt, aber steht mir das zu? Das ist mir jetzt schon so oft passiert, da dürfte es mich eigentlich nicht mehr schocken. Ich war immer nur das Wartezimmer, in dem der Typ abhängt, bis er seine wahre Liebe findet. Jedes Mal, wenn ich einem Jungen vertraue, entscheidet er sich schließlich für eine andere ... da muss man ja schön blöd sein, sich immer wieder drauf einzulassen. Nur wenn man total blöd ist, erwartet man, dass es beim nächsten Mal anders läuft.

Und ich bin so richtig blöd.

Heiße Wut brodelt in meinem Innern. Am liebsten würde ich schreien. In die beiden dort reinknallen wie eine Bowlingkugel in die Pins und sie über Bord schmeißen. Ich möchte einen Tisch umwerfen wie die eine von den *Real Housewives*, die in den Knast gekommen ist.

Aber am allerliebsten würde ich weinen.

Ich werde nicht weinen.

Ohne darüber nachzudenken, ziehe ich die Sea-Bands ab und schleudere sie Alex entgegen. Das eine segelt an ihm vorbei ins Wasser, das andere trifft ihn an der linken Wange. Sie umarmen sich nicht mehr, deshalb treffe ich nicht zwei auf einen Streich. Trotzdem gar nicht so übel für eine, die es nie in die Mannschaft geschafft hat.

Alex sieht mich an und besitzt die Unverfrorenheit zu lächeln. Als hätte ich nicht gerade gesehen, was ich gesehen habe. Als wäre alles in bester Ordnung.

An meinem verkniffenen Gesicht sieht er wohl, dass er damit nicht durchkommt, denn erst macht er die Augen schmal, als könnte er mich nicht richtig erkennen, dann starrt er mich erschrocken an. Er hebt die Hände.

»Lenore.« Nur mein Name. Keine Erklärung, denn da gibt es nichts zu erklären.

Jetzt dreht Natalia sich um, legt den Kopf schräg und schaut mich prüfend an. Tue ich ihr leid? Oder triumphiert sie?

Ich hole tief Luft und merke, wie es in meinen Augenwinkeln anfängt zu brennen.

Ich werde nicht weinen. Ich werde nicht weinen.

Stattdessen laufe ich weg.

Ich kann die verräterischen Tränen immerhin noch bis zu meiner Kabine, wo ich aus Alex' Sicht bin, zurückhalten, dann breche ich zusammen.

Ich reiße die Tür auf und werfe mich schluchzend aufs Bett. Schluchzend! Wie eine dämliche Tussi in so einer Soap. Und als die erste Träne fließt, ist die Flut nicht mehr zu stoppen. Mein Gesicht und meine Brust brennen vor Anstrengung.

»Was ist los?« Als ich Wally höre, schaue ich vom Kopfkissen auf. Wie angewurzelt steht er da und sieht mich voller Sorge an. »Was ist passiert, Lenore?«

Ich könnte ja gerührt sein, dass es ihn überhaupt juckt, aber es ist so eine Hundertachtzig-Grad-Wendung von seinem bisherigen Verhalten, dass ich wütend werde.

»Tu doch nicht so, als ob du dich auf einmal für mich interessierst«, sage ich, jedes Wort ein Messerstich, und er zuckt regelrecht zurück.

»Ich interessiere mich immer für dich, ich bin nur …«

Ich hebe die Hand und schneide ihm das Wort ab. Seine Ausreden ertrage ich jetzt beim besten Willen nicht. »Sag Mom und Dad einfach, dass mir schlecht ist. Dass ich auf dem Schiff bleibe.«

Ich verkneife mir ein »So wie ich es die ganze Woche für dich getan habe«, doch an seiner schuldbewussten Miene sehe ich, dass er das auch so versteht.

»Okay.« Er nickt resigniert. »Ich, hm … ich hoffe, es geht dir bald besser.«

Damit verschwindet er und lässt mich allein. Na ja, nicht ganz allein, denn meine Gedanken toben und brüllen in meinem Kopf. Sie sind so laut und wütend, dass meine Schläfen pochen und das Zimmer sich um mich dreht.

Hat Alex mich die ganze Zeit nur gemocht, weil ich da war? Weil es praktisch war, mit mir anzubändeln, und er einen weiteren Punkt auf seinem Zehnjahresplan abhaken konnte?

Natalia passte eigentlich genau in seinen Plan, die Freundin aus Kindertagen, die auf dieselbe Universität gehen wird wie er. Er dachte, die Sache mit der Liebe fürs Leben wäre geregelt, aber dann ist es geplatzt und er musste die Lücke schließen. Ich war einfach die Erstbeste, die er gesehen hat. Er hat den Saal ja regelrecht gescannt, und daraus hat er auch gar kein Geheimnis gemacht. Ich hab es von Anfang an gewusst!

Wie konnte ich mir nur einbilden, das könnte echt sein? Wie konnte ich mich nur *schon wieder* so hinreißen lassen, wo es doch von Anfang an klar war, dass ich nur eine Lückenbüßerin war? Eine, mit der man zusammen ist, »bis wir wieder zu Hause sind«.

Ich bin traurig, doch vor allem bin ich wütend auf mich selbst, weil ich so dumm war.

Und dann das, worüber wir gestern Abend geredet haben!

Habe ich mir ernsthaft eingebildet, ich könnte im Herbst einfach *nicht* auf die NYU gehen? Könnte ein Gap Year nehmen und Kunst machen und – ganz ohne Plan, einfach so – meinen Weg finden?

Mein Gott, wie blöd kann man sein. Meine Eltern würden mich enterben. Sie würden mich umbringen. Ich würde zum Thema in einer achtteiligen Dokuserie auf Netflix werden: Meine Eltern sitzen perfekt ausgeleuchtet am Küchentisch und erzählen davon, wie »wir Lenore nie wieder gesehen haben«.

Gott sei Dank habe ich es ihnen noch nicht erzählt. Ich hab in einer Scheiß-Traumwelt gelebt, und das tut zwar weh, aber immerhin bin ich noch rechtzeitig aufgewacht.

Es klopft an der Tür, und ich setze mich in meinem Bett auf. Wally hat einen Schlüssel, also sind es vielleicht meine Eltern, die mich überreden wollen aufzustehen – was sie, wohlgemerkt, bei Wally nie getan haben. Oder es könnte … nein, das würde er nicht wagen.

»Lenore.« Alex' Stimme dringt gedämpft durch die Tür. »Können wir reden?«

Und er wagt es doch.

»Hau ab, Alex«, brülle ich. Wenn er mich durch die Tür hören kann, hören mich die Nachbarn links und rechts vermutlich auch, aber das ist mir egal. »Lass mich in Ruhe!«

»Lenore, bitte, ich weiß nicht, was du denkst, was du da gesehen hast … oder doch, ich weiß es, aber du musst mich anhören.«

Das »Du musst« triggert mich, ich komme mir vor, als würde Dampf aus meinen Ohren und der Nase quellen. In meinem Magen schwappt es, als ich zur Tür laufe, die Kette vorlege und ihn in schönster Hier-ist-Jacky-Manier anfunkele.

Er sieht fürchterlich aus. Seine Augen liegen tief in den Höhlen und seine Haare sind noch strubbeliger als zuvor. Aber davon lasse ich mich nicht beeindrucken. Geschieht ihm ganz recht, wenn er sich mies fühlt.

»Ich muss hier gar nichts«, sage ich und spucke jedes Wort einzeln aus. »Ich hab euch beide, das glückliche Paar, doch mit eigenen Augen gesehen, da kannst du dir deine Worte sonst wohin stecken.«

»Lenore, so war das nicht«, sagt er und schüttelt den Kopf. »Ich schwöre. Wir haben nur …«

»So ist das also, was?«, falle ich ihm ins Wort. »Es spielt für dich gar keine Rolle, wer es ist? Du brauchst bloß irgendein Mädchen, das in deinen dämlichen Zwanzigjahresplan passt. Und wenn Natalia dich zurücknimmt, ist eine zukünftige Anwältin ja auch ein nettes Upgrade, oder?«

»Lenore, bitte. Red nicht so.« Seine Stimme bricht. »Du kennst mich doch.«

Ich merke, wie mein Gesichtsausdruck sich verhärtet, mein Schutzschild gegen seine Stimme, mit der er es immer geschafft hat, dass ich mich gesehen und besonders fühlte, und mit der er jetzt mein Herz erweichen will. »Ich kenne dich nicht, Alex. Es waren neun Tage. Neun. Tage.« Er zuckt zurück, als hätten meine Worte seine Brust durchbohrt. »Und wenn du denkst, dass ich auf diesen Scheiß noch mal reinfalle, kennst du mich auch verdammt schlecht.«

Eine Welle der Übelkeit schlägt über mir zusammen, und etwas Heißes und Giftiges schießt mir die Kehle hoch.

»Verschwinde. Es ist aus.«

Und dann knalle ich ihm die Tür vor der Nase zu.

Siebzehntes Kapitel

Den Rest des Nachmittags weine ich. Ich habe mich ganz zusammengerollt, und meine Brust tut schon weh vor Anstrengung. Ich weine so laut, dass mein Nachbar an die Wand hämmert, aber ich hämmere einfach zurück. Ich weine, bis meine Tränenkanäle ausgetrocknet sind und mir entgegenschreien: »Mädchen, willst du ernsthaft wegen eines Typen austrocknen?«

Da stehe ich auf.

Jetzt ist mir wieder übel.

Erst dachte ich, mir sei übel wegen Alex' Verrat. Aber nein, es fühlt sich genauso an wie an den ersten Tagen auf See. Obwohl wir im Hafen liegen, spüre ich jedes Schwanken des Schiffs. Mein Magen ist in Unruhe, meine Haut ist klamm, und ich muss tief durchatmen, um herunterzuschlucken, was hochzukommen droht.

Wieso hab ich ihn ausgerechnet mit den Sea-Bands beworfen? Ich hätte alles Mögliche werfen können, meine Handtasche, die Clogs mit den harten Absätzen – die hätten wenigstens wehgetan. Ich hätte einen von den Plastikstühlen vom Deck nehmen sollen, das wär eine klare Ansage gewesen. Stattdessen hab ich das Einzige weggeworfen, was mich auf mysteriöse Weise davor bewahrt hat, meinen Mageninhalt von mir zu geben, und Alex so einen weiteren Triumph beschert.

Ich weiß nicht, wie viele Stunden vergangen sind, als Wally zurück in die Kabine kommt – irgendwann ist der Wecker, als ich vor Wut mein Kopfkissen durch die Gegend gepfeffert habe, hinter die winzige Kommode gefallen, und in diesem fensterlosen Schuhkarton existiert das Konzept Zeit quasi nicht. Ich scheine in einem schlimmen Zustand zu sein, denn kaum hat er die Tür aufgemacht, kommt er auch schon zu meinem Bett herüber und nimmt mich in den Arm.

Nimmt mich in den Arm!

Ich kann mich nicht erinnern, wann das zuletzt passiert wäre – jedenfalls nicht bei meiner Abschlussfeier oder irgendeinem Geburtstag oder Weihnachtsfest in den letzten Jahren. Wally und ich umarmen uns einfach nicht. Aber jetzt drückt er mich fest, beugt seinen Kopf über meinen und flüstert: »Es tut mir leid.«

»Du kannst ja nichts dafür«, sage ich zwischen zwei Schluchzern, denn jetzt weine ich schon wieder.

»Es tut mir trotzdem leid. Was auch immer passiert ist. Ich nehme mal an … es hat mit ihm zu tun.«

Ich nicke und wische mir mit dem Handrücken über die Augen.

»Hat er … hat er dir wehgetan?«

Ich schüttele den Kopf. »Nein, nein. Nur meinem Herzen.«

»Dafür würde ich ihn auch ganz gern umbringen.«

Ich pruste los, weil Wally noch nie einen auf Beschützer gemacht hat, schon gar nicht in letzter Zeit. Und da muss er auch lachen, und schon bald kichern wir zusammen auf meinem Bett wie kleine Kinder.

Und vielleicht weil er mir wie der Wally vorkommt, den ich früher kannte, entfährt es mir: »Was ist mit Kieran? Muss ich irgendwen für dich umbringen?«

Fast augenblicklich fällt bei ihm die Klappe.

»Das ist was anderes. Ich will jetzt nicht … Ich *kann* jetzt nicht darüber reden.«

Ich schaue ihn prüfend an. Er hat die Zähne zusammengebissen, sein Atem geht flacher. Die Leichtigkeit von eben ist weg, und der steife, verschlossene Wally ist wieder da.

»Na gut.«

»Geh am besten mal duschen«, sagt er, ohne mich anzusehen. »Und dann können wir zusammen zum Abendessen gehen.«

»Okay.«

Ich habe keinen Appetit, aber ich weiß, dass Essen gegen die Übelkeit hilft. Und in der Kabine haben wir nichts als eine Tüte Chips mit Pestogeschmack von Alex. Wenn ich die nur sehe, wird die Übelkeit schlimmer. Wenn ich beim Abendessen nicht auftauche, machen meine Eltern mir richtig Stress, und das wäre jetzt wirklich zu viel für mich.

Also dusche ich, lasse mir kaltes Wasser über die Augen laufen, damit sie abschwellen, und ziehe ein knalloranges gestuftes langes Kleid an. Wenn ich schon dem Jungen begegnen muss, der mir das Herz gebrochen hat, will ich wenigstens eine gute Figur machen.

Auf dem Weg zum Speisesaal halte ich mich dicht an der Wand, weil sich dann alles weniger dreht. Ich brauche unbedingt neue Sea-Bands oder Medikamente, aber erst muss ich das Abendessen hinter mich bringen.

Ich beruhige mich damit, dass Alex mich vor meinen Eltern bestimmt nicht auf heute Morgen ansprechen wird. Hoffentlich taucht er gar nicht erst auf. Die Kreuzfahrt dauert nur noch drei

Tage – morgen Marseille, dann ein weiterer Tag auf See, dann legen wir in Barcelona an. Vielleicht können wir uns beim letzten Halt einfach aus dem Weg gehen, und danach brauchen wir uns nie wieder zu sehen. Ich kann ihn aus meinem Herzen tilgen, wie ich es mit all den anderen Typen gemacht habe, für die ich nur ein Sprungbrett zu einer richtigen Beziehung war. Ich versuche beiseitezuschieben, was ich jetzt schon weiß – dass es mir bei Alex tausendmal schwerer fallen wird.

Als wir im Speisesaal ankommen, drückt Wally mir die Schulter.

»Er ist nicht da«, flüstert er, und ich recke den Hals und schaue mich sicherheitshalber gut um.

Ich stoße einen tiefen Seufzer aus. Ich schaffe das.

Der Weg zu unserem Tisch führt heute um eine Bühne herum, die mitten im Saal aufgebaut ist, denn anscheinend steht Karaoke auf dem Programm. Ein dünner weißer Mann im Hawaiihemd schmettert voller Hingabe einen Lizzo-Song, ohne es mit dem Text allzu genau zu nehmen. Ich überlege schon, wie ich mich später schnell wieder verziehen kann.

Als wir uns setzen, suche ich in den Gesichtern der anderen nach Anzeichen dafür, dass sie Bescheid wissen, doch sie gucken alle ganz normal – eher einen Tick zu fröhlich. Aber vielleicht vernebelt meine schlechte Laune mir auch den Blick.

»Super, oder?« Meine Mutter strahlt mich an und zeigt zur Bühne. Ich versuche ihr Lächeln zu erwidern. »Da muss ich unbedingt mitmachen«, sagt sie.

»Bitte nicht«, murmelt Etta. Meine Mutter beachtet sie gar nicht und wendet sich an Dr. Lee. »Ronni, kennst du *Survivor*? Was für eine Frage – natürlich kennst du *Survivor*!«

Ja, wenn meine Mutter vor allen Leuten Beyoncé zum Besten

geben will, muss ich wirklich schnell hier raus. Und mit einem Ziehen in der Brust stelle ich mir vor, wie Alex und ich über die Darbietungen unserer Mütter lachen würden, wenn nicht alles zerbrochen wäre. Wenn er nicht alles kaputt gemacht hätte.

»Alles in Ordnung, Schatz?«, flüstert meine Mutter und beugt sich zu mir herüber. »Du siehst traurig aus. Du kannst es mir erzählen … wenn du irgendwas auf dem Herzen hast.«

So, wie sie es sagt, könnte ich ihr fast glauben, aber ich weiß genau, dass das Angebot nur gilt, solange meine Sorgen nicht dem idealtypischen Bild widersprechen, das meine Eltern von mir haben und das ich gefälligst zu erfüllen habe. Meine Mutter will ganz sicher nichts von all den albernen Plänen hören, über die ich in den letzten Tagen nachgedacht habe.

»Alles okay.«

»Gut«, sagt sie stirnrunzelnd. Doch dann setzt sie ein eigenartiges Lächeln auf. »Was dich auch bedrückt, es könnte jeden Moment etwas passieren, was dich vielleicht aufheitert.«

»Was soll das heißen?«

Bevor sie antworten kann, schallen die ersten Klänge eines Songs von Leon Bridges aus den Boxen. Und zwar genau der Song, zu dem Alex und ich gestern Abend getanzt haben.

»Applaus für unseren nächsten Sänger auf der Bühne!«, ruft der Ansager.

Nein, nein, nein. NEIN.

Das würde er nicht wagen. Nach allem, was passiert ist … da muss er doch wissen, dass ich das nicht will.

Die strahlenden Gesichter unserer Eltern und Wallys entsetzter Blick bestätigen meine schreckliche Ahnung.

»Der Song ist für dich, Lenore. Es tut mir so leid.«

Ich schaue zur Bühne, und da steht Alex und hat den Blick auf mich gerichtet. Und nicht nur er, denn jetzt schauen mich an sämtlichen Tischen alle Leute an.

»Oooooh!«, ruft eine Frau am Nebentisch. »Ist das nicht süß? Ich liebe dieses Lied!«

Alex hält das Mikrofon an die Lippen und singt.

Don't wanna get ahead of myself
Feeling things I've never felt

Was für eine Scheiße. Das muss ich mir echt nicht geben.

Mit lautem Quietschen schiebe ich meinen Stuhl vom Tisch, worauf meine Mutter erschrocken aufspringt. Die Hand, die sie mir auf die Schulter legt, wehre ich ab und schaue zu Boden, um den vielen fragenden Blicken auszuweichen.

In meinen Ohren rauscht es, als wäre ich unter Wasser, und wie von ferne höre ich, dass er verstummt und das Mikrofon fallen lässt. Schritte folgen mir, doch ich drehe mich nicht um, weil ich gar nicht wissen will, ob er es ist oder meine Mutter. Ich möchte mit keinem von beiden reden.

Ich schaffe es die elegante Treppe zur Empfangshalle hinunter und raus aufs Deck, bevor ich stehen bleiben muss. Alles dreht sich und mein Magen schwappt. Ich halte mich an der Reling fest und schließe die Augen, versuche den Brechreiz mit purer Willenskraft zu bezwingen.

Da höre ich Schritte hinter mir. »Lenore, ich wollte …«

Wütend fahre ich herum und starre Alex an. »Hast du auch nur eine Sekunde darüber nachgedacht, ob ich das will? Oder denkst du, alle Mädchen finden so was toll? Schon vergessen, was du mir über deine aufgesetzten großen Gesten erzählt hast?« Er zuckt vor der Wucht meiner Worte zurück. »Dir ist es doch scheißegal, mit wem du zusammen bist, Hauptsache, du hast eine, die in deinen Plan passt. Du machst bei mir genau dasselbe wie bei Natalia. Wo ist sie überhaupt?«

»Das war für dich«, sagt er leise. »Du hast gesagt … ich dachte … ich wollte dir zeigen, wie ich empfinde, wie wichtig du mir bist.«

»Das war nicht für mich. Das ist bloß Teil deines dummen, durchorganisierten Plans.« Ich schüttele den Kopf. »Was ist mit Natalia passiert? Hat sie es sich doch wieder anders überlegt und du musst jetzt auf deinen Plan B zurückgreifen? Ich hab gehört, was du gesagt hast, von wegen, dass das hier« – ich zeige auf ihn und mich – »nur so lange dauert, ›bis wir wieder zu Hause sind‹.«

Er taumelt rückwärts, geschockt, aber dann lächelt er allen Ernstes.

»Das hast du gehört? Oh, Lenore, mein Gott. Das klingt schrecklich, aber es war ganz anderes gemeint. Ich schwöre es dir!« Er legt die Hände aneinander. »Wir haben uns noch einmal ausgesprochen. Ich habe Natalia von dir erzählt, und sie hat darüber gescherzt, dass ich viel begeisterter wirke als je bei ihr. Und das stimmt ja auch. Ich habe noch nie so für jemanden empfunden.« Jetzt lächelt er nicht mehr, und er fährt sich mit den Haaren durch die Locken, seine Augen sind feucht, der Blick intensiv. »Denn … ich liebe dich, Lenore.«

Die drei Worte treffen mich wie ein Donnerschlag. Hat er das wirklich gesagt? Die Worte, die ich immer hören wollte?

»Darüber hab ich mit Natalia gesprochen«, fährt er kopfschüttelnd fort. »Das war das, was du gehört hast. Ich habe überlegt, ob ich es dir jetzt sagen oder lieber warten soll, bis wir wieder zu Hause sind. Denn ich weiß, dass wir uns noch nicht lange kennen und man nach ein paar Tagen eigentlich noch nicht von Liebe spricht. Ich wollte dich nicht verschrecken, indem ich es dir zu früh sage und dich überrumple, wie damals bei Natalia, aber … Fuck. Ich bin so blöd. Ich hab es trotzdem gemacht.«

Das ist die perfekte Erklärung. Es könnte so einfach sein, sie zu akzeptieren und den Faden wieder aufzunehmen. Das Ganze war ein Missverständnis.

Aber das kann nicht sein. Ich darf nicht glauben, dass es stimmt, um dann doch wieder am Boden zerstört zu sein. Das ist zu gefährlich. Zu riskant.

Ich zwinge mich dazu, ihm in die Augen zu sehen und zu sagen: »Du machst dir falsche Vorstellungen.« Jedes Wort kostet mich große Anstrengung. »Es war nur … ein kleiner Ferienflirt, Alex. Du machst dir was vor. Vergiss es einfach.«

Ich weiß, dass ich gemein bin und unaufrichtig. Aber es ist doch klar, wie es laufen würde und wie es immer endet. Ich werde die Mauern um mich herum wieder aufbauen, damit er mir nicht noch mal wehtun kann.

»Bitte tu das nicht, Lenore«, sagt er, und der Schmerz steht ihm ins Gesicht geschrieben. Es bricht mir das Herz. »Rede mit mir! Wir haben uns doch versprochen, immer wahrhaftig zu sein.«

Ich schlucke wütend. Meine Kehle brennt, alles dreht sich. Trotz der kühlen Nachtluft läuft mir der Schweiß über den Rücken.

»Ich …«

Mehr bringe ich nicht heraus. Stattdessen übergebe ich mich geradewegs auf seine leuchtend weißen Sneaker.

Und bevor er auch nur begreifen kann, was da gerade passiert ist, drehe ich mich um und renne davon.

Achtzehntes Kapitel

Nicht lange danach quetscht sich meine ganze Familie in unsere kleine Kabine. Meine Mutter hilft mir, meine Haare unter der Dusche zu waschen, sie schrubbt mir den Kopf wie früher, als ich klein war, und sprüht mir die Haare anschließend mit einem Pflegemittel ein, das nach Eukalyptus riecht. Mein Vater besorgt im Souvenirladen Reisetabletten, und Etta hilft auf ihre Art, indem sie alle Nebenwirkungen aufzählt, die auftreten könnten – Benommenheit, verschwommenes Sehen, Verstopfung –, bis ich ihr befehle, die Klappe zu halten. Aber all das würde ich liebend gern in Kauf nehmen, wenn ich mich nicht mehr so fühlen müsste wie jetzt.

Schweigend sitzen wir da und schauen eine alberne romantische Komödie, die im Wechsel mit einem anderen Film schon seit Beginn der Kreuzfahrt auf dem Filmkanal läuft. Niemand fragt konkret nach, was zwischen Alex und mir vorgefallen ist, aber die Fragen liegen schwer in der Luft. Einmal flüstert meine Mutter, sie seien traurig und enttäuscht, wie sich alles entwickelt hat. Enttäuscht darüber, dass mir das Herz gebrochen wurde? Oder eher darüber, dass ich es mit dem Jungen vermasselt habe, der ein Leben führt, wie sie es sich für mich wünschen? Ich frage nicht nach. Und als sich das Liebespaar im Film gerade getrennt hat, schlafe ich ein, und das ist auch gut so, denn so sollten diese dämlichen Filme enden.

Als ich am nächsten Morgen aufwache, bin ich allein. Ich überlege, wo wir heute noch mal anlegen. Ach ja, in Marseille. Diese hübsche Stadt in Frankreich, die in den Broschüren so aussah wie Belles Dorf in *Die Schöne und das Biest*. Dort wollten Alex und ich …

Aber das ist jetzt nicht mehr wichtig.

Ich schaue auf die Uhr. Wie kann es schon Mittag sein? Dann sind sie wohl ohne mich gegangen. Ich frage mich, ob sie weiterhin alles zusammen mit den Lees unternehmen oder ob sie die Stadt allein besichtigen. Ist Alex dabei? Spielen sie die glückliche Familie und tun so, als wäre alles in Ordnung …

Nein, das darf ich mir jetzt nicht vorstellen.

Ich schaue mich in der dunklen, fensterlosen Kabine um. Auf keinen Fall lasse ich mich in Marseille blicken und riskiere, Alex mit meiner Familie in die Arme zu laufen, aber hier kann ich auch nicht den ganzen Tag rumhängen. Ich schmeiße noch eine Reisetablette ein – Etta hat gesagt, man darf bis zu acht am Tag nehmen –, warte darauf, dass sie wirkt, und überlege, was ich machen könnte.

Eine Stunde später verlasse ich die Kabine frisch geduscht und mit einem breitkrempigen Strohhut auf dem Kopf, der mein Gesicht größtenteils verdeckt. Ich werde mir einen überteuerten frisch gepressten Saft holen, irgendeine tropische Köstlichkeit, und mich den restlichen Tag am Pool in die Sonne legen und mir den Sommertag gönnen, den ich verdient habe. Ich sehe es nicht ein, mir den Rest der Reise verderben zu lassen. Niemand darf so eine Macht über mich haben.

Ich nehme den Aufzug hoch zu Deck fünf und suche auf dem Lageplan nach der Saftbar, die ich schon mal gesehen habe. Ich fahre mit dem Finger über den Plan, bis ich die Bar endlich gefunden habe. Als ich mich umdrehe, stoße ich mit jemandem zusammen.

»Entschuldigung!«, rufe ich, und da erst sehe ich, wen ich vor mir habe.

Es ist Natalia, taufrisch in edel aussehenden Leggings, einen riesigen grünen Saft in der Hand.

»Oh, hi! Lenore, stimmt's?« Sie strahlt mich an. »Alex hat mir so viel von dir erzählt!«

Ich gucke sie mit zusammengekniffenen Augen an und versuche einzuschätzen, was sie vorhat, und ihr Lächeln schwindet.

»Hör mal, gestern haben wir vielleicht etwas … zu vertraut miteinander gewirkt, aber so war das echt nicht. Alex und ich sind einfach schon so lange befreundet.« Während ich sie weiter anstarre, spricht sie immer schneller und mit immer höherer Stimme. »Ich hoffe, ihr konntet das gestern Abend klären. Sein Auftritt beim Abendessen … na ja, ich versteh schon, warum du da weggelaufen bist. Wenn einen alle so angucken. Aber so ist Alex eben! Er mag die großen romantischen Momente, stimmt's?«

Die großen romantischen Momente, die er für dich inszeniert hat, denke ich, aber das sage ich nicht laut. Ich starre sie immer noch an, und allmählich wirkt mein Schweigen wohl eher hilflos als einschüchternd. Natalia hat etwas unter den Arm geklemmt. Eine Yogamatte.

»Machst du einen Kurs mit?«, frage ich schließlich und zeige auf die Matte.

Sie schaut darauf und strahlt mich dann wieder mit ihrem breiten Zahnpastalächeln an, vermutlich dankbar für den Gesprächsknochen, den ich ihr hingeworfen habe. »O ja! Ich mache schon seit Jahren Yoga. Wahrscheinlich mache ich im Herbst an den Wochenenden die Yogalehrerausbildung. Ich hab eine tolle Schule in der Nähe der UCLA gefunden. Machst du auch Yoga?«

»Nein«, sage ich, während meine Gedanken rasen. Sie macht seit Jahren Yoga. Hat Alex deshalb am ersten Tag den Kurs besucht? Hat er gehofft, ihr zu begegnen, und stattdessen mich bekommen?

»Hör mal.« Natalia beugt sich zu mir, als wären wir alte Freundinnen. Ich weiche einen Schritt zurück. »Was auch immer passiert ist, ich hoffe wirklich, dass ihr zwei das wieder hinkriegt. Alex war so happy, als er gestern von dir erzählt hat, und er ist echt ein toller Mensch.«

Ich kann nur daran denken, wie viel besser sie ihn kennt als ich. Dass sie seine erste Wahl war und es wahrscheinlich immer sein wird. Und dass sie jetzt versucht, mir ihren abgelegten Freund schmackhaft zu machen.

Nein, ich muss damit aufhören. Wie kleinlich ist das, nach Fehlern bei einem Mädchen zu suchen, nur weil sie mit demselben Jungen zusammen war wie ich. Natalia ist bestimmt total nett. Und unter anderen Umständen würde ich das auch erkennen.

Ich muss einfach verschwinden.

»Danke, aber das sehe ich anders«, sage ich, dann winke ich ihr zu. »Viel Spaß beim Yoga!«

Ich drehe mich um und gehe. Ich spüre ihre Verwirrung in meinem Rücken, aber mehr kann ich ihr gerade nicht bieten. Ich gehe nach draußen und lasse die Saftpläne fahren. Saft ist Quatsch. Ein Kaffee wäre besser. Oder vielleicht so ein schönes Softeis, das es hier auf jeder Etage gibt. Ich könnte mich die nächsten beiden Tage nur von Softeis ernähren und den Speisesaal meiden, bis wir in Barcelona anlegen.

Auf dem Hauptdeck ist viel los. Kinder planschen in den Pools, während ihre Eltern an Drinks mit bunten Schirmchen nippen und Taschenbücher lesen. Anscheinend sind alle Liegen und Stühle an den Pools besetzt. Meine Chancen, einen Platz zu finden, stehen schlecht. Warum hängen die Leute alle auf dem blöden Schiff ab, wo sie doch eine französische Stadt mit schönen Kirchen und Museen vor der Nase haben? Die müssen ja nicht alle ihrem Beinahe-Freund aus dem Weg gehen.

Da entdecke ich plötzlich ein bekanntes Gesicht. Auf einem Liegestuhl im Schatten, weit entfernt von allen anderen, sitzt Wally. Auf dem Schoß hat er sein Handy und ein dickes Buch, vermutlich das über englische Literatur, das er unter seinem Kissen versteckt hatte.

Ich gehe zu ihm hinüber, lege eine Hand an den Mund und rufe: »Hey, du Nerd!«

Er fährt hoch und guckt mich mit riesengroßen Augen an. Ertappt.

»Das glaub ich jetzt nicht, dass du das liest«, sage ich. »Das heißt, ich glaube es doch. Das ist ja echt passend für …« Im Näherkommen sehe ich, dass er mich gar nicht anschaut. Sein Blick ist überhaupt nicht fokussiert, ganz seltsam. Sein Atem geht schnell und heftig.

»Wally?« Er fasst sich mit den Händen an die Brust. »Wally! Lass den Scheiß!«

»Lenore, ich …« Bevor er den Satz vollenden kann, kippt er vornüber und schlägt mit der Stirn auf dem Boden auf. Sofort bin ich bei ihm.

»Hilfe! Wir brauchen Hilfe!«

Die Notfallsanitäter handeln schnell. Scheinbar aus dem Nichts tauchen sie auf und räumen das Deck, als hätten sie nur auf ihren Einsatz gewartet. Wie sich zeigt, gibt es ganz unten im Schiff eine richtige kleine Krankenstation. Und die ist sehr gut ausgestattet, sodass sie alle Blutuntersuchungen machen können, die Wally braucht. Sie verfügen sogar über ein Röntgengerät, mit dem man hoffentlich untersuchen kann, weshalb er sich so beängstigend an die Brust gefasst hat.

Ich sitze die ganze Zeit im Wartezimmer und bete, wie ich es zuletzt als kleines Kind getan habe. So komme ich mir auch vor, wie ein kleines Kind, ganz allein, ohne die leiseste Ahnung, wie es weitergeht. Ich hätte jetzt gern meine Eltern hier, damit sie übernehmen könnten, aber solange sie unterwegs sind, können wir sie nicht auf dem Handy erreichen. Und theoretisch bin ich ja auch erwachsen. Ich müsste mit solch einer Situation klarkommen. Aber ich habe mich noch nie so klein und hilflos gefühlt wie in dem Moment, als sie Wally auf einer Trage weggebracht haben und ich rein gar nichts tun konnte.

Ich weiß nicht, wie viel Zeit vergeht – es fühlt sich an wie eine Ewigkeit –, bis endlich ein Arzt herauskommt. Er ist groß und dunkelbraun und spricht mit einem Akzent, den ich nicht einordnen kann. Er redet schnell und versorgt mich mit allen Informationen, nach denen ich giere, die mein Gehirn jedoch nicht so schnell verarbeiten kann.

Schließlich hält er inne und lächelt. »Es geht ihm gut, er schläft.«

Bei seinen Worten löst sich die wahnsinnige Anspannung, unter der ich gestanden habe. Ich stoße einen tiefen Seufzer aus. *Es geht ihm gut*. Aber sofort stellt sich die Sorge wieder ein. »Was hatte er denn? Das sah fast aus … als hätte er einen Herzinfarkt. Müssen wir ihn nicht an Land bringen? Ins Krankenhaus dort? Nicht, dass ich Ihnen nicht vertraue, Dr. …« – ich schaue auf sein Namensschild – »Dr. Ademola, aber … ist das hier überhaupt eine richtige Krankenstation?«

Dr. Ademola lacht laut auf, was an diesem traurigen Ort irgendwie unpassend wirkt, dann lächelt er. »Ja, Ms Bennett, ich versichere Ihnen, das hier ist eine richtige Krankenstation. Und Sie können gern zusätzliche Hilfe in Marseille suchen, aber ich glaube, Ihr Bruder sollte sich jetzt erst mal ausruhen. Das ist nach einer Panikattacke in aller Regel das Beste.«

»W-was?«, frage ich. Vor Verblüffung bleibt mir der Mund offen stehen. »Das hatte er?«

»Ja, Ihr Bruder hat eine Panikattacke erlitten. Und auch wenn das nicht so gefährlich ist, wie es aussah – Panikattacken ähneln häufig einem lebensbedrohlichen Zustand –, hat es Ihren Bruder auf jeden Fall sehr mitgenommen. Er braucht eine Weile, um sich davon zu erholen. Wir haben ihm etwas gegeben, was ihm dabei helfen wird.«

Eine Panikattacke? Wally? Ich versuche die Information zu erfassen und zu verarbeiten. Denn das passt doch überhaupt nicht zu meinem starken, selbstbewussten und auch ein bisschen wichtigtuerischen großen Bruder.

»Ist so etwas bei Ihrem Bruder früher schon einmal vorgekommen?«, fragt Dr. Ademola.

»Ich weiß nicht.« Warum weiß ich das nicht? Das müsste ich doch wissen!

Dr. Ademola runzelt die Stirn. »Wir warten ab, bis er aufwacht, und dann reden wir mit ihm, aber er sollte das auf jeden Fall mit seinem Hausarzt besprechen, vor allem, wenn es häufiger vorkommt. Falls es sich um eine Panikstörung handelt, bräuchte er vielleicht psychiatrische Hilfe und möglicherweise Medikamente oder er müsste eine Therapie beginnen, falls er das noch nicht getan hat.«

Ich starre ihn einfach nur an. Für mich passt das alles nicht zusammen.

»Sie können jetzt zu Ihrem Bruder gehen.« Dr. Ademola zeigt auf das Zimmer, in das Wally vor einer Ewigkeit gebracht wurde. »Ich sehe bald wieder nach ihm.« Mit diesen Worten verschwindet er.

Ich gehe in das Zimmer, und mir stockt der Atem. Mein großer Bruder sieht so klein aus, wie er mit der Infusion im Arm daliegt. Als Kind habe ich ihn immer für unbesiegbar gehalten. Das tue ich wahrscheinlich immer noch. Nichts schien den großartigen, erfolgreichen Wally erschüttern zu können. Aber wenn es stimmt, was Dr. Ademola sagt, und er womöglich eine Angststörung hat, dann ist er alles andere als unerschütterlich. Er hat es nur sehr gut vor uns allen verborgen.

Als ich mir über das Gesicht fahre, spüre ich die Tränen. Ich kann mich nicht erinnern, wann ich angefangen habe zu weinen.

Anscheinend hat er starke Medikamente bekommen, denn er schläft noch zwei Stunden, eine lange Zeit, in der ich mein Gedächtnis nach Anzeichen für Wallys angebliche Angststörung durchforsten kann. Ich finde nichts. Und ich schäme mich dafür, dass ich nichts finde.

Ich habe den Kopf in die Hände gestützt, als ich seine Stimme höre, leise und kratzig. »Etta hat mir gesagt, dass es die Station hier unten gibt. Die haben hier sogar eine voll funktionsfähige Leichenhalle.« Endlich hat er die Augen geöffnet. Er hat mir das Gesicht zugewandt, und ein kleines Lächeln liegt um seine Lippen. »Ich bin froh, dass wir hier gelandet sind und nicht drüben. Aber wenn man da ist, kann man sich darüber wohl keine großen Gedanken mehr machen …«

»Wally, du bist zusammengebrochen«, falle ich ihm ins Wort. »Ich dachte schon, du hast einen Herzinfarkt. Was ist los?«

Er schließt die Augen und holt tief Luft. Dann sieht er mich entschlossen an.

»Als es das erste Mal passiert ist, war ich gerade im Buchladen auf dem Campus und hab Prüfungsaufgaben zur Vorbereitung auf eine Klausur gekauft. Auf einmal kriegte ich keine Luft mehr. Meine Brust war wie zugeschnürt. Es war ein Gefühl … als würde ich sterben. Ich hab es nur knapp zur Arztpraxis auf dem Campus geschafft, bevor ich kollabiert bin. Mitten im Wartezimmer. Als sie mir später sagten, dass es nur … nur eine Panikattacke war, habe ich mich geschämt, als hätte ich wegen nichts einen Aufstand gemacht. Als hätte ich ihnen ihre Zeit gestohlen.«

»Wann war das, Wally?«

Er reibt sich die Stirn, kommt an die Wunde und zuckt zusammen. »Zu Beginn des Herbsttrimesters.«

»So lange schon! Warum hast du uns nichts davon gesagt?«

Er zuckt die Achseln und wendet den Blick ab. »Ich dachte, es wäre ein einmaliger Vorfall. Und als es wieder passierte, dachte ich, ich … käme irgendwie allein damit klar. Aber dann kamen die Panikattacken immer häufiger. Im Wintersemester passierte es schon einmal pro Woche. Ich kann gar nicht genau sagen, was die Auslöser waren. Das kommt von einem Moment auf den anderen, eben geht es mir noch gut, und plötzlich bin ich … völlig fertig. Ich hab eine Zwischenprüfung verhauen, die eigentlich nicht schwer war. Ich hab's einfach total versaut, weil mein Herz anfing zu rasen und ich wusste, dass ich rausmusste, bevor ich … zusammenklappe.«

»Das tut mir so leid, Wally. Ich hätte etwas merken müssen.«

»Du hattest keine Chance, dafür hab ich schon gesorgt. Der Einzige, mit dem ich darüber gesprochen habe, abgesehen von den Ärzten auf dem Campus, war Kieran, und dann hab ich das auch noch kaputt gemacht.« Wally holt zweimal tief Luft und presst die Lippen zusammen. »Er hat mich die ganze Zeit gedrängt, eine Therapie anzufangen, und er hat angeboten, mit Mom und Dad zu reden und ihnen zu sagen, dass ich einen Gang runterschalten muss. Aber … davon wollte ich nichts wissen. Ich war … ich bin so nah dran an allem, was ich mir vorgenommen habe … an allem, was Dad sich für mich gewünscht hat, und ich … ich dachte, dass ich einfach noch mehr lernen muss. Dass ich nicht genug lerne.«

Er befühlt wieder die Wunde an seiner Stirn, und ich nehme seine Hand, drücke sie fest.

»Ich dachte, ich krieg das allein hin, aber diesen Sommer hat es sich so richtig hochgeschraubt. Ich kann nicht mehr schlafen. Kann … nicht mehr klar denken. Vor allem mit diesem Riesengeheimnis …«

»Tja, deine Trennung von Kieran ist ja nun kein Geheimnis mehr. Dafür hab ich gesorgt. Mein Gott, es tut mir echt leid, dass ich so ein Arsch war.«

»Das meine ich nicht.« Wally schüttelt den Kopf. Er atmet tief ein, dann aus, als wollte er sich auf einen Sprint vorbereiten. Ich frage mich, ob ich ihn bremsen sollte, ihm sagen, dass es erst mal reicht, denn ich will keine erneute Panikattacke auslösen. Aber da redet er schon weiter. »Lenore, ich hab den Abschluss nicht geschafft.« Ich gucke ihn geschockt an und versuche meine Gesichtszüge unter Kontrolle zu halten. »Diese Zwischenprüfung, die ich verhauen hab … die war für einen Einführungskurs in Literatur, den ich idiotischerweise aufs letzte Semester geschoben hatte. Ehrlich gesagt weiß ich gar nicht, wieso das erlaubt war. Ich dachte, damit wäre das alles irgendwie entspannter, zumal ich ja noch das Praktikum an der Backe hatte und die Zulassungsprüfung fürs Jurastudium und so weiter … Aber dann habe ich keinen einzigen Essay eingereicht. Ich hab einfach nicht den Dreh gekriegt, anzufangen. Und die Abschlussprüfung hab ich auch verpasst, die hab ich verschlafen, weil ich vor lauter Panik die ganze Nacht wach war.« Er legt den Kopf in die Hände. »Das heißt, ich bin zwar aus dem College entlassen, aber ohne Abschluss. Ich hab versucht, das diesen Sommer noch hinzubiegen, und den Kurs online wiederholt, damit ich im Herbst mit Jura anfangen kann und Mom und Dad nichts davon erfahren. Ich muss nur noch zwei Essays schreiben und eine Prüfung ablegen. Ich hab die Essays hier auf der Notizen-App meines Handys geschrieben und mich dann nachts in den Computerraum geschlichen, um sie einzureichen und auf der Diskussionsplattform des Kurses zu posten. Ich hab einen Teil des Geldes, das ich zum Abschluss bekommen habe, für dieses absurd teure WLAN verwendet.« Er seufzt tief und macht die Augen zu. »Dann wäre das Problem gelöst. Ich könnte meine dummen Fehler wiedergutmachen, wenn ich mich bloß wieder aufrappeln kann und mein wirres Hirn in den Griff kriege.«

Mir schwirrt der Kopf von seiner Beichte. Nicht in hunderttausend Jahren hätte ich so etwas vermutet. Früher hätte ich vielleicht Genugtuung, vielleicht sogar ein bisschen Schadenfreude darüber empfunden, dass der große Wally gestürzt ist, aber jetzt möchte ich ihn bloß in den Arm nehmen. Ich möchte, dass er aufhört, sich weiter zu quälen.

»Wally«, sage ich langsam. »Vielleicht ist das nicht der beste Weg.«

»Das ist der einzige Weg«, sagt er mit verkniffener Miene. »Du weißt doch, wie Mom und Dad sind. Kannst du dir Dads Gesicht vorstellen, wenn er herausfände, dass ich im September nicht mit dem Jurastudium anfange?«

Ich sehe Dads Gesicht genau vor mir. Genau das Gesicht, mit dem er mich bei dem Gespräch nach der Abschlussparty angesehen hat, als die beiden mir einen Vortrag darüber hielten, dass ich mir ein Beispiel an Wally nehmen sollte.

»Guck dich an«, sage ich. »Du liegst in unserem Europaurlaub in einem Krankenbett! Wie soll das erst im Herbst werden, wenn du so weitermachst? Ein Jurastudium ist ja wohl mit das Stressigste, was es gibt.«

»Hm, ich glaube, Menschen in Krisengebieten würden dir widersprechen«, sagt er und grinst. Immerhin, da schimmert der alte Wally durch.

»Von mir aus. Du weißt genau, was ich meine. Willst du so leben? Bist du überhaupt glücklich?«

Er überlegt einen kleinen Moment, dann schüttelt er den Kopf. »Nein. Nein, ich bin nicht glücklich.«

Wieder drücke ich seine Hand und lehne mich näher zum Bett. »Du hast es verdient, glücklich zu sein, Wally. Und vielleicht wirst du auch als Rechtsanwalt glücklich, eines Tages. Aber nicht jetzt. Nicht so. Du musst das tun, was das Beste für dich ist, unabhängig von Moms und Dads Erwartungen.«

Während ich die Worte ausspreche, wird mir bewusst, dass dieser Rat an Wally auch für mich gilt. Wieso bin ich mir einerseits bei ihm so sicher, dass er das tun soll, was ihn glücklich macht, kann mir andererseits aber nicht das Gleiche zugestehen?

Fast als könnte er meine Gedanken lesen, fragt er: »Und was ist mit dir und dem, was du willst?«

»Wie meinst du das, was ich will?« Ich zucke die Achseln. »Ich gehe auf die NYU. Ich studiere Kunstgeschichte.«

Er schüttelt den Kopf. »Das ist aber nicht das, was du willst.«

»Woher willst du das wissen?« Ich merke, dass ich mich wie ein streitlustiges Kind anhöre, aber es ist fast eine Erleichterung, bei meinem großen Bruder in diese Rolle zu fallen.

»Weil du jedes Mal, wenn du davon sprichst, diesen Stinkeblick hast!« Gegen meinen Willen muss ich lachen. Das muss ja echt schlimm aussehen, wenn es allen auffällt. »Und Kunstgeschichte? Ich kann mir nicht vorstellen, dass du damit vier Jahre lang glücklich bist, geschweige denn für immer! Du musst kreativ sein! Du warst immer kreativ, Lenore.«

»Ich weiß.«

Auch wenn ich mich gestern, nachdem mit Alex alles zerbrochen ist, anders besinnen wollte, sehe ich jetzt nach Wallys Worten ganz deutlich, dass ich immer noch das will, worüber Alex und ich gesprochen haben: ein Gap Year, Zeit, um mir über alles klar zu werden. Auch wenn sich der Weg hin zu dieser Erkenntnis vergiftet anfühlt, so ist die Entscheidung selbst doch authentisch und richtig.

Und so erzähle ich Wally von dieser Idee. Und als ich ausgeredet habe, lacht er. Aber nicht hämisch. Im Gegenteil, sein Lachen hat etwas Verbindendes, denn er kann als Einziger begreifen, was der Plan für mich bedeutet.

»O Mann, Mom und Dad würden die Krise kriegen.«

»Das brauchst du mir nicht zu erzählen.«

»Aber wie du mir gerade gesagt hast … wir haben es verdient, glücklich zu sein.« Seine Miene verfinstert sich. »Ich weiß, dass das nicht so leicht ist. Deshalb bin ich ja wohl … hier. Wir haben beide Angst davor, sie zu enttäuschen. Weil wir wissen, woher sie kommen, wie viel sie erreicht haben und welche Opfer sie gebracht haben, damit wir dasselbe schaffen können. Und wenn wir uns nicht permanent total reinhängen, haben wir das Gefühl, uns einen lauen Lenz zu machen.«

»Genau. Ich komme mir vor wie eine undankbare, verwöhnte Göre, weil ich nicht auf die NYU gehen will, während meine Eltern ihre Ersparnisse in meine Studiengebühren gesteckt haben.« Ich schüttele den Kopf. »Aber vielleicht werden wir ihrer Erziehung am besten gerecht, wenn wir selbst unseren Weg suchen. Wenn wir verschiedene Optionen haben, weißt du? Und in dieser Welt nicht nur überleben … sondern wirklich leben.« Ich komme mir so vor, als wollte ich mich mit meinen Worten selbst überzeugen.

Wally schaut mich an, eine Augenbraue skeptisch hochgezogen. »Lenore, das klingt gefährlich nach der Bildunterschrift unter dem Foto einer weißen Influencerin, wie sie beim, sagen wir, Brunch sitzt.«

»Scheiße! Stimmt. Das ist echt wahr.« Ich lache. »Aber hey, diese Freiheit haben wir verdient. Die Weißes-Mädchen-beim-Brunch-Freiheit! Das klingt vielleicht pathetisch, aber du weißt, dass ich recht habe!«

Jetzt lacht er auch. »Ja, du hast recht. Absolut.«

»Sag das noch mal. An diese Version von Wally könnte ich mich gewöhnen.«

»Ich weiß nicht, was sie mir gegeben haben.« Er verdreht die Augen. »Vielleicht ist mein Urteilsvermögen getrübt.«

Ich antworte meinerseits mit einem Augenverdrehen, und da muss er noch mehr lachen.

»Also, wie geht es jetzt weiter?«, frage ich. Auch wenn ich ihm jetzt helfe, ist er doch immer noch mein großer Bruder. Und was auch passiert, ohne ihn schaffe ich es nicht.

»Ich glaube«, sagt er langsam, »wir müssen mit Mom und Dad reden. Mutig sein. Und offen. Endlich.«

In diesem Moment höre ich die dröhnende Stimme meines Vaters vor der Tür und meine Mutter, die im selben Kommandoton, den sie beim Spendensammeln anschlägt, fragt, wo Wallace Bennett liegt.

»Sieht so aus, als ob wir das gleich jetzt tun sollten«, sage ich optimistischer, als mir zumute ist.

Neunzehntes Kapitel

Die Was-Fragen kommen schnell.

Was ist passiert, Wally?

Was für Untersuchungen haben sie gemacht?

Was für Medikamente hast du bekommen?

Was haben sie festgestellt?

Doch nachdem all diese Fragen beantwortet sind, müssen wir uns dem Wie und Warum zuwenden, und all das – die Familienangelegenheiten – möchten meine Eltern nicht vor neugierigen Blicken anderer besprechen. So wird das Thema verschoben, und als Wally später mit der Auflage, sich auszuruhen, entlassen wird, gehen wir alle im Gänsemarsch schweigend in die Kabine unserer Eltern.

Wally legt sich auf das Schlafsofa, das Etta als Bett dient, unsere Eltern setzen sich auf ihr Bett und Etta lehnt sich mit dem Rücken an die gläserne Balkontür. Ich sehe, wie es ihr in den Fingern juckt, sich eins der Bücher von dem Stapel auf dem Couchtisch zu schnappen. Aber entweder deutet sie die Situation richtig und erkennt, dass dafür jetzt nicht der richtige Moment ist, oder sie will die Szene nicht verpassen, die sich garantiert gleich abspielen wird.

Schließlich holt meine Mutter tief Luft und schaut uns der Reihe nach an. »Sollen wir erst essen? So ein Gespräch sollte man besser nicht mit leerem Magen führen.«

»Mom«, sagt Wally vom Sofa. Er sieht richtig genervt aus. »Ich glaube kaum, dass ich jetzt in den Kronensaal gehen kann.«

»Das weiß ich doch, Süßer.« Sie geht zu ihm, setzt sich in die kleine Kurve, die sein Bauch bildet, zu ihm aufs Sofa und streicht ihm über das Haar. Er beruhigt sich und schmiegt sich in die Berührung.

»Zimmerservice.« Mein Vater klatscht in die Hände. »Die Situation schreit nach dem Zimmerservice.«

Er geht zum Nachttisch und präsentiert eine ledergebundene Speisekarte. »Was meint ihr? Burger? Caesar Salad mit Hühnchen? Das ist beim Zimmerservice immer eine sichere Bank.«

»Stopp, stopp, Moment mal«, sage ich. »Wir hätten die ganze Zeit das Essen auf die Kabine kriegen können? Und als ich in meinem Bett lag und vor Seekrankheit fast gestorben wäre, ist niemand auf diese Idee gekommen?«

Mein Vater zieht eine Augenbraue hoch. »Ich korrigiere, *wir* – also deine Mutter und ich – hätten uns das Essen auf die Kabine kommen lassen können. Du hast dankbar das Gourmetessen in dem schicken Speisesaal gegessen, das bereits bezahlt war.«

Er grinst, und ich grinse zurück.

»Hm hm, na gut, wenn das so ist, hätte ich gern eine Käsepizza. Und eine Crème brûlée.«

»Mal sehen, ob das Geld dafür reicht«, sagt mein Vater kichernd und blättert durch das Menü. Ich schüttele den Kopf und lache.

Wir suchen uns alle etwas aus, und mein Vater gibt am Telefon eine gigantische Bestellung durch und reißt Witze über einen möglichen Mengenrabatt. Als das erledigt ist, sehen wir uns wieder der Realität der Ereignisse gegenüber. Und es ist offensichtlich, dass meine Eltern – normalerweise immer sehr direkt und ohne Umschweife – nicht vorhaben, sie zur Sprache zu bringen. Haben sie Angst? Als Dr. Ademola das Wort Panikattacke aussprach, hat meine Mutter die Hand vor den Mund geschlagen, mein Vater hat gequält geguckt. Soll ich das Gespräch beginnen, um Wally die Last abzunehmen?

Doch er setzt sich auf, beugt sich vor, die Hände auf die Knie gestützt, und schaut zwischen unseren Eltern hin und her. Er sieht müde, aber entschlossen aus. »Mom, Dad … ich muss euch etwas sagen.«

Als Wally die Wahrheit über sein letztes Semester erzählt, schnappt meine Mutter nach Luft und fängt an zu weinen. Das Gesicht meines Vaters verhärtet sich, und als Wally zu Ende geredet hat, beugt er sich ebenfalls vor und stützt den Kopf in die Hände.

Nach dem längsten Moment der Welt steht er schließlich auf, setzt sich neben Wally und legt ihm einen Arm um die Schultern.

»Es tut mir leid, dass ich nichts bemerkt habe, mein Junge.« Seine Stimme ist kaum mehr als ein Flüstern. »Es tut mir leid, dass wir nicht für dich da waren.«

Dann sprechen sie über eine mögliche Therapie und über einen Termin beim Psychiater, der Medikamente verschreiben kann. Zu meiner Überraschung kommt von meinem Vater der Vorschlag, das Jurastudium aufs nächste Semester, vielleicht sogar auf das nächste Jahr zu verschieben.

»Ich hab dich lieb, Wally«, sagt Etta, springt vom Boden auf und umarmt ihn. Und ich komme zur festen Familienumarmung dazu und denke, wie selten wir alle so nah beisammen sind.

Es läuft viel besser, als ich gedacht hätte. Wir haben die Hürde gemeinsam, als Familie genommen. Und ich kann es gut dabei belassen. Meine Probleme können warten, bis wir zu Hause sind. Aber Wally tippt mich mit dem Fuß an und nickt in meine Richtung. Ich schüttele den Kopf, doch er hört nicht auf zu drängeln.

»Lenore«, sagt er eindringlich, und dann sind alle Blicke auf mich gerichtet.

Ich glaube, ich kriege das hin.

»Ich … ich muss euch eigentlich auch was sagen.«

Meine Mutter runzelt die Stirn. »Schatz, das ist vielleicht nicht der beste Moment. Jetzt geht es erst mal um Wally.«

Ärger wallt in mir auf, und unwillkürlich verdrehe ich die Augen. Das war ja mal wieder klar, oder?

»Das habe ich gesehen, und du behandelst deine Mutter bitte mit etwas mehr Respekt«, sagt mein Vater. »Was ist in dich gefahren? Hat es damit zu tun, was zwischen dir und dem Sohn der Lees vorgefallen ist?«

»Mit Alex hat das überhaupt nichts zu tun«, sage ich hitzig und verkneife mir ein weiteres Augenverdrehen.

Aber das stimmt natürlich nicht so ganz.

Wäre ich ohne ihn zu diesem Schluss gelangt? Ich glaube nicht, dass ich den Wunsch nach einem Gap Year zugelassen oder auch nur die Möglichkeit in Betracht gezogen hätte. Aber jetzt weiß ich, dass ich es auch ohne ihn will. Das mit ihm war vielleicht nur ein alberner, unrealistischer Traum, aber das hier ist etwas anderes.

Und ich muss ihnen jetzt davon erzählen. Auf der Stelle, bevor mich der Mut verlässt. Auch wenn sie den Moment unpassend finden.

»Ich weiß, dass Wally euch jetzt braucht, aber ich brauche euch auch.« Meine Stimme wird mit jedem Wort kräftiger. Wally nimmt meine Hand und drückt sie aufmunternd. »Vor dieser Reise habt ihr mich ins Gebet genommen und mir gesagt, dass ich meinen Weg finden und mich für eine Sache entscheiden muss. Und ich glaube … ich weiß jetzt, was ich machen möchte. Ich habe beschlossen, dass ich ein Gap Year nehmen möchte. Ich möchte meine Immatrikulation an der NYU verschieben und vielleicht … gar nicht dort anfangen.«

Meine Mutter guckt mich entsetzt an, mein Vater beißt die Zähne zusammen. Ich rede weiter.

»Ich weiß, dass ihr euch etwas anderes für mich wünscht. Aber ich bin mir sicher, dass ich das will und dass es für mich das Richtige ist.«

»Lenore …«, setzt mein Vater an. Ich spüre seinen Ärger und seine Sorge.

»Lenore, das kommt überhaupt nicht infrage«, beendet meine Mutter seinen Satz. »Ein ganzes Jahr Pause zu machen – das ist keine Option.«

»Mom, ich …«

»Nein«, fällt sie mir ins Wort. »Ich will von deinen Flausen jetzt nichts mehr hören. Also wirklich, dass du ausgerechnet in diesem Moment davon anfängst, wo dein Bruder solche Schwierigkeiten hat.«

»Mom, bitte benutz mich nicht als Vorwand, um Lenore nicht zuzuhören«, sagt Wally, und meine Mutter zuckt neben ihm auf dem Sofa zusammen, als wäre dort plötzlich ein Fremder aufgetaucht. »Wenn überhaupt, dann sind meine Schwierigkeiten doch nur ein Grund mehr, Lenore zuzuhören. Bevor es zu spät ist.«

Während Wallys Worte sich setzen, verändert sich die Stimmung in der Kabine. Der Topf, der überzukochen drohte, simmert jetzt nur noch leise vor sich hin. Meine Mutter guckt nachdenklich, mein Vater schaut auf seine verschränkten Hände.

»Ihr müsst euch mal von den Worst-Case-Szenarien lösen, die ihr im Kopf habt«, redet Wally weiter. »Erstens wird Lenores anspruchsvoller Modegeschmack sie schon dazu zwingen, eine Karriere einzuschlagen, die ihr so einen Style ermöglicht.« Ich merke, wie ich lächeln muss. »Aber nicht nur das, sie ist auch klug, talentiert und ehrgeizig. Und das wisst ihr genau, weil ihr sie so erzogen habt. Wenn Lenore ein Gap Year nehmen möchte … dann solltet ihr sie wenigstens ausreden lassen.«

Er grinst mich an, und ich bin überwältigt vor Dankbarkeit für meinen großen Bruder.

»Es wäre ja nicht für ewig, sondern nur für ein Jahr«, sage ich und schaue beiden in die Augen. »Ihr habt mir vorgeworfen, dass ich sprunghaft bin und mich nicht für eine Sache entscheiden kann, und damit habt ihr recht. Das habe ich wirklich sehr lange gemacht. Aber der Grund dafür ist, dass ich Angst hatte, mich einer Sache ganz und gar zu widmen, nur um dann festzustellen, dass ich nicht die Beste darin bin. Ich habe immer großen Druck empfunden, die Beste sein zu müssen, vor allem in unserer Familie. So sehr, dass ich viele Sachen aufgegeben habe, bevor ich überhaupt die Chance hatte, richtig damit anzufangen. Und ich möchte sehen, was passiert und wofür ich mich entscheide, wenn ich mich dem Druck und den Erwartungen entziehe, versteht ihr? Ich will sehen, wo wirklich meine Leidenschaft liegt, genug Leidenschaft für ein ganzes Leben.«

Mein Vater atmet hörbar aus und schüttelt den Kopf. »Wenn du einen Abschluss hast, Lenore, kann dich niemand ablehnen.«

»Es ist doch nicht so, dass ich keinen Abschluss machen will!« Ich merke, wie ich wütend werde. Hört er mir überhaupt zu? Aber ich atme tief durch und versuche es noch mal. Sie werden sich nicht so leicht überzeugen lassen. Und ich muss Respekt davor haben, wo sie herkommen, was für Kämpfe sie ausgefochten haben, um ihre Ziele zu erreichen – damit ich ein Gap Year überhaupt in Betracht ziehen kann. »Ich weiß, dass ihr nur mein Bestes wollt. Ich weiß, dass ihr beide euren Weg mit großer Zielstrebigkeit verfolgt habt und damit euch und vor allem uns ein sehr komfortables Leben ermöglicht habt. Ich bewundere euch, Mom und Dad. Wirklich sehr.« Ich schlucke meine Angst herunter, den Wunsch, das Gespräch an dieser Stelle einfach zu beenden. »Aber irgendwann müsst ihr auch darauf vertrauen, dass eure Erziehung Früchte tragen wird … und uns unseren eigenen Weg gehen lassen.«

»Es ist ja nicht so, dass ich dir nicht vertraue, Schatz«, sagt meine Mutter leise. »Es geht darum, ob die Welt dir vertraut.«

»Du musst den anderen immer zehn Schritte voraus sein, sonst gerätst du ins Hintertreffen«, sagt mein Vater streng und hebt den Zeigefinger. »Diese Welt wurde nicht für uns erschaffen. Diese Welt will nicht, dass wir Erfolg haben, und das dürfen wir nie vergessen. Wir dürfen nicht nachlassen.«

»Ich weiß. Du hast recht. Ihr habt beide recht.« Ich fahre mir über das Gesicht. Ich fühle Tränen, schon wieder diese verräterischen Tränen, von denen ich gar nicht wusste, dass sie da sind. »Aber vielleicht … ist es der größte Akt des Widerstands, wenn wir trotzdem so leben, wie wir wollen.«

Wir schweigen alle. Meine Mutter guckt aus dem Fenster, das Gesicht meines Vaters ist zu einer Maske erstarrt. Und vielleicht ist das Gespräch an dieser Stelle erst mal beendet. Damit muss ich mich zufriedengeben. Ich hätte nicht erwarten sollen, dass ich sie mit einem einzigen Versuch umstimmen kann. Immerhin habe ich mir alles von der Seele geredet, und sie wissen, wie es mir geht. Das ist schon eine Erleichterung.

»Statistisch gesehen bringen Schüler und Studierende, die ein

Gap Year nehmen, nach ihrer Rückkehr bessere Leistungen als ihre Altersgenossen«, sagt Etta ruhig in das Schweigen hinein. »Und das wird immer üblicher. In den letzten fünf Jahren haben das schon fünfzehn bis zwanzig Prozent der Studienanfänger gemacht.«

Ich pruste los. »Wieso weißt du das einfach so aus dem Stegreif?«

Etta zuckt die Achseln. »Hab ich recherchiert. Eine Studentin in meinem Online-Soziologiekurs am Long Beach City College hat gesagt, dass sie ein Gap Year nehmen will, und ich wusste nicht, was das ist.«

»Seht ihr!«, sage ich zu meinen Eltern. »Hört ihr, was euer Musterbeispiel Schwarzer Exzellenz sagt?«

Das war ein Witz … und doch auch wieder nicht. Der bissige Unterton ist nicht zu überhören.

»Oh, Lenore.« Meine Mutter nimmt meine Hände. »Du gehörst auch dazu. Ganz gleich, wofür du dich entscheidest. Du bist so intelligent und kreativ. Ich staune immer wieder über deine Art zu denken. Wie kommst du darauf, dass wir das nicht sehen?«

»Ich weiß, dass wir dich immer dazu angetrieben haben, überragende Leistungen zu bringen. Die Beste zu sein«, sagt mein Vater. Die Worte kommen langsam und zögernd heraus, als würde er laut denken. »Wir wollten einfach … dass dir die ganze Welt offen steht. Aber wir sind immer stolz auf dich. Dein Bestes ist das Beste.«

Ich seufze. »Tja, das wird nicht immer so deutlich.«

Meine Eltern schauen sich an, etwas Unausgesprochenes wandert zwischen ihnen hin und her. Als sie sich wieder zu mir wenden, ist ihr Blick weicher.

»Das tut mir so leid, Schatz«, sagt meine Mutter und nimmt mich in die Arme. Und dann umarmt mein Vater uns.

»Wir werden reden. Wir werden dir zuhören«, sagt er. »Gemeinsam finden wir einen Weg.«

So bleiben wir eine Weile, bis es an die Tür klopft. »Zimmerservice«, dringt es gedämpft von der anderen Seite herein.

Ein Mann bringt zwei Wagen voller Essen in die Kabine, und wir hocken uns alle zusammen um den kleinen Tisch und essen und lachen und reden. Es ist ganz ähnlich wie am Abend zuvor, als wir alle in Wallys und meiner Kabine waren. Aber diesmal wird nicht geschwiegen. Es gibt keine großen unausgesprochenen Gefühle. Wenn wir schweigen, überlege ich mir nicht, was sie gerade Schlimmes denken könnten. Diesmal fühlt es sich gut an.

»Lenore, ich finde dich mutig«, sagt Etta zwischen zwei Gabeln Pasta mit Butter. »Weil du deinen eigenen Weg gehst. Mae Jemison war erst Tänzerin, dann hat sie einen Abschluss als Chemieingenieurin und einen in Afroamerikanischen Studien gemacht. Und dann hat sie noch Medizin studiert und sich dem Friedenskorps angeschlossen, bevor sie in in ihren Dreißigern im Astronautenprogramm angenommen wurde. Die Menschen gehen nicht alle einen geraden Weg.«

»Na, jetzt lasst uns mal auf dem Boden bleiben.« Ich lache. »Nicht, dass Mom und Dad sich zu große Hoffnungen machen. Ich werde keine zweite Mae Jemison.«

»Ich glaube, du könntest alles sein«, sagt Etta und strahlt mich mit großen tanzenden Augen an.

Da kommen mir schon wieder die Tränen, und ich lasse sie einfach fließen.

Später an diesem Abend schläft Wally in seinem Bett, und dafür bin ich so dankbar, dass mich sein Kettensägenschnarchen fast gar nicht stört.

Das leise Klopfen an der Tür hätte ich darüber fast überhört. Ich gucke durchs Schlüsselloch, um zu sehen, wer da ist, und überlege, ob ich aufmachen soll oder nicht. Die Neugier siegt.

»Hi.«

»Hey«, sagt Alex, ein kleines, hoffnungsvolles Lächeln um die Lippen. Er trägt ein schwarz-weiß gestreiftes Hemd zur Jeans. Seine Locken fallen ihm genau richtig in die Augen. Er sieht gut aus. Zu gut. Sofort bezweifle ich, dass es klug war, die Tür aufzumachen.

»Ich weiß, dass du mich nicht sehen willst. Ich wollte nur … gucken, ob alles okay ist. Ich hab gehört, was passiert ist.«

Ich versuche möglichst kühl und unbeteiligt zu wirken. »Es geht ihm gut.«

Er nickt. »Und was ist mit dir?«

Das haut mich um. Wieso um alles in der Welt macht er sich immer noch Gedanken um mich? Ich dachte, dem hätte ich ein für alle Mal ein Ende gesetzt.

»Mir geht es gut.« Meine Stimme bricht, was mich maßlos ärgert.

Er schaut mich mit diesem forschenden Blick an, als könnte er mit seinen braunen Augen in mein Innerstes sehen. Und ich habe das überwältigende Verlangen, ihm von dem Gespräch zu erzählen, das ich gerade mit meinen Eltern hatte, von den Plänen, die ich bereits für das nächste Jahr schmiede.

Ich weiß, dass er sich freuen würde. Mehr als jeder andere.

Aber stopp.

Ich will keine Türen öffnen, die verschlossen bleiben sollten. Ich muss mein Herz und meinen Seelenfrieden schützen.

»Morgen ist der letzte ganze Tag an Bord«, sagt er in das Schweigen hinein. Natürlich kann er mir meine Gefühle vom Gesicht ablesen.

»Ich weiß.«

»Wir werden morgen in Barcelona ganz früh von Bord gehen. Aber wir fliegen erst einen Tag später nach Hause. Wahrscheinlich besuchen wir morgen noch den Park Güell. Um wie viel Uhr geht ihr …«

»Gute Reise, Alex«, falle ich ihm ins Wort. Ich weiß, was ich zu tun habe. Die Geschichte muss hier und jetzt enden. Ich kann mein Herz nicht noch mal aufs Spiel setzen.

Die Enttäuschung steht ihm ins Gesicht geschrieben, und es schnürt mir die Brust zusammen. Aber meine Entscheidung war auf jeden Fall richtig, denn ich kann nicht mit jemandem zusammen sein, der mich dermaßen berührt. Ein trauriger Blick, und schon zerreißt es mir das Herz. Viel zu gefährlich.

»Bitte tu das nicht«, flüstert er. »Alles beenden, bevor wir überhaupt die Chance haben, richtig …«

»Gute Nacht.« Ich trete einen Schritt zurück, damit ich die Tür schließen kann.

Sein Blick sucht meinen, und offenbar findet er das, wonach er gesucht hat, denn er nickt nur einmal kurz und winkt leicht.

»Gute Nacht, Lenore.« Er steckt die Hände in die Taschen und geht davon.

Zwanzigstes Kapitel

Der letzte Tag an Bord ist ein Tag auf See, unser letztes Ziel heißt Barcelona. Ich lasse mir das Frühstück aufs Zimmer bringen – meine Eltern habe ich mit dem Argument überzeugt, Wally brauche Ruhe. Und nachdem wir fluffigen French Toast mit haufenweise Beeren gegessen haben, treffen Wally und ich uns mit unseren Eltern auf dem Pooldeck. Wir kreischen auf den kurvigen Rutschen um die Wette und lassen uns gemächlich im Strömungskanal treiben. Ohne dass Etta dazu angehalten werden müsste, benimmt sie sich wie eine richtige Zehnjährige, tobt ausgelassen auf dem Wasserspielplatz herum und isst zu viel Softeis – und sie hat richtig Spaß dabei. Es scheint auf einmal ein ganz anderer Urlaub zu sein. Und es ist ein schönes, leichtes Gefühl, endlich keine Geheimnisse mehr voreinander zu haben.

Später, als mein Vater sagt, er müsse sich mit seinen alten Knien nun doch mal hinlegen, und die anderen Bingo spielen, gehe ich noch ein letztes Mal in den Computerraum. Ich habe immer noch unbegrenzten Internetzugang dank Alex' Karte – und ich werde ihn bestimmt nicht suchen, um sie ihm zurückzugeben. Ich muss jetzt mit Tessa reden. Vielleicht ist das nicht die beste Art, vielleicht wäre es besser zu warten, bis ich wieder zu Hause bin. Aber ich spüre, dass ich mit der neuen Ehrlichkeit und Offenheit direkt weitermachen muss. Wenn ich es aufschiebe, falle ich ihr gegenüber womöglich in die alten Muster zurück, weil das einfacher wäre.

Wenn ich richtig rechne, müsste es zu Hause sechs Uhr morgens sein, aber irgendwie weiß ich, dass Tessa da ist. Und tatsächlich nimmt sie meine Einladung zu einem Videochat sofort an. Sie trägt eine Mütze aus rosa Satin und reibt sich Schlaf aus den Augen. Ich habe sie geweckt. Trotzdem strahlt sie, als sie mein Gesicht sieht.

»Hey, Süße, was gibt's?«

Und bei diesen Worten brechen die Dämme.

Ich weiß nicht, ob ich je vor Tessa geweint habe. Ich korrigiere: Ich weiß, dass ich noch nie vor Tessa geweint habe. Ich war immer diejenige, die sie getröstet und moralisch unterstützt hat.

Und ich weine nicht nur ein bisschen. Ich heule Rotz und Wasser, wie man es eigentlich nur allein im eigenen Zimmer macht. Ich schnappe nach Luft und schluchze so laut, dass bestimmt die Wände wackeln. Es ist, als hätten alle Tränen, die ich seit Jahren zurückgehalten habe, gemerkt, dass die Luft rein ist und sie jetzt rauskommen können, um in meinem Gesicht eine gigantische Tränenparty zu feiern.

Es ist mir peinlich. Ich fühle mich nackt. Aber Tessa sieht nicht entsetzt aus. Sie sucht nicht nach einer Ausrede, um sich auszuloggen und zu flüchten. Nein. Sie guckt mich besorgt an. Sie fasst mit der Hand an den Bildschirm, als könnte sie hindurchlangen und mich berühren.

»O nein, Lenore.« Ihre Stimme ist sanft und beruhigend. »Was ist los? Sag mir, was passiert ist.«

Also erzähle ich ihr alles. Nicht nur alles, was auf dieser Reise passiert ist, sondern alles von Anfang an. Ich erzähle ihr von Marcus und Jay – nicht ruhig und gefasst wie sonst, sondern von den wahren Gefühlen, die ich bisher unter dem Deckel gehalten habe. Ich erzähle ihr, dass ich mich in unserer Freundschaft manchmal vernachlässigt fühle, unterstützend, aber selten unterstützt. Teils weil ich selbst dafür sorge, dass es so bleibt, teils aber auch, weil sie nie Anstalten macht, es zu ändern. Ich erzähle ihr, dass ich nicht auf die NYU gehen werde, sondern ein Gap Year nehme, um herauszufinden, was mir Spaß macht. Dass das wahrscheinlich von Anfang an das Richtige für mich gewesen wäre, ich aber nicht vor meinen Eltern oder sonst wem als Versagerin dastehen wollte. Und ich erzähle ihr von Alex, wie ich mich ihm geöffnet habe und wie er mir dann das Herz gebrochen hat. Und dass ich mich ihm, obwohl es möglicherweise wirklich nur ein Missverständnis war, auf gar keinen Fall noch mal so öffnen werde, denn ich will nie wieder so am Boden zerstört sein.

Und als ich fertig bin, weint Tessa auch.

»Es tut mir leid. Es tut mir so leid. Dass ich das alles nicht gesehen habe. Dass ich dich in all diesen Stürmen allein gelassen hab.«

»Schon gut«, sage ich schniefend. »Schon gut. Ich wollte ja nicht, dass du es siehst.«

»Ich hätte es trotzdem sehen müssen. Ich … ich war dir keine gute Freundin. Dabei dachte ich, ich wüsste es mittlerweile besser. Ich hätte eine bessere Freundin sein müssen.«

»Du warst keine schlechte Freundin.«

»Das reicht nicht. Ich werde an mir arbeiten. Ich werde dich jeden Tag fragen, wie es dir geht …«

Lachend hebe ich die Hände. »Stopp, jetzt mal langsam. Ich brauche nicht so viel …«

»Und zwar ab jetzt.« Ihre Augen funkeln, und sie zieht die Mütze vom Kopf. »Ich möchte die Geschichte mit diesem Alex verstehen.«

»O Mann! Ich nehme alles zurück! Ich habe keine Gefühle! Null Gefühle!«

»Du sagst zwar, es ist aus und vorbei, aber ich glaube, ich weiß, was los ist.«

»Das Internet auf dem Schiff wird abgeschaltet! Die Verbindung bricht ab!«

Tessa senkt das Kinn und sieht mich mit schmalen Augen an. »Sei ehrlich, Lenore. Erzähl mir davon.«

Ich verdrehe die Augen. Ich seufze. Aber am liebsten würde ich sie fest in die Arme nehmen. »Okay.«

Sie quiekt und klatscht in die Hände, aber als ich schnaube, zügelt sie sich und wird ganz ernst. »Ich glaube, du hast ihn wirklich gern. Und so, wie es sich anhört, hat er dich auch richtig gern. Ja, er hat dir wehgetan, und wenn er wirklich mit diesem Mädchen zusammen ist – aber wir wissen wohl beide, dass das nicht der Fall ist –, bin ich die Erste, die ihn sich vorknöpft und dafür bezahlen lässt.« Sie setzt eine Killer-Miene auf, und weil das so gar nicht zu ihr passt, muss ich lachen. »Aber ich fürchte, du benutzt das nur als Vorwand, um dich abzuschotten. Du weist ihn zurück und fühlst dich dann bestätigt, wenn er sich abwendet … eine Art selbsterfüllende Prophezeiung, oder? Ich kenne den Typ ja nicht, aber Alex ist nicht Jay, und er ist auch nicht Marcus. Du kannst ihm wenigstens die Chance geben, sich zu erklären, vor allem wenn er so traumhafte Sachen macht, wie dir ein Ständchen zu bringen.«

»So was kann ich nicht leiden. So ein Tamtam«, murmele ich. »Das hätte er lassen sollen.«

»Auch darüber kannst du mit ihm reden … wenn du mit ihm redest«, sagt sie. »Und ist das alles, was du von meinen weisen Worten mitnimmst?«

Sie starrt mich an und beugt sich näher an den Bildschirm. Dann noch näher, bis sie ihn mit der Nase berührt.

Ich lache. »Okay, na gut! Du hast ja recht! Hör auf, mir deine Nasenhaare zu zeigen.« Sie lehnt sich zurück und lacht auch. »Ja, es stimmt, was du sagst«, gebe ich zu. »Aber … diesmal hat es echt wehgetan. So schlimm wie noch nie. Ich weiß nicht, ob ich es packe, mir noch mal so wehtun zu lassen.«

»O ja, ich weiß, Süße.« Sie presst die Lippen zusammen, ihre Augen werden feucht. »Aber ich glaube, das gehört alles dazu. Dass man sich öffnet, etwas riskiert, dass man verletzt wird und es noch mal probiert, selbst wenn man sich total bescheuert vorkommt. Das gehört alles zur Liebe dazu.«

Das Wort – dieses eine Wort – lässt mich von Kopf bis Fuß erstarren. »Niemand hat hier was von Liebe gesagt.«

Sie zieht eine Augenbraue hoch, verschränkt die Arme und lehnt sich auf ihrem Bett zurück.

»Na, dann solltest du jetzt wirklich einfach aufgeben. Denn du hast recht. Wenn er nichts Besonderes ist, wenn du dich nicht verliebt hast, hat er keine zweite Chance verdient. Dann steig lieber aus, solange du noch kannst.«

Ich verschränke ebenfalls die Arme. Ich stammele. Ich schaue überall hin, nur nicht zu ihr.

»Aber ich glaube, wir wissen beide, dass es anders ist, Lenore, hab ich recht?«

Schließlich schaue ich sie an, und sie strahlt. Vollführt garantiert innerlich einen kleinen Tanz, weil sie mich genau da hat, wo sie mich haben will, und es genauso gekommen ist, wie sie es damals vor dem Abschlussball prophezeit hat.

»Für die Liebe lohnt sich das Risiko. Und das ist jetzt die Frage, die du dir stellen musst: Ist es Liebe?«

Die ganze Nacht hallt das Echo ihrer Worte in meinem Kopf, lauter als Wallys Schnarchen. Und am nächsten Morgen, während ich dusche, mir die Zähne putze und meinen Koffer packe, ist die Frage immer noch da.

Ich hätte das Packen nicht bis zuletzt vor mir herschieben sollen, denn es gibt so viel zu tun, und wir müssen unsere Koffer heute Morgen pünktlich um neun in den Flur stellen, wo der Portier sie abholt. Wally ist natürlich schon fertig und sitzt mit unseren Eltern und Etta beim Frühstück. Aber anstatt mein ganzes Zeug endlich in den Koffer zu quetschen, liege ich im Bett, denke über Tessas Worte nach und versuche die Antwort auf ihre Frage zu finden.

Ist es Liebe?

Woher soll ich das wissen? Womit kann ich es vergleichen?

Ich falte meine Kleider zusammen, hole die Toilettenartikel aus dem Bad und sammle den Schmuck ein, den ich überall in der Kabine verstreut habe. Eine Stunde später bin ich fast fertig. Jetzt fehlt nur noch meine Kamera. Ich muss sie zurück in ihre Tasche tun und für den Tag in Barcelona in meinen Rucksack packen.

Ich nehme sie vom Tisch und fahre mit dem Finger über den Kratzer an der Unterseite und über die Ecke, wo die Farbe abgesplittert ist. Ich weiß noch, wie unglücklich ich war, als das im Disneyland passiert ist, ich habe aufgestampft und Wally die Schuld gegeben, weil er bei der Fahrt mit Dumbo die Arme hochgerissen und mir die Kamera aus der Hand geschlagen hat. Aber woher die zweite Macke stammt, weiß ich nicht mehr. Kann das passiert sein, als ich sie bei meinen Großeltern vor Wut hingeworfen habe, wie Oma Lenore erzählt hat? An dem Tag habe ich die Fotografie ganz aufgegeben, nur weil das Foto nicht gelungen war. Mein Gott, schon damals habe ich versucht, mich vor dem Scheitern und dem damit verbundenen Schmerz zu schützen.

Mein Blick fällt auf den Stapel Fotos auf dem Tisch. Ich wusste nicht, wohin damit, hatte überlegt, zu Hause ein Album zu kaufen oder sie vielleicht in meinem Zimmer aufzuhängen. Jetzt breite ich sie vor mir aus. All die Augenblicke, die ich in den letzten zwei Wochen festgehalten habe. Aber ich weiß jetzt schon, dass sie sowieso immer bei mir sein werden, gestochen scharf in allen Einzelheiten. Ich ordne sie in chronologischer Reihenfolge.

Der erste Tag in Rom am Trevi-Brunnen, wo Alex mir in der Menschenmenge aufgefallen ist. Der kunterbunte Markt in Sizilien, wo Alex und ich uns gestritten haben und nur das Schlechteste voneinander angenommen haben. Ein Esel auf der Treppe in Santorini und eine Aufnahme von der herrlichen Aussicht. Alex, wie er sich bei Dance Dance Revolution blamiert hat. Eine Nahaufnahme von jenem Tag im Computerraum, auf der man alle Einzelheiten seines Gesichts sieht, die mir so vertraut sind. Das Selfie von uns in Neapel, auf dem er mich auf die Wange küsst. Und dann das letzte Foto von uns, schick gekleidet für das Festessen. Ich sehe so glücklich aus, und er schaut mich an.

Wie die Fotos so daliegen, erzählen sie eine Geschichte. Nicht nur irgendeine Geschichte, sondern eine Liebesgeschichte.

Unsere Liebesgeschichte.

So eine, wie ich sie mir nie zu erträumen gewagt hätte.

Ich hatte einen Jungen, der mich zu schätzen wusste, ein Happy End am Horizont … und bei der ersten Gelegenheit habe ich alles zerschmettert, aus Angst zu scheitern. Aus Angst, verletzt zu werden.

Ich sammele die Fotos ein, verstaue sie sorgfältig im Rucksack und verlasse die Kabine in der Hoffnung, dass es noch nicht zu spät ist, den Ausgang unserer Geschichte zu verändern.

Einundzwanzigstes Kapitel

Ich renne zum Aufzug, aber davor ist eine lange Schlange von Familien mit überquellenden Gepäckwagen und Tragetaschen voller Souvenirs. Also sprinte ich die Treppe hoch zu seinem Deck, immer zwei Stufen auf einmal, wobei ich mich auf halbem Weg auf die Knie stützen und verschnaufen muss, weil ich nicht in Form bin.

Ich renne durch den Flur zu seiner Kabine und hämmere an die Tür. »Alex! Alex, ich bin's!«

Weil ich ihn nicht verschrecken, sondern dazu bringen möchte, dass er wieder mit mir zusammen sein will, streiche ich mir die Haare glatt und versuche nicht so zu schnaufen. Und ich klopfe sicherheitshalber noch dreimal an.

Ich höre Schritte, und als die Tür schließlich aufgeht, bleibt mein rasendes Herz stehen. Aber … es ist nicht Alex. Es ist eine grauhaarige Frau im *Mediterranean-Majesty*-Poloshirt mit einem Wischmopp und ziemlich verärgertem Gesichtsausdruck.

»Kann ich Ihnen helfen?«

»Äh, der Junge. Der aus dieser Kabine. Ist er … ist er hier?«

Sie legt den Kopf schief und guckt mich an, als würde ich dummes Zeug reden, was vermutlich auch der Fall ist.

»Das ist nicht mehr seine Kabine. Alle Passagiere von diesem Flur sind schon heute früh um sechs von Bord gegangen.«

»Um sechs?«, rufe ich viel zu laut, und sie zuckt zusammen. Ihr Gesichtsausdruck wechselt von verärgert zu stinksauer.

»Ja, wie gesagt.« Sie bemüht sich zu lächeln. »Wenn Sie mich jetzt entschuldigen wollen …«

»Ich meine, er hat zwar gesagt, dass sie früh von Bord gehen, aber mir war nicht klar, dass es so früh sein würde, vor zehn Uhr morgens.« Ich weiß nicht, warum ich immer noch weiterrede. »Wo geht man denn von Bord? Glauben Sie, er könnte vielleicht noch auf dem Schiff sein? Gab es vielleicht eine Verspätung? So was kommt vor, oder? Verspätungen?« Sie starrt mich an. »Weil … ich muss ihn unbedingt finden. Heute. Jetzt sofort. Weil … ich endlich kapiert hab, dass unsere Liebesgeschichte nicht zu Ende ist, sondern gerade erst anfängt. Und ich hab Angst, dass ich, wenn ich ihn nicht finde und ihm das sage, meine Chance verspiele. Meine Chance, die wahre Liebe zu finden.«

Jetzt sieht die Frau besorgt aus. Sie lehnt den Wischmopp an den Türrahmen und macht vorsichtig zwei Schritte auf mich zu. »Sag mal, hast du diese romantische Komödie auf dem Filmkanal gesehen? Die jeden Tag lief?« Sanft tätschelt sie meine Schulter. »Lass mich raten … hast du eine Innenkabine? Ohne Fenster? Winzig klein?«

»Nein! Ich meine, ja. Aber nein! So ist das nicht.«

»Mmm-hmmm, natürlich nicht«, sagt sie mit großen Augen und nickt. »Ich schlage vor, du gehst jetzt mal an die frische Luft. Auf dem Pooldeck gibt es zum Abschied Piña Colada.«

»Ich will keine Piña Colada! Ich will Alex!« Ich merke selbst, dass ich wirr klinge, aber das ist mir herzlich egal.

»Dein Alex ist lange weg, also schlage ich vor, du nimmst den

Drink«, sagt sie nickend. Sie ist mit ihrer Geduld am Ende und nimmt wieder ihren Wischmopp. »Ich wünsche dir einen wunderbaren Tag!«, sagt sie sanft, aber bestimmt, und schlägt mir die Tür vor der Nase zu.

Okay. Es ist okay. Das ist nur ein kleines Hindernis. Noch ist nicht alles verloren. Ich laufe die Treppe wieder runter, diesmal etwas langsamer, weil ich nicht schwitzen will, und gehe in den Kronensaal. Da sitzt meine Familie beim Frühstück, und vielleicht ist Alex' Familie ja auch zu einer letzten gemeinsamen Mahlzeit da. Doch als ich an unseren Tisch komme, sind da nur meine Eltern, Wally und Etta. So eine Enttäuschung.

»Was ist denn mit dir los?«, fragt Etta, und sofort schauen alle mich an.

»Lenore?«, fragt mein Vater. »Alles okay?«

»Habt ihr die Lees gesehen? Ich war bei Alex' Kabine, aber da ist er nicht. Ich muss …« Ich kann nicht weitersprechen, die Gefühle überwältigen mich. Ich atme tief durch und versuche es noch mal. »Ich muss dringend mit ihm reden.«

»Oh, Schatz, sie sind schon weg.« Meine Mutter kommt zu mir und streicht mir über den Rücken. »Ronni und David haben sich schon gestern Abend von uns verabschiedet. Sie waren bei den Ersten, die von Bord gegangen sind.«

Ich stöhne frustriert und lasse mich auf einen Stuhl sinken. Ich habe zu lange gewartet. Ich habe mich selbst sabotiert. Die Gelegenheit ist vorbei.

»Ich verstehe das nicht. Sie wohnen ganz bei uns in der Nähe. Sie kann Alex doch zu Hause treffen«, höre ich meinen Vater durch das Pochen in meinen Ohren sagen.

»Ach, sei still!«, sagt meine Mutter. »Du warst doch auch mal jung.«

»Es tut mir leid, Lenore«, flüstert Wally mir zu.

Während meine Mutter mir in kleinen Kreisen über den Rücken streicht, versuche ich mich zu beruhigen. Vielleicht ist es ja besser so. Vielleicht habe ich sowieso keine Chance mehr bei ihm und hätte mich nur blamiert. Ich führe mir unser letztes Gespräch an meiner Tür noch mal vor Augen und suche nach Anzeichen dafür, dass die Sache für ihn gelaufen war. Dass es vergebliche Liebesmüh gewesen wäre.

Aber nein.

So etwas werde ich mir nicht noch mal einreden. Er ist gekommen, um nach mir zu sehen, obwohl das nicht nötig gewesen wäre. Er ist nicht gekommen, um Abschied zu nehmen. Das habe ich mir nur so zurechtgelegt. Im Gegenteil, er hat mir sogar erzählt, was er mit seiner Familie in Barcelona vorhat …

»Ich muss zum Park Güell!«, rufe ich und springe von meinem Stuhl auf.

»Wie bitte?«, fragt mein Vater.

»Park Güell. So heißt der doch, oder? Was weiß ich. Das kann ich unterwegs nachgucken. Aber da wollten sie hin. Hat Alex mir erzählt. Ich muss sofort los!« Ich drehe mich um, doch meine Mutter hält mich am Handgelenk fest.

»Lenore Mae Bennett, du schaltest jetzt mal einen Gang runter.« Sie sieht mich streng an. »Auf keinen Fall rennst du allein von diesem Kreuzfahrtschiff.«

»Auf keinen Fall!«, stimmt mein Vater ein.

»Ganz richtig«, fährt meine Mutter fort. »Du nimmst Wally mit.«

»Ja?«, sagt mein Vater.

»Echt?«, sage ich im selben Moment.

Wally zuckt die Achseln. »Klingt gut.«

»Marla, sollen wir das nicht erst mal besprechen?«, fragt mein Vater, doch sie schaut ihn genauso an wie mich vorhin. »Unsere Kinder sind keine Kinder mehr. Sie sind erwachsen. Und sie sind klug. Sie kommen klar. So haben wir sie erzogen. Jetzt müssen wir darauf vertrauen, dass wir unsere Sache gut gemacht haben.«

Sie schauen sich lange an, und ein ganzes Gespräch vollzieht sich in Kopfbewegungen und hochgezogenen Augenbrauen und geschürzten Lippen. Schließlich wendet mein Vater sich zu mir und sagt: »Also gut.«

»Kann ich auch mit?«, fragt Etta.

»Nein«, sagen sie wie aus einem Mund.

Meine Mutter drückt mir die Hand. »Jetzt geh. Wir kümmern uns ums Auschecken. Nimm deinen Pass mit. Und wenn du heute Nachmittag um zwei nicht im Hotel auftauchst, vergesse ich alles, was ich zum Thema erwachsene Kinder gesagt habe, und verpasse dir Hausarrest für den Rest deines Lebens, klar?«

»Ja, Mom. Danke, Mom.« Ich gebe ihr einen Kuss auf die Wange und drücke sie fest. Wally steht auf und macht sich abmarschbereit.

»Lenore?«, sagt mein Vater, und ich habe schon Angst, dass er jetzt doch noch ein Machtwort spricht und mich nicht gehen lässt. Bestimmt ist er nicht begeistert davon, dass ich in Barcelona Jagd auf einen Jungen mache. Doch er lächelt. »Deine Mutter und ich haben gestern Abend darüber gesprochen, und wir gewöhnen uns allmählich an deinen Plan. Ein ›Gap Year‹ zu nehmen.« Er malt Anführungszeichen in die Luft, als wäre es ein brandneuer Ausdruck, den ich mir ausgedacht habe.

»Ach ja?«, sage ich, und meine zögernden Worte passen ganz und gar nicht zu dem Grinsen, das sich auf meinem Gesicht ausbreitet.

»Ja.« Er nickt ergeben, und unwillkürlich quieke ich auf und fliege ihm um den Hals.

»Aber es ist ja wohl klar, dass du dir einen Job suchst«, sagt er und tätschelt mir den Arm.

»Klar suche ich mir einen Job!«

»Und du zahlst Miete.«

Ich wanke zurück. »Oh, Moment mal, das geht jetzt aber vielleicht ein bisschen …«

Er sieht mich mit zusammengekniffenen Augen an.

»Und ich zahle Miete! Liebend gern!«

»Gut«, sagt er und nickt einmal kurz. »Dann zieht jetzt los, ihr beiden, bevor ich wieder zur Besinnung komme.«

Ohne mich noch einmal umzudrehen, renne ich aus dem Speisesaal.

»Hast du seine Nummer?«, fragt Wally, schaut sich um und verrenkt sich den Hals.

»Nee, wir haben die Handys auf dem Schiff nicht benutzt.«

Wally nickt. »Na gut, na gut. Hat er dir genau gesagt, wo sie hingehen?«

»Nein, nur Park Güell.«

»Okay, der Park ist nämlich ziemlich …«

»Groß. Ich weiß.«

Der Park Güell sieht aus wie einem Märchen entsprungen. Große Gebäude mit weißen geschwungenen Dächern und fein gearbeiteten Mosaiken in der Fassade, die in der Sonne leuchten. Wir stehen vor einer großartigen weißen Treppe, die links und rechts von einer üppig bewachsenen Mauer mit Regenbogenkacheln im Schachbrettmuster gesäumt ist. Die Treppe führt zu einem Gebäude mit hohen weißen Säulen, das wie ein Schloss alles überragt. In jeder anderen Situation würde ich meine Kamera zücken, um es in allen Einzelheiten festzuhalten.

Aber.

»Ich will dir ja nicht deine Hoffnungen rauben«, sagt Wally. »Aber … hier ist es echt voll.«

Und zwar pickepackevoll. So voll, dass wir uns kaum bewegen können. Jede Menge Reisegruppen wälzen sich durch den Park, Familien zerren gelangweilte Kinder mit Kopfhörern auf den Ohren hinter sich her, Mädchen posieren für Instagram-Fotos, jede Menge Leute halten Selfiesticks und grinsen in ihre Handykameras.

»Ich sag ja nicht, dass er nicht hier ist.« Wally drückt meinen Arm. »Es könnte nur ein bisschen schwieriger werden als gedacht.«

»Ich weiß.« Seufzend schließe ich die Augen.

Ich wusste, es war unwahrscheinlich, dass er überhaupt hier ist. Sie könnten noch in ihrem Hotel sein und einchecken. Oder sie haben ihre Pläne über den Haufen geworfen und schauen sich irgendwas anderes in Barcelona an. Es gab keine Garantie.

Aber es hat sich richtig angefühlt. Vielleicht habe ich komplett den Verstand verloren, die Frau mit dem Wischmopp hatte recht und mich hat nach zwei Wochen in einem fensterlosen Raum einfach der Lagerkoller erwischt. Aber ich war mir so sicher, dass ich ihn hier finden würde. Dass ich ihn in der Menge entdecken würde, genau wie damals am Trevi-Brunnen.

Denn es sollte so sein. Und ich habe eine hoffnungslos romantische und völlig abstruse Liebesgeschichte wie diese verdient.

Ich drehe mich einmal im Kreis und lasse den Blick schweifen. Ich scanne jedes Gesicht auf der Suche nach dem einen, das ich unbedingt sehen muss.

»Wir können auch zum Hotel gehen und noch mal neu starten«, sagt Wally. »Vielleicht finden wir ihn auf Insta oder so und können ihn darüber kontaktieren? Und ich weiß, dass das nicht so spannend ist, aber er wohnt ja wirklich ganz in unserer Nähe. Und außerdem … müsste ich eigentlich mal telefonieren.«

Ich fahre herum und schaue ihn an. »Telefonieren?«

Er beißt sich auf die Lippe. »Ja, mit Kieran. Ich … ich hab ihm gestern Abend endlich geantwortet. Die Lage ist nicht besser als vorher, aber immerhin will er mit mir reden.« Er zuckt die Achseln und lächelt nervös. »Bei ihm ist es schon spät, aber ich wollte versuchen ihn zu erreichen, bevor er ins Bett geht …«

»Wally!«, unterbreche ich ihn. »Warum hast du das nicht gleich gesagt? Mein Gott! Okay, du erzählst mir alles später. Lass uns fahren!« Ich nehme seine Hand und ziehe ihn zum Straßenrand, wo die Taxis warten.

Als Erstes sehe ich seine Haare. Zerzauste schwarze Locken, die ihm ins Gesicht fallen. Dann erkenne ich seine Arme, die er mir so oft um die Taille geschlungen hat und in denen ich mich so wohl und so geborgen gefühlt habe. Seine ebenmäßige braune Haut, die jetzt einen goldenen Schimmer hat von unseren gemeinsamen Tagen in der Sonne.

Er redet mit seiner Mutter, und anscheinend hat sie gerade etwas Witziges gesagt, denn er legt den Kopf in den Nacken und lacht mit einem einzigen »Ha!«.

Er ist es. Ich weiß, dass er es ist. Noch nie war ich mir so sicher.

»Alex!«, rufe ich, und Wally kommt zu mir gerannt.

»Lenore, hast du …?«

»Alex!«, brülle ich und schwenke die Arme. »Alex, hier!«

Er verstummt und dreht sich um, guckt, wer ihn gerufen hat. Ich renne auf ihn zu.

»Alex!«

Unsere Blicke treffen sich, und ich habe panische Angst davor, dass er abwinkt oder lacht, weil ich es zu weit getrieben habe, weil ich mich danebenbenehme und es nicht einfach dabei bewenden lassen konnte wie jeder normale Mensch. Aber er verzieht die Lippen zu einem Lächeln, das sich auf seinem ganzen Gesicht ausbreitet, seine braunen Augen tanzen vor Freude, und ehe ich michs versehe, rennt er auch auf mich zu.

Wir treffen uns in der Mitte und ziehen die Blicke aller umstehenden Touristen auf uns. Aus dem Augenwinkel sehe ich, wie Handys gezückt und Kameras hochgehalten werden, aber das ist mir völlig egal. Ich sehe nur ihn, und er ist alles, was ich will.

Er macht den Mund auf, um etwas zu sagen, aber ich komme ihm zuvor. »Es tut mir leid. Es tut mir so leid. Ich hatte Angst davor, dass du es dir anders überlegst. Davor, dass ich zu viel und gleichzeitig nicht genug wäre. Ich hatte Angst davor, dass du mir das Herz brichst.«

Jetzt ist er ganz nah und nimmt sanft mein Gesicht in seine Hände. »Lenore, ich werde dir nie das Herz brechen.«

Lächelnd lehne ich mich an ihn. »Das kannst du nicht versprechen. Wir wissen es nicht. Niemand kann uns Gewissheit geben. Ich will einfach nur sagen, ich möchte es mit dir wagen. Selbst wenn ich vielleicht nicht perfekt darin bin, will ich einfach in dich verliebt sein.«

Er lächelt mit zahllosen Lachfältchen. Mir wird ganz warm, und tausend Schmetterlinge tanzen in meinem Bauch.

»Na, das ist gut.«

»Ja?«

»Ja, denn ich bin schon wahnsinnig verliebt in dich.«

Er zieht mich an sich und küsst mich, und um uns herum wird gejubelt. Und ich habe keine Ahnung, was die Zukunft bringt. Ich weiß nicht, wie mein Leben in fünf Jahren aussieht, geschweige denn nächsten Monat. Aber ich weiß genau, dass ich in diesem Augenblick glücklich bin – wirklich überglücklich –, und mehr braucht es gerade nicht.